本书受到以下项目的支持：

国家社会科学基金 2011 年项目"蒙古族民间童话的多维研究"（11XMZ077）

内蒙古高校创新团队发展计划项目"阴山文化研究"（NMGB1612）

包头师范学院一流学科建设项目"专门史"（2016YLXK002）

蒙古族民间童话的多维研究

李　芳 ◈ 著

吉林大学出版社

·长春·

图书在版编目（ＣＩＰ）数据

蒙古族民间童话的多维研究 / 李芳著. -- 长春：
吉林大学出版社，2020.5
ISBN 978-7-5692-6436-4

Ⅰ. ①蒙… Ⅱ. ①李… Ⅲ. ①蒙古族－童话－文学研
究－中国 Ⅳ. ①I207.73

中国版本图书馆CIP数据核字(2020)第068776号

书　　　名　蒙古族民间童话的多维研究
　　　　　　MENGGUZU MINJIAN TONGHUA DE DUOWEI YANJIU

作　　　者　李芳 著
策划编辑　张宏亮
责任编辑　张宏亮
责任校对　刘丹
装帧设计　雅硕图文
出版发行　吉林大学出版社
社　　　址　长春市人民大街4059号
邮政编码　130021
发行电话　0431-89580028/29/21
网　　　址　http://www.jlup.com.cn
电子邮箱　jdcbs@jlu.edu.cn
印　　　刷　长春市华远印务有限公司
开　　　本　787mm×1092mm　　1/16
印　　　张　12.25
字　　　数　226千字
版　　　次　2020年5月　第1版
印　　　次　2020年5月　第1次
书　　　号　ISBN 978-7-5692-6436-4
定　　　价　68.00元

序

民间童话、民间歌谣、民间故事是一个民族的心灵史，因为它们是真正从这个民族的心底流淌出来的。这点，民间童话和我们现在大量读到由作家个人创作的童话是非常不同的。作家个人创作的童话等文学作品当然也反映历史，折射民族的心灵，但因为是个人创作，群体生活、群体意识只有经过作家个人的选择、加工、再创造才能进入文本，所以打着强烈的个人印记。不同的个体和群体意识间是有着不同距离和不同的联系方式的。民间童话是原始初民、文明社会中的未开化、半开化的人所创造的，民众既是接受者也是创作者，同时还扮演着传播媒介的角色。因为民间童话最初多是以口头文学的方式存在的，它们的内容多半是作为群体的民众的思想、情感，包括他们的欢乐、痛苦、挣扎、叹息，甚至他们自己都未必意识到的集体无意识等的反映。这样我们走进作品，就走进了这个民族的历史，走进了这个民族曾经的生产、生活方式，走进这个民族的心灵深处，这或许就是那些古老的世代流传的民间童话在今天仍充满生命力，仍感动和引领我们的原因。

蒙古族是一个伟大的民族，在中华民族这个大家庭中，它不仅有灿烂的历史，为中华民族的繁衍发展作出过杰出的贡献，而且非常有自己的特色。天高地远，水阔山长，茫茫的草原上不知上演过多少威武雄壮的历史活剧。这不仅是一个空间维度，也是一个时间坐标，不同的民族其实都经过这么一段历史，那儿保留着我们民族，甚至整个人类的童年记忆。这或许就是那些不生活在北方、不生活在草原的人一听到蒙古族辽远悠长的歌声，一听到那深情的蒙古族童话便被深深吸引的原因。恩格斯曾说，他是熟习北德意志草原以后，才真正懂得了格林童话的。"这地方一到夜晚就看不见人的生活，而人民幻想所创造的那些令人畏惧的无定形的作品就在这地方孕育出来，这地方之荒凉就是在白天里也会叫人害怕的。这些作品体现了草原上孤独的居民在这样风嚎雨啸的夜里在祖国的土地上散步或是从高楼上眺望一片荒凉景象时心中所起的情绪。那时候，从幼小就留下来的关于草原风雨夜的印象就复现在他们面前，就采取了这些童话的形式。"这也可以成为我们理解蒙古族民间童话的一把钥匙。

这注定使草原、使蒙古族的历史成为一个文化的宝藏。这宝藏是如此之深厚，以至世代以来，吸引了无数的开掘者，取得了丰硕的成果。李芳老师的《蒙古族民间童话的多维研究》应是最新的成果之一。这是一部将蒙古族民间童话当作一个整体来研究的理论专著，作者不仅俯瞰式地扫描了蒙古族民间童话的不同类型，提纲挈领地论述了这些类型的主要特点，分析了这些作品中最引人注目的人物形象，倾听那来自民族历史深处的足音，而且将蒙古族民间童话放到不同文化的交汇点上，从不同的角度对蒙古族民间童话进行观照，视野开阔，理解也有自己的特色。人类童年时期的文学，包括原始人的文学、民间文学、儿童文学，都有某种综合的不太分化的特征。一篇民间童话，很可能既是文学，也是教育、历史、哲学、道德、宗教、科学，且文学性审美性常常是在长期的流传中，其实用功能脱落以后才显示出来的。将民间童话放在教育、文化、历史的综合背景上探讨，一定意义上就是回到历史现场，在理解民间童话多维性的同时也加深了对其艺术特性的理解。

李芳老师是一位勤勉的学者。又教学又兼行政工作，立足现当代文学又关心民间文学、儿童文学，身为汉族人又对蒙古族民间童话情有独钟，可能正是这种生存状态和学术背景使她能从常见的局限中站出来，用一种开放的心态和视野看待自己的研究对象，采取一种多维的研究方法，这也是现代学者应该具有的素养。《蒙古族民间童话的多维研究》是一部研究蒙古族民间童话的专著，除了其专业价值，对从事其他类型的文学研究的人应该也是有启发的。

吴其南

目 录

上篇：蒙古族民间童话的本体研究

下篇：蒙古族民间童话的跨学科研究

上篇：蒙古族民间童话的本体研究

第一章　绪　论

非物质文化的保护、传承与研究是现阶段世界各国都十分重视的课题。法国是世界上第一个制订历史文化遗产保护法的国家，1840年就颁布了《历史性建筑法案》。日本政府在1950年颁布的《文化财产保护法》中，独树一帜地提出无形文化财产（即非物质文化遗产）的概念，并以法律形式规定了它的范畴和保护办法。韩国自20世纪60年代开始也着力于传统民族、民间文化的搜集和整理，制定了金字塔式的文化传承人制度，成立了专门的非物质文化遗产委员会。1997年，"人类口头和非物质遗产"作为一个概念，正式进入联合国教科文组织的文献。2003年10月，联合国第32届全体大会通过《保护非物质文化遗产公约》。与此同时，与之紧密相连的非物质文化遗产研究"学术运动"也逐渐展开。我国政府也十分重视非物质文化的保护，2002年，文化部、财政部等有关部门启动了大规模的人类非物质文化遗产的抢救和保护工程，对非物质文化遗产的学术研究也相应展开，与此同时少数民族和特定地区的非物质文化遗产保护研究也逐步展开，整个学术研究正在走向多学科化和多元化。

蒙古族民间口传文学的收集、整理和研究工作是我国非物质文化遗产保护与研究工作中非常重要的一支。早在20世纪初期，就有学者开始收集、整理和研究蒙古族民间文学。中华人民共和国成立以后，这一工作正式步入发展轨道，研究工作也相继展开。就体裁研究而言，蒙古族英雄史诗、民歌和好来宝的研究较为系统、深入，其他体裁的研究相对薄弱。蒙古族民间童话是蒙古族口传文学的形式之一，具有丰富的民族文化积淀和思想艺术包容性，作为蒙古族早期人类献给儿童的重要精神礼物，它在传承民族文化和促进儿童成长中起过不可忽视的作用。以此作为研究对象，对于研究蒙古族的历史变迁、民族心理、文化内涵、教育取向等方面都具有非常重要的价值。

一、关键词界定

（一）童话

在西方，并没有与其完全对应的概念。与童话相关联的词汇有：法语"conte

de fées"、英文 "fairy tale" 和德文 "Märchen"（都与 "仙女""精灵" 有关）。此外还有德文 "Kindermärchen"（儿童的魔幻故事）、英文 "new fairy tale story"（新童话）、英文 "modern fantasy"（现代幻想故事）等。无论是是英文的 fairg tale，还是德文的 Märchen，其内涵都指向带有奇异色彩的故事、魔法故事。

在我国，童话自古有之，但 "童话" 这个名称却是 20 世纪初期从日本借用过来的。该名称在中国出现，大概始于 1908 年 11 月商务印书馆出版的孙毓修编译的《童话》丛刊。从该丛刊刊载的作品范围来看，孙毓修所界定的童话体现了日文的原意，即泛指写给儿童的读物，主要偏向故事体的儿童文学作品，包括图画书、生活故事、寓言故事等。随着中国儿童文学理论的发展，"童话" 一词逐渐被赋予了特定的含义，缩小了原有的范围，一般指符合儿童想象方式的、富有幻想性的、满足人类愿望的奇妙故事，逐渐与英文中的 "fairy tale" 相对应。本课题所指涉的童话概念是狭义的说法，即童话是一种表现幻想精神，表达和满足人类愿望，特别是儿童愿望的非写实文学作品。

（二）民间童话

1924 年 2 月，赵景深在《研究童话的途径》一文中第一次使用了 "民间童话" 这一概念，他将童话分为三个类别：民间的童话、教育的童话和文学的童话，并指出 "最努力从事于民间童话的，不能不推前两年的《妇女杂志》"。[1] 此后，对 "民间童话" 的解释主要沿着四个向度进行：

1. 民间性

这是区别民间童话和创作童话（也叫文学童话、现代童话）的关键所在。正因为它产生于民间，经历了世代流传，所以它的故事具有不稳定性和变异性，同一个故事在同一地区不同时期会存在不同的版本，同一故事在不同地区会存在同样的版本，当然也会存在不同的版本。

2. 非写实性

非写实性与写实文学相对应，即故事反映的世界不属于生活本身形式。民间故事中神奇故事、神幻故事、魔法故事、幻想故事的提法，即是依据故事的非写实性而命名的，用以与民间故事中的现实生活故事相区别。也有学者提出 "幻想论"，认为童话的本质特征即为幻想，创作者是以幻想的形式来反映生活，但介

[1]赵景深：《研究童话的途径》[M]//《1913—1949儿童文学论文选集》，少年儿童出版社, 1962.

于本身只不过是一种创造性思维方式，而这种思维方式有时会被用于描述文学的整体形态，比如"文学是一个人的白日梦"的说法，所以笔者认为用非写实性来描述童话，尤其是民间童话较为稳妥。相关提法列举如下：

"童话是民间故事中幻想最浓的故事，所以叫它为幻想故事。"[1]

"民间童话是以少年儿童作为主要对象，富有幻想性与趣味性的民间故事。"[2]

"传奇故事也叫魔法故事，过去还叫民间童话。这是一种幻想性较强的民间故事。"[3]

"童话是一个完整的具有自身特色的流程，这个流程的关键点则是文本意象世界的非生活本身形式。"[4]

3. 愿望的满足性

正如托尔金所言："童话故事从根本上不是关注事物的可能性，而是关注愿望的满足性。"[5]这最基本的愿望的满足包括去探究宇宙空间和时间的深度、广度的愿望，与其他生命进行交流和沟通的愿望，探求奇怪的语言和古老的生活方式的愿望。因为人类并非独自生活在这个世界上，而生活中总会遇到这样或那样的无法逾越的困境，人们对于人生困境产生的缘由和解脱精神困境的途径的探索一直就没有停止过。童话正是通过浪漫主义的幻想手法把现实中儿童的愿望表现出来，用幻想性的荒诞利器去替代那平凡的甚至令人失望的真实性。好的民间童话就像一面镜子，映照出人类心理诉求的同时，又激活起了人类的希望。相关提法列举如下：

"童话是一种非写实的以幻想精神作为主要审美手段，用来表达和满足人类愿望，特别是儿童愿望的作品。"[6]

"我们所指的魔法故事是讲述主人公的神奇经历，通常是主人公在超自然力量的帮助下实现自己的理想或者达到自己的愿望。"[7]

4. 儿童接受性

主要指符合儿童想象方式和适合儿童倾听或阅读。早在 20 世纪初期，周作

[1]朱易初, 李子贤. 少数民族民间文学概论[M]. 云南人民出版社, 1983:94.
[2]刘守华. 中国民间童话概说[M]. 四川民族出版社, 1985:10.
[3]李景江, 李文焕. 中国各民族民间文学基础[M]. 吉林大学出版社, 1986:216.
[4]吴其南. 童话的诗学[M]. 中国文化出版社, 2003:26.
[5]J.R.R.Tolkien.*The Tolkien Reader*[M]. Ballantine,1966:p63.
[6]王泉根. 新世纪中国儿童文学研究的主要趋势[J]. 学术界, 2008(3).
[7]陈岗龙, 乌日古木勒. 蒙古民间文学[M]. 宁夏人民出版社, 2008:162.

人就注意到了民间童话的这一属性，他说："总起来说，童话这件东西，既不太与现实相近，又不太与神秘相通，他实是一种快乐儿童的人生叙述，含有神秘而不恐怖的分子的文学。这一种快乐儿童的人生，犹之初民的人生，因为人事愈繁，苦恼就愈多。这种神秘而不恐怖的分子，也就是初民心理中共有的分子；他们——初民和儿童——不觉得神是可怕的，只觉得神是可爱的。简单说来，童话就是初民心理的表现。"[1] 后来的儿童文学理论研究者延续并发扬了周作人的这一理论。在"百度词条"中关于民间童话的表述是这样的："民间童话是民间创作和流传的适合儿童阅读的幻想故事。其故事情节奇异动人，具有浓厚的幻想和丰富的想象，为群众所欢迎。"很显然，适合儿童接受这一特性已经得到了学界的普遍认同。

　　为了进一步明晰民间童话的概念，必须将其与神话、传说、民间故事、寓言相区别。赵景深说："童话是神话的最后形式，是小说的最初形式。"[2] 这就是说，童话是穿梭于作为最古老的文学形式的神话和作为现代文学最重要体裁的小说之间的存在形式，这是导致童话与其他体裁形式，尤其是非写实类的体裁形式，如神话、传说、民间故事、寓言故事之间界限模糊的直接原因，特别是民间故事，常常出现概念混淆的局面。如在英语中，民间故事这个术语就常用来指"家常故事"（household）或"童话故事"（fairy tale）；如在普罗普的《故事形态学》[3] 中，"民间故事""幻想故事""神奇故事""童话"概念就出现了并用的情况；又如我国的赵景深也表达过"童话即民间故事"；再如周作人也提出"童话本质与神话、世说实为一体"的说法。但是为了研究的确定性，厘清这些概念之间的关系与区别是非常必要的。

　　神话是关于神仙或神化的古代英雄的故事，这些故事描述的一定是人类演化初期的某一个特定人物或神佛的故事，对这样的故事承传者一定都信以为真。正如周作人所说，"神话者原人之宗教"。[4] 神话发展到后来的神幻故事，也就是童话，是可以找到一些轨迹的。俄国学者梅列金斯基曾经有过这样的描述，"神话之转化为神幻故事，须经历下列阶段：非典仪化和非虔敬化、对神幻'事例'真实性之笃信的减弱、有意识的构想之发展、民族志具体性的消失、神幻任务为常人所取代、神幻时期为那种见诸神幻故事的非既定时期所取代、推本溯源之有所减弱或不复存在、从对集体境遇的关注转向对个体境遇的关注、从对宇宙范畴

[1]周作人，郑振铎. 关于童话的讨论[M]. 中国现代儿童文学文论选. 广西人民出版社，1989:227-228. 原载于《晨报副刊》1922年1月25日、2月12日、3月28日、3月29日，4月9日。
[2]赵景深. 童话ABC[M]. 上海书店，1990:4.
[3]普罗普. 故事形态学[M]. 贾放译. 中华书局，2006.
[4]周作人. 童话略论[M]. 儿童文学小论. 岳麓书社，1989:4.

的关注转向对社会范畴的关注"。[1] 我国学者赵永铣也对该问题做过分析，"幻想故事可说是神话胚胎里孕育成长起来的一种口头创作，它与英雄传说、史诗称得上是姐妹，是英雄时代出现的艺术花朵。当反映自然崇拜特质的神话进入表现英雄创立伟业的神话时代以后，由于生产力的提高，控制、支配自然的能力的增强，人的主体意识得到升华，神话幻想也由自然力的神化逐步向人的神化过渡。反抗神的出现，不仅把人与自然混为一体的原始意识分离开来，而且人们自觉到为了实现一种'好的生活'，必须摆脱匍匐于自然威力下的地位，对之进行斗争，即人的神性与神化了的自然展开斗争，这时人间英雄便占了主导支配的地位，哪怕他仍是以神的面貌出现，但在神的身上却顽强地体现着人们自身的愿望。这种根据自身的主观愿望有意识地支配幻想活动，便是幻想故事的出现。随着主观意识步步增强，幻想的主观色彩愈益浓厚，那么，幻想故事和神话便开始分道扬镳，完成了从神话幻想向幻想故事幻想的质的飞跃。"[2] 依据这些描述，我们可以大致对神话和童话进行区分：一是神话的主人公是神，童话的主人公是人；二是神话是虔诚地崇敬神、赞美神的宗教文本，童话是赞美人的梦想、人的力量的文学文本；三是神话关注的是一个民族的集体境遇的想象，童话关注的则是个体生命的境遇。

　　传说是由神话演变而来的具有一定历史性的故事，它与特定民族的历史事件、历史人物及地方风物有关，通常是依据一定的现实基础加工创造而成的。传说和童话的主人公都是人，但是童话的主人公都是虚构的，它属于文学的领域，接受者从来不会认为生活中实有其人，但传说则不然，接受者常常会相信确有其人，它属于一个民族的历史。

　　狭义的民间故事包括幻想故事、现实生活故事、动物故事、幽默笑话等，幻想故事（民间童话故事）只是其中的一类，它与现实生活故事和幽默笑话的区别在于非写实与写实的表现手法。它与动物故事在表现手法上虽然都是非写实的，但还是有着明显的区别。动物故事多为阐释型故事或者寓言故事，阐释型故事多与动物的特征有关，如《兔子的眼睛为什么是红的》；寓言故事则倾向于教训性，与人的梦想无关。

　　（三）蒙古族民间童话

　　蒙古族民间童话是指流传于蒙古族聚居区的符合儿童想象方式的、富有幻想性的、满足人类愿望的奇妙故事。蒙古族聚居区主要包括我国内蒙古、青海、新

---

[1]叶·莫·梅列金斯基.神话的诗学[M].魏庆征译.商务印书局，2009:265.
[2]荣苏赫，赵永铣等.蒙古族文学史[M].内蒙古人民出版社,2000:72.

疆、东三省、云南，以及蒙古和俄罗斯卡尔梅克、布里亚特、土瓦等地区。

由于"童话""民间童话"概念一直处于学术界争论较多的状态，其与神话、传说、民间故事、寓言的界限较为模糊，这使得蒙古族民间童话的收集、整理和研究始终停留在与神话、传说、寓言故事界限不清的状态。

20 世纪 50 年代，随着《安徒生童话》和一些汉族童话故事被翻译成蒙古文出版，"童话"作为一个新的概念被引入蒙古族文学领域，多数译者使用的蒙文词汇是"达牟各"，如蒙古学者 Б·仁钦翻译的《安徒生童话选》（蒙文）[1]，即将"童话"直译为 uliger（故事），旺钦和贡松诺尔布翻译的《安徒生童话和故事选》（蒙文）[2]，则将"童话"译为 liger domug（故事传说）。"domug"在蒙语里用法不统一，有时指传说，有时指神话。

1984 年，都吉雅、高娃整理出版了《蒙古族民间童话故事》（蒙文）[3]，这是笔者收集到唯一使用 "民间童话"这一概念结集的蒙文版故事集。这本书使用的词汇是"domug uliger "，收集的故事涵盖了民间童话、动物寓言故事和幽默故事。

1995 年哈斯巴拉等出版了《蒙古族儿童文学概论》[4]，本书单列一章对蒙古族童话进行探讨。这本书中学者们充分认识到了民间童话与神话、传说，以及寓言故事之间千丝万缕的关系，但却不能很好地厘清，所以在选文时出现了混为一谈的局面，比如说，书中明确提出用蒙古文字记载的最早的童话作品是《千头蛇和千尾蛇》，[5]但根据故事情节判断，将之划归古代寓言故事更为合适。据说这是成吉思汗训导子孙时讲过的一个故事，故事中的主人公虽然属于神魔形象，但故事显然是借用这两个形象传达一个人生道理：头多尾少与只有一个头但尾巴众多的局面相比，后者更容易存活和取得胜利，由此传达精诚团结的重要性。

即使在汉文版的蒙古族民间童话集中，收集的故事类别也是参差不齐。如四川人民出版社出版的《中国少数民族童话故事选》（1980 年），收集的蒙古族民间童话故事皆为蒙古族居住地区家喻户晓的巴拉根仓的故事，这是典型的民间现实故事中的智慧故事，而非以非写实为主要特质的民间童话。再如 1992 年张锦贻和哈达奇·刚整理出版的《寻找第三个智慧者》（中国民间童话丛书·蒙古族），收集的故事也涵盖了民间童话、动物寓言故事和民间现实故事中的幽默故事。

[1]安徒生童话选[M].Б·仁钦译.内蒙古人民出版社,1955.
[2]安徒生童话和故事选[M].旺钦,贡松诺尔布译.内蒙古人民出版社,1979.
[3]都吉雅,高娃.蒙古族民间童话故事[M].民族出版社,1984.
[4]哈斯巴拉等.蒙古族儿童文学概论[M].宝音巴达拉呼,蒋丽君译.辽宁民族出版社,1995.
[5]哈斯巴拉等.蒙古族儿童文学概论[M].宝音巴达拉呼,蒋丽君译.辽宁民族出版社,1995:185.

从蒙古族童话创作来看，也存在着对于童话和寓言概念混淆的情况。进入当代以后，蒙古族作家开始了童话创作的历程，20世纪50年代创刊的《内蒙古青年》《内蒙古文艺》（后更名为《花的原野》）等杂志相继登载了一部分蒙古族文人创作的童话，但其中寓言故事占据主体，借用动物讽喻现实的特征昭然若现。从这种现象中我们可以发现，"童话"这种体裁在蒙古族文学领域已经逐渐开始受到关注，但对于"童话"的内涵和外延并不十分清晰。

按照前文对于民间童话的解释，我们认为蒙古族民间童话主要是指混同在民间故事中的"神奇故事""魔怪故事""魔法故事""幻想故事""蟒古斯故事"等，当然也有一些混同在神话、传说、寓言中的情况，比如像《北斗七星的由来》《老北海的传说》这类，看似是对于某个事物、地名阐释性的传说故事，但故事本身充满幻想色彩，体现着鲜明的愿望满足性，梳理其故事情节又可归入民间童话故事的基本类型中，像这样的传说故事也可以纳入民间童话的研究范畴。

综上所述，本书的研究对象主要指的是蒙古族民间故事中的幻想故事（神奇故事），兼顾神话、传说中张扬人的主体性的神幻故事，同时排除纯粹的地域风俗和动物特性的阐释型神幻故事以及纯粹以讲道理为直接目的的寓言故事。

（四）多维视角

何为多维视角？多维视角是一种跨学科的全方位的综合研究视角。采用这种研究视角主要是考虑研究对象自身特点的需要。蒙古族民间童话隶属于蒙古族文学范畴，但作为一种历史呈现，它记录着蒙古族的族源发展和历史变迁，反映着蒙古族的宗教信仰和教育理念，表现着蒙古族的民族精神和审美理想等，它是一种综合的社会现象，是蒙古族先民表现思想和传承文化的重要手段。本书采用的研究视角涵盖了文学视角、教育学视角、心理学视角、民俗学视角等，尽可能多方位地对蒙古族民间童话进行透视，全貌式地反映蒙古族民间童话的文化特质。

二、文献综述

（一）民间童话的研究

从20世纪初中国民间故事采录工作开始展开，民间童话故事就伴随着中国民间故事的搜集整理被关注。从"林兰女士"20年代到40年代先后出版的民间故事集到1942年毛泽东发表了《在延安文艺座谈会上的讲话》掀起的延安民间故事采录热潮，再到1950年"中国民间文艺研究会"成立后全国范围的民间故事的采录，大批量的民间故事，包括民间童话被抢救出来，这些成果集中体现在1995 年出版的《中华民族故事大系》[1]，由钟敬文主持的、1984 年启动、现已出版 30 卷的"中国民间故事集成"，还有 2004 年 4 月开始启动的近百卷的"中国民间故事全书"。1986 年，张锡昌和盛巽昌合编了《中国古代童话》[2]，这是我国第一本古代童话的选本。1993 年初问世，2007 年修订的陈蒲清的《中国古代童话鉴赏》[3] 共选编、注译、评点了六十多种古籍中的一百多篇童话。2016 年王泉根主编出版的 6 册《代代相传的中国童话》[4]，从《山海经》《搜神记》《酉阳杂俎》《聊斋志异》等中国古代经典中编选了 217 篇经典民间童话故事，为研究中国民间童话提供了典范的材料。

民间童话故事研究从 20 世纪初开始，沿着民俗学、教育学和文艺学三个维度展开研究。周作人和赵景深是 20 世纪初期中国开始进行童话研究的先驱，他们创立了中国童话研究的民俗学理论与方法，同时将童话研究置于"人的文学"的大的研究范围，将儿童看作有正常需要的个体，提倡童话要为儿童教育服务。代表成果有：周作人的论文《童话研究》[5]《古童话释义》[6] 等；赵景深的《童话概要》[7]《童话论集》[8]《童话学 ABC》[9] 等。钟敬文 1930 年至 1931 年间发表的《中国民谭型式》[10] 归纳整理了 45 个中国民间故事类型，对天鹅处女型、蛇郎型等民间童话故事类型进行了人类学解释。30 年代以后童话创作的逐渐增多，使得以民俗学为据的童话研究传统被割断了，以教育学为主导的研究得以发展，同时文艺学维度的研究开始逐渐壮大。进入 80 年代以后，独立著作逐渐增多，如洪讯涛的《童话学》[11]、张美妮主编的《童话辞典》[12]、金燕玉的《中国童话史》[13]、吴其南的《中国童话史》[14]、舒伟的《走进童话奇境 —— 中西童话文学新论》[15] 等，这些著作对民间童话的教育价值以及中国民间童话的发展情况

[1]中华民族故事大系编委会. 中华民族故事大系[M]. 上海文艺出版社, 1995.

[2]张锡昌, 盛巽昌. 中国古代童话[M]. 海燕出版社, 1986.

[3]陈蒲清. 中国古代童话鉴赏[M]. 岳麓书社, 2007.

[4]王泉根. 代代相传的中国童话[M]. 人民邮电出版社, 2017.

[5]周作人. 童话研究[J]. 教育部编纂处月刊, 1913, 1（7）.

[6]周作人. 古童话释义[J]. 绍兴县教育会月刊, 1914（7）。

[7]赵景深. 童话概要[M]. 北新书局, 1927.

[8]赵景深. 童话论集[M]. 开明书店, 1927.

[9]赵景深. 童话学ABC[M]. 世界书局, 1929.

[10]钟敬文. 中国民谭型式[J]. 开展月刊. 1932(11－12).

[11]洪讯涛. 童话学[M]. 安徽少年儿童出版社, 1986.

[12]张美妮. 童话辞典[M]. 黑龙江少年儿童出版社, 1989.

[13]金燕玉. 中国童话史[M]. 江苏少年儿童出版社, 1992.

[14]吴其南. 中国童话史[M]. 河北少年儿童出版社, 1992.

[15]舒伟. 走进童话奇境——中西童话文学新论[M]. 外语教学与研究出版社, 2011.

都有不同程度的介绍。另一个民俗学流脉的研究渗透在新时期以来逐渐恢复的民间文学研究的成果中，如刘守华的《故事学纲要》[1] 和《中国民间故事史》[2]、刘守华的《中国民间故事类型研究》[3]、祁连休的《中国古代民间故事类型研究》、[4] 丁乃通的《中国民间故事类型索引》[5] 等，这些著作归纳了中国民间童话故事类型，同时还有故事类型的介绍及个案的分析。进入 21 世纪以来，跨文化研究视角开始在各民族的民间故事比较中运用，并且产生了少量学术成果，如金东勋《朝汉民间故事比较研究》[6]、林继富的《汉藏民间叙事传统比较研究：基于民间故事类型的视角》[7] 等，其中也包括一些民间童话故事的比较。

专门研究中国民间童话的专著主要有两部：谭达先的《中国民间童话研究》[8] 和刘守华的《中国民间童话概说》[9]。这两部作品系统地阐释了民间童话名称的由来，民间童话的范围、分类、基本特征，它与神话、传说的异同，和儿童的关系以及与新童话创作的关系，等等，同时运用人类学、宗教学、民俗学、民族学、比较故事学、民间文艺学、外国民间故事学、文化史学等知识，对一些典型的中国民间童话故事进行文本剖析和类型研究。

被译介的国外的研究民间童话的理论著作并不多，有代表性的有贝特尔海姆（美国）《永恒的魅力——童话世界与童心世界》[10]、麦克斯·吕蒂（瑞士）的《童话的魅力》[11]、普罗普（俄国）的《神奇故事的历史根源》[12]、维雷娜·卡斯特（瑞士）的《童话的心理分析》[13]、杰克·齐普斯（美国）的《冲破魔法符咒：探索民间故事和童话故事的激进理论》[14] 等，这些著作对于开展故事母题、故事的心理学阐释和故事的产业化研究有很好的借鉴意义。

[1]刘守华. 故事学纲要[M]. 华中师范大学出版社, 1988.
[2]刘守华. 中国民间故事史[M]. 湖北教育出版社, 1999 .
[3]刘守华. 中国民间故事类型研究[M]. 华中师范大学出版社, 2006.
[4]祁连休. 中国古代民间故事类型研究[M]. 河北教育出版社, 2007.
[5]丁乃通. 中国民间故事类型索引[M]. 华中师范大学出版社, 2008.
[6]金东勋. 朝汉民间故事比较研究[M]. 辽宁民族出版社, 2001.
[7]林继富. 汉藏民间叙事传统比较研究：基于民间故事类型的视角[M]. 人民文学出版社, 2016.
[8]谭达先. 中国民间童话研究[M]. 商务印书馆, 1981.
[9]刘守华. 中国民间童话概说[M]. 四川民族出版社, 1985.
[10]贝特尔海姆. 永恒的魅力——童话世界与童心世界[M]. 舒伟, 丁素萍, 樊高月译. 西南师范大学出版社, 1991.
[11]麦克斯·吕蒂. 童话的魅力[M]. 张田英译. 社会科学文献出版社, 1995.
[12]普罗普. 神奇故事的历史根源[M]. 贾放译. 中华书局, 2006.
[13]维雷娜·卡斯特. 童话的心理分析[M]. 林敏雅译. 生活·读书·新知三联书店, 2010.
[14]杰克·齐普斯. 冲破魔法符咒：探索民间故事和童话故事的激进理论[M]. 舒伟译. 安徽少年儿童出版社, 2010.

（二）蒙古族民间童话的研究

蒙古族民间童话作为蒙古族早期人类献给儿童的重要精神礼物，应该作为一个独立的学术领域被关注，但理论研究的成果相对较少。明确以"蒙古族民间童话"概念进行研究的理论成果多为论文形式，20 世纪末张锦贻发表了《关于蒙古族民间童话》[1] 和《蒙古族民间童话的内涵和价值》[2]（1993 年），这两篇文章是基于蒙古族民间童话集《寻找第三个智慧者》的选文所做的研究，对蒙古族民间童话的基本分类、艺术特色以及文化价值做了概要性的介绍和分析。进入 21 世纪以后，冀文秀、李芳、王敏、张伶、周智慧、武霞等学者也先后从不同角度解读了蒙古族民间童话的特征与价值，并且开始关注蒙古族民间童话的人物形象和故事结构。

其余的研究基本混同在蒙古族民间故事研究当中，因为研究内容与民间童话有交叉，因此对蒙古族民间童话研究具有一定的借鉴意义。1912 年，苏联学者弗拉基米尔就出版了《蒙古故事目录》，1921 年又出版了《蒙古民间故事》一书，在书中明确提出，蒙古民间故事主要由两部分组成，一部分是蒙古族自身流传的英雄史诗的变异故事，另一部分源自印度的佛经故事。蒙古国的策·达木丁苏伦院士 1957 年主持编写了《蒙古文学概要》[3] 一书，其中对于蒙藏文学关系，印、藏、蒙古民间故事的研究对后人的研究很有参考价值。普·好日劳院士撰写的《论蒙古民间故事》（1960 年）一书，就蒙古族民间故事的性质、特点等问题进行了探讨，全书分七章，其中动物故事、魔法故事都做了专章介绍，是一部较为全面的研究蒙古族民间故事的著作。除此以外，宾·仁钦、山·嘎丹巴、达·策仁索德那木等学者也撰写过相关论文。

1979 年，匈牙利学者劳仁兹在前人收集整理的民间故事资料基础上编撰了《蒙古民间故事类型索引》，他把蒙古民间故事分为动物故事、英雄故事、神奇故事、生活故事、幽默故事五大类，从 1500 多篇故事中归纳出 400 余个故事类型。这本书是蒙古族民间故事的第一部类型索引，对蒙古族民间故事类型研究有重要意义。

在我国，蒙古族民间故事研究的成果主要产生于 20 世纪 80 年代以后。赵永铣对蒙古族民间故事进行过专门的研究，论文有《蒙古族民间故事与印、藏民间

[1]张锦贻.关于蒙古族民间童话[J].民族文学研究,1990(3).
[2]张锦贻.蒙古族民间童话的内涵和价值[J].内蒙古社会科学（文史哲版）,1993(6).
[3]策·达木丁苏伦,达·呈都.蒙古文学概要[M].内蒙古人民出版社,1982.

故事的关系》[1]《蒙古族民间故事的产生与发展》[2]《蒙古族民间故事的收集出版和研究》[3]等，另外巴特尔的著作《论蒙古族民间文学》（蒙文）[4]和纳日苏的著作《蒙古民间故事研究》（蒙文）[5]也分别对蒙古民间故事的类型进行了介绍，尤其值得一提的是纳日苏的《蒙古民间故事研究》（蒙文），全书共十章，作者运用故事学理论对蒙古族民间故事的内涵、分类、发展演变及结构等问题进行了探讨，其中对民间童话有一些自己独特的看法。苏荣赫、赵永铣等编的《蒙古族文学史》[6]对蟒古斯故事也做了专论。陈岗龙在蒙古族民间故事研究中也是做出卓越贡献的一位学者，在专著《蒙古民间文学比较研究》[7]中对蒙古族独眼巨人故事、马头琴的故事、识宝故事、尸语故事、目连救母故事分别做了专论。专著《蟒古思故事论》[8]全书共九章，不仅介绍了蟒古思故事的基本内容，评述了蟒古思故事的搜集整理与科学研究的情况，而且详细考论了蟒古思故事的来源和形成过程。陈岗龙与乌日古木勒合著的《蒙古民间文学》[9]也列专章讨论了蒙古族民间故事。斯琴孟和主编的《蒙古族民间故事导论》（蒙文）[10]涉及我国新疆、青海、内蒙古以及蒙古国、俄罗斯的布里亚特、卡尔梅克蒙古族民间故事类型分析，为蒙古族民间故事的类型研究，尤其是为编纂一部科学、全面并具代表性的蒙古族民间故事类型索引打造了一个平台。此外，呼和的《蒙古民间文学研究》[11]也设专章探讨了蒙古族民间故事。

21世纪以来，蒙古族民间故事研究进入一个相对的高峰期，中央民族大学、内蒙古大学、西北民族大学等高校的博士、硕士从不同的视域对蒙古族民间故事进行了专题研究。从故事类型进行研究的有铁安的《蒙古民间魔法故事类型研究》（蒙文）[12]、哈申高娃的《内蒙古蒙古族巧女故事类型及其文化渊源》（蒙文）[13]、

[1]赵永铣.蒙古族民间故事与印、藏民间故事的关系[J].内蒙古社会科学（文史哲版），1996(5).

[2]赵永铣.蒙古族民间故事的产生与发展[J].内蒙古社会科学（文史哲版），1998(2).

[3]赵永铣.蒙古族民间故事的收集出版和研究[J].蒙古学信息，1998(1).

[4]巴特尔.论蒙古族民间文学[M].内蒙古文化出版社，1985.

[5]纳日苏.蒙古民间故事研究[M].内蒙古文化出版社，1993.

[6]苏荣赫，赵永铣等.蒙古族文学史[M].内蒙古人民出版社，2000.

[7]陈岗龙.蒙古民间文学比较研究[M].北京大学出版社，2001.

[8]陈岗龙.蟒古思故事论[M].北京师范大学出版社，2003.

[9]陈岗龙，乌日古木勒.蒙古民间文学[M].宁夏人民出版社，2003.

[10]斯琴孟和.蒙古族民间故事导论[M].民族出版社，2010.

[11]呼和.蒙古民间文学研究[M].辽宁民族出版社，2015.

[12]铁安.蒙古民间魔法故事类型研究（蒙文）[D].内蒙古大学博士论文，2005.

[13]哈申高娃.内蒙古蒙古族巧女故事类型及其文化渊源（蒙文）[D].内蒙古大学硕士论文，2007.

崔斯琴的《蒙古族动物故事研究》（蒙文）[1]、宝音特格西的《蒙古族兄弟型故事研究》（蒙文）[2]、哈斯的《蒙古族民间故事叙事学研究》（蒙文）[3]、乌日汉的《蒙古族民间机智人物故事研究》（蒙文）[4]、阿荣的《蒙古族孤儿故事研究》（蒙文）[5]等；从地域视野进行研究的有玉花的《阿拉善蒙古族民间故事类型研究》（蒙文）[6]、包日玛的《锡林郭勒蒙古民间故事类型研究》（蒙文）[7]、格日乐的《鄂尔多斯蒙古民间故事研究》（蒙文）[8]、郭恩琪的《喀左蒙古民间故事传播研究》[9]等；从比较学的视野进行研究的有白秀峰的《蒙古族、达斡尔族人与异类婚配型故事比较研究》[10]、萨日朗的《〈贤愚因缘经〉与蒙古族民间故事》（蒙文）[11]等。虽然这些论文未明确提出民间童话的提法，但研究内容实际上都有涉及，尤其是铁安的《蒙古民间魔法故事类型研究》，运用母题、类型研究法和文化人类学、比较文学等理论方法，对蒙古族民间魔法类故事进行研究，大致勾勒出蒙古魔法故事的 15 个类型，并且在母题比较的基础上，揭示故事的原型与变异发展的特征及民族地域特色。

（三）蒙古族民间童话的应用研究

20 世纪末，与非物质文化遗产保护密切关联的开发利用问题，尤其是有关非物质文化遗产保护与教育传承的研究，也进入研究者的视野，但成果较少。蒙古族民间童话作为幼儿园和小学重要的课程资源的开发利用研究还不成体系，如何利用民间童话元素促进现代蒙古族儿童文学的发展，如图画书、动漫、儿童影视的创作，如何利用蒙古族民间童话的元素推动地区旅游业的发展，这些问题也鲜有人涉及。代表性论文有纪晓岚《蒙古族民间故事在动画创作中的动态再生》[12]、张伶《蒙古族民间儿童故事应用于幼儿园语言教育的思考》[13]等。

[1]崔斯琴. 蒙古族动物故事研究[D]. 内蒙古大学博士论文，2010.
[2]宝音特格西. 蒙古族兄弟型故事研究[D]. 中央民族大学硕士论文，2010.
[3]哈斯. 蒙古族民间故事叙事学研究[D]. 西北民族大学硕士论文，2011.
[4]乌日汉. 蒙古族民间机智人物故事研究（[D]. 内蒙古大学博士论文，2012.
[5]阿荣. 蒙古族孤儿故事研究[D]. 中央民族大学硕士论文，2013.
[6]玉花. 阿拉善蒙古族民间故事类型研究[D]. 西北民族大学硕士论文，2009.
[7]包日玛. 锡林郭勒蒙古民间故事类型研究[D]. 西北民族大学硕士论文，2011.
[8]格日乐. 鄂尔多斯蒙古民间故事研究[D]. 内蒙古大学博士论文，2015.
[9]郭恩琪. 喀左蒙古民间故事传播研究[D]. 沈阳师范大学硕士论文，2018.
[10]白秀峰. 蒙古族、达斡尔族人与异类婚配型故事比较研究[D]. 内蒙古大学博士论文，2009.
[11]萨日朗. 《贤愚因缘经》与蒙古族民间故事[D]. 上海外国语大学硕士论文，2013.
[12]纪晓岚. 蒙古族民间故事在动画创作中的动态再生[J]. 内蒙古艺术，2018(1).
[13]张伶. 蒙古族民间儿童故事应用于幼儿园语言教育的思考[J]. 阴山学刊，2013(1).

三、蒙古族民间童话研究的意义和价值

1. 蒙古族民间童话是蒙古族宝贵的原始文化资源，搜集、整理和研究这些富于原始意味的"非物质文化遗产"，是我国非物质文化遗产保护、传承和研究工作的重要一支，它对于振兴民族文化、加强民族团结具有重要意义。

2. 蒙古族民间童话作为蒙古族文学的重要组成部分，搜集、整理和研究这些故事，对于丰富蒙古族民间文学资源和蒙古族民间文学理论具有重要意义。

3. 蒙古族民间童话作为中国民间童话的重要组成部分，搜集、整理和研究这些故事，对于丰富中国民间童话资源和民间童话的理论具有重要意义。

4. 蒙古族民间童话作为蒙古族重要的教育资源，对其进行资源开发研究有利于民族文化的教育传承。

5. 蒙古族民间童话综合反映了蒙古族的生存状态、宗教信仰、风俗习惯，以其作为研究对象，可以充分地了解蒙古族的民族文化。

6. 蒙古族民间童话作为蒙古族人民的"集体记忆"，集中反映了蒙古族原始初民的精神信仰和欲望恐惧，以其作为研究对象，可以充分地发掘蒙古族的原始心理文化和精神气质。

第二章　蒙古族民间童话的当代价值

蒙古族民间童话，它不仅仅是一种文学现象，还是一种复杂多元的文化现象。"通观蒙古族民间童话的历史流程，不难看出，它其实并不是一种纯文学。""从那个时代蒙古族人民口头创作、流传的童话，常常也就包含着那个时代的蒙古族哲学思想、科学实践、宗教信仰、历史经验等等，很难将它们截然分开。"[1] 正因为此，其当代价值也必然是开放多元的，我们在文化传承和科学研究的过程中必须关注到这一点。

一、文学价值

蒙古族民间童话，是蒙古族民间故事的一个重要分支，是原始初民文学幻想力的集中而绵长的展现与宣泄。作为蒙古族文学的重要源泉之一，它对后来的蒙古族作家文学无论在原型渗透，还是内质融入方面都有着非常重要的影响，前者涉及文学表层的题材、形象、故事母题的借鉴与模仿，后者则关涉蒙古族文学内在精神的传承与弘扬。

（一）蒙古族民间童话对蒙古族作家文学的原型渗透

民间童话是人类叙事文学的源头之一，它展示了人类最初的叙事智慧。无论是现实主义文学还是浪漫主义文学，几乎所有的叙事文学样式，都能够从民间童话里得到滋养。蒙古族民间童话是蒙古族作家文学的生命之泉，很多作家都善于从民间童话撷取创作素材，通过古老而神秘的文学原型的再现，反映民族生活和时代发展。无论是历史文学、僧人文学还是后来的职业作家文学，都可以清晰地看到蒙古族民间童话的身影。

首先，很多民间童话故事在后来的著作中留有痕迹，有的是直接的记录或借用，而有的则是这些故事的变异。蒙古族文人罗卜桑悫丹 1981 年完成的蒙古民俗学巨著《蒙古风俗鉴》[2]，其中第三十、三十三章和三十七章均有口头流传的

---

[1]张锦贻. 蒙古族民间童话的内涵和价值[J]. 内蒙古社会科学, 1993(6).
[2]罗卜桑悫丹. 蒙古风俗鉴[M]. 内蒙古人民出版社, 1981.

民间童话的印记。1919 年，白音毕力格图（汉名汪国钧）的学术著作《蒙古纪闻》[1]完成，该书共十一章，其中第四章、第九章、第十章也是专门记述蒙古民间文学，也随机记录了一些蟒古斯记、魔鬼故事等。

其次，蒙古族民间童话的很多母题在后来的蒙古族文学创作中都可以找到痕迹，有的甚至成为蒙古族文学的重要母题。如英雄母题，这一母题在一定程度上成为蒙古族文学的重要符号，在现代文学的各种体式中得到阐释和运用。英雄母题有属于自身的叙事模式：英雄诞生—苦难童年—与对手战斗—婚姻—凯旋。这一模式在后来的文学中经常被复现，如玛拉沁夫的《茫茫的草原》[2]、云照光的《蒙古小八路》[3]、哈斯巴拉的《故事的乌塔》[4]、毕力格太的《古堡里的秘密》[5]等。英雄母题的人物结构也有固定的模式（如图 2-1 所示），有的时候拯救者和受害者是合二为一的，这成为后来的英雄题材作品的人物结构的固定模式。人与动物互相救助、和谐共处的故事也是民间童话的重要母题，这一母题在现代蒙古族文学中，尤其是在儿童文学创作中得到很好的传承，如敖德斯尔的《云青马》[6]和《狗坟》[7]、格日勒其木格·黑鹤的《犴》[8]和《天鹅牧场》[9]、许廷旺的《草原犬》[10]和《火狐》[11]、甫澜涛的《紫山岚峡谷》[12]、察森敖拉的《牧场的成人礼》[13]等等。

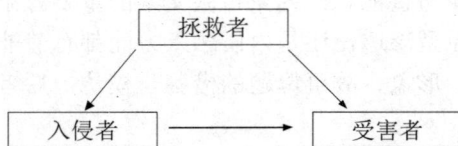

图2-1 英雄母题的人物结构模式

再次，民间童话的形象在后来的文学中也得到了很好的传承。13、14 世纪

---

[1]汪国钧. 蒙古纪闻[M]. 玛希译. 内蒙古人民出版社,2006.
[2]玛拉沁夫. 茫茫的草原[M]. 人民文学出版社,1963.
[3]云照光. 蒙古小八路[M]. 官其格译. 内蒙古人民出版社,1979.
[4]哈斯巴拉. 故事的乌塔[M]. 中国少年儿童出版社,1977.
[5]毕力格太. 古堡里的秘密[M]. 内蒙古人民出版社,1982.
[6]敖德斯尔. 云青马[J]. 民族文学,1996(6).
[7]敖德斯尔. 狗坟[J]. 民族文学,1998(6).
[8]格日勒其木格·黑鹤. 犴[M]//天鹅牧场. 中国少年儿童出版社,2010.
[9]格日勒其木格·黑鹤. 天鹅牧场[M]//从狼谷来. 浙江少年儿童出版社, 2015.
[10]许廷旺. 草原犬[M]. 中国少年儿童出版社,2011.
[11]许廷旺. 火狐[M]. 凤凰出版社,2012.
[12]甫澜涛. 紫山岚峡谷[J]. 民族文学,2001(6).
[13]察森敖拉. 牧场的成人礼[M]. 青海人民出版社,1999.

流传下来的文学作品《成吉思汗的两匹骏马》[1] 和民间童话中描写马的形式大同小异。马作为民间童话中的主要形象之一，在后来的蒙古族文学中都是重要的形象，很多作家将马作为作品的主人公来书写，甚至以其命名，如阿云嘎的《黑马奔向狼山》[2] 和《野马滩》[3]、海勒根那的《小黄马驹》[4]、遥远的《白马之死》[5] 等作品。故事家桑达格的"童话"中的主人公常常是鹿、狼、狗等动物，这与民间童话故事中的动物形象极其相似。这些动物形象后来成为蒙古族文学中最光辉的动物形象。以狼为主人公的如《狼孩》[6]《狼坝》[7]《四耳狼和猎人》[8]《狼血》[9] 等。专门写狗的文学也有不少，格日勒其木格·黑鹤就一口气写了很多部写狗的小说，《黑焰》[10]《黑狗哈拉诺亥》[11]《鬼狗》[12]，《狼谷牧羊犬》[13]，其他蒙古族作家也很喜欢写狗，敖德斯尔的《狗坟》[14] 许廷旺的《草原犬》[15]、忽拉尔顿·策·斯琴巴特尔的《老人·狗·皮袍》[16] 等。再如诞生于13世纪的《蒙古秘史》[17]，其中女性形象的塑造极为成功，无论是作为母亲形象代表的诃额伦，还是作为妻子形象代表的孛帖儿，抑或是作为平民形象代表的豁阿黑臣，她们坚毅勇敢、温柔智慧，她们是男性成长的摇篮，男人生活和战斗的助手，同时还担当着传承民族文化的使者角色，这一点在很大程度上与蒙古族民间童话理想的女性形象是一脉相承的。在后来的蒙古族文学中，女性的这一特质逐渐得以传承和强化，她往往不是一个具体的人或某一个人的母亲，而是兼具了母爱、情爱和女性所有美好品质的整体形象，让我们内心感到美好、温暖、感动、满足。满都麦小说中的女性就是这样的典型代表，如《瑞兆之源》[18] 中的苏布达额吉是一位几乎包含了所有母亲共有的高尚品格的蒙古族女性，她收留照看跑失的无主牲畜，

[1]张锦贻,哈达奇·刚.寻觅第三个智慧者[M].云南少年儿童出版社,1991:62-72.
[2]阿云嘎.黑马奔向狼山[J]民族文学2003(12).
[3]阿云嘎.野马滩[J]民族文学1999(1).
[4]海勒根那.小黄马驹[J]民族文学2006(11).
[5]遥远.白马之死[J]民族文学2007(6).
[6]郭雪波.狼孩[M].少年儿童出版社,2010.
[7]赵熙.狼坝[M].中国工人出版社,1995.
[8]满都麦.四耳狼和猎人[J].民族文学,1997(9).
[9]格日勒其木格·黑鹤.狼血[M].明天出版社,2015.
[10]格日勒其木格·黑鹤.黑焰[M].接力出版社,2006.
[11]格日勒其木格·黑鹤.黑狗哈拉诺亥[M].接力出版社,2011.
[12]格日勒其木格·黑鹤.鬼狗[M].中国少年儿童出版社,2010.
[13]格日勒其木格·黑鹤.狼谷牧羊犬[M].浙江摄影出版社,2015.
[14]敖德斯尔.狗坟[J].民族文学,1998(6).
[15]许廷旺.草原犬[M].中国少年儿童出版社,2011.
[16]忽拉尔顿·策·斯琴巴特尔.老人·狗·皮袍[J].民族文学,2014(1).
[17]策·达木丁苏隆.蒙古秘史[M].中华书局,1957.
[18]满都麦.瑞兆之源[M]//满都麦小说选.作家出版社,1996.

冒着风险救助"反党分子"的家属,对素不相识的地质队员李明施以援手,主动保护草场生态平衡,等等。黑鹤作品中的女性也是草原最温情、最包容、最温暖的形象化身,暴烈的牧羊犬、藏獒、狼犬闻到她们女性特有的味道后,就会自愿地将自己最柔软的肚腹暴露给她们。席慕蓉在诗歌《父亲的草原母亲的河》中将"母亲"与"河"融为一体,浩荡的河水容纳了游子对过往岁月和未来生命所有的记忆和向往。

(二)蒙古族民间童话对蒙古族作家文学的内质融入

每一个民族都有自身内在的精神品质,就像蒙古族,刚性力量和浪漫情怀始终是文学的生命所在。这种特质其实也是古老的民间童话的精神内核,那散发着人类解放性潜能的英雄情怀,那激荡着诗意与幻想的文学品格,似涓涓的溪流从远古流淌至现在,像母亲的乳汁一样滋养了每一个蒙古族文人,涤荡着每一个草原之子的灵魂。

首先,蒙古族民间童话作为一种彰显"力"的文学,其精神内核一直流淌在蒙古族文学的血脉里。民间童话作为幻想文学的一支,它借助幻想的力量引领人们进入一个超越现实生活的可能的世界,有人称之为乌托邦世界,也有人称之为一定时期占主导地位的社会规范的"替换性的结构"。它被看作是人类用自己的想象力及理性去创造一个新世界的动力的一部分,而这样的新世界允许人类特征获得完全独立自主的发展。最能彰显这种"力"的精神的就是蒙古族民间童话英雄故事,如《征服蟒古斯》《乌林库恩》《猎人海力布》等,凭借勇气、神力和智慧,英雄们决绝地向恶魔、阶级社会的统治者、生活中的恶势力宣战,在杀伐征战的瑰丽磅礴中,在智力角逐的狡黠幽默中,在为正义献身的崇高壮美中,我们看到了一个民族最光华、最璀璨的精神特质,看到了改变一切不如意、不公平、不合理的希望。这种"x"的精神顽强地融入后来的蒙古族文学中,无论是山川大河的景物描摹,还是骑马射箭的风俗展现;无论是大开大合、波澜壮阔的故事情节,还是勇猛、剽悍、冒险、拼搏的人物精神。在玛拉沁夫的《茫茫的草原》[1]和巴根的"草原帝王三部曲"[2]等"草原文学"中,我们看到了主人公自由豁达、开拓进取、坚忍不拔、积极乐观的文化品格和精神气质;在黑鹤的《黑焰》[3]和

---

[1]玛拉沁夫.茫茫的草原[M].人民文学出版社,1963.

[2]巴根的"草原帝王三部曲"包括《僧格林沁亲王》,《成吉思汗大传》和《忽必烈大传》,分别出版于1997年(文化艺术出版社)、1997年(中国文联出版社)、2000年(中国文联出版社)。

[3]格日勒其木格·黑鹤.黑焰[M].接力出版社,2006.

许廷旺的《草原犬》[1]等"动物文学"中，我们体会了真正意义上的"为生命而战，为本能而战"的荒野情怀；在察森敖拉的《黑金子》[2]和任青春的《少布的草原》[3]等"成长文学"中，我们见证了蒙古族少年在苦难蹉跎中的坚韧跋涉和生命顿悟。这些无不体现着作家对于"生命之力"的执着坚守和创新。

　　其次，蒙古族民间童话诗意浪漫的精神气质对后来的蒙古族文学也产生了深远影响。浪漫童话是幻想的故事，在故事里人物的设置、情节的演进、冲突的解决，常常都是超现实的、不依自然法则和科学规律的，展现出"泛神论"，"物我关系的混乱"和"时空观念的解体"等特质，都属于幻想层面，所以"幻想"是童话最大的特质。幻想是一种力量，它可以超越我们的五官而达到神秘的精神世界，抑或达到比我们心灵更深远的诗性世界，一切崇真、至善、唯美的摇曳彼岸。没有哪一种精神比童话精神更能传递人类对于唯美诗意理想的渴望了，而这种渴望随着岁月的沉淀逐渐转化为一种信仰，深深地植根于蒙古族作家的精神内核中。

　　像史传文学《蒙古秘史》、最早的短篇小说《乌巴什洪台吉》以及各种民间叙事诗，都是散文和诗歌错落穿插，回环往复，诗意盎然。散文创作充满瑰丽的幻想，浪漫主义气息浓重，很多都是"逍遥型"的游记散文，如鲍尔吉·原野的《温泉上的月亮》[4]、包建美的《走进冬天的兴安岭》[4]、敖福全的《克鲁伦河情思》[5]等，多表达作者只想逍遥在山水之间，感受大自然赐予的无限魅力的浪漫情怀，在"自我"与自然并存的体验中，融通"自我"与山水，追求人与自然的和谐统一。很多小说创作都有与诗融合的倾向，往往在作品开篇附上一首小诗来增加作品的抒情性。如黑鹤在自己的小说《天鹅牧场》[6]开篇附了诗歌《北海》（节选），在《冰湖》[7]开篇附了诗歌《诗人的女儿》（节选），在《从狼谷来》[8]开篇附了诗歌《传说》（节选），在《狮童》[9]开篇附了诗歌《风中少年》（节选）。也有一些小说则在追求意象化、意境化、散文化的道路上勇于实践，如额鲁特·珊丹的《安巴的命运》[10]：

[1]许廷旺.草原犬[M].中国少年儿童出版社,2011.
[2]察森敖拉.黑金子[J].民族文学,2010(9).
[3]任青春.少布的草原[J].民族文学,2001(6).
[4]鲍尔吉·原野.温泉上的月亮[J].民族文学,2010(11).
[4]包建美.走进冬天的兴安岭[J]草原,2009(12).
[5]敖福全.克鲁伦河情思[J].草原,1998(4).
[6]格日勒其木格·黑鹤.天鹅牧场.[M]//从狼谷来.浙江少年儿童出版社,2015.
[7]格日勒其木格·黑鹤.冰湖.[M]//从狼谷来.浙江少年儿童出版社,2015.
[8]格日勒其木格·黑鹤.从狼谷来.[M]//从狼谷来.浙江少年儿童出版社,2015.
[9]格日勒其木格·黑鹤.狮童.[M]//从狼谷来.浙江少年儿童出版社,2015.
[10]额鲁特·珊丹.安巴的命运[J].民族文学,2004(9).

安巴早已消逝在水中。

多少年之后，少年安巴的目光，仍让我想起水天一色的海洋，茫然无边。

有些回忆，犹如缥缈的云烟。

有些回忆，会随着生命滑动。

我是草原的女儿，崇拜山水的信徒。

我以天地神明的名义、坦荡的情怀发誓，安巴——是雕刻在我灵魂上的人。

这些语句简短的段落形成了一种类似诗行的语言，将读者带入一种诗情画意的情境，"目光"、"水天一色的海洋"、"缥缈的云烟"、"滑动"的生命、在灵魂上"雕刻"这些意象缓缓展开，实现了心理学家丹尼尔·夏克特所说的"对所记忆的时间的某种视觉重现"[1]，这种对于物象的深情留恋显示了作者对于诗性修辞的追寻与实践。还有一些小说虽然在外在形式上表现得较为质朴，但是其内在的精神气质却保留着蒙古族诗意浪漫的传统。

此外，蒙古族民间童话的表现手法也对蒙古族作家文学的创作手法产生了重要影响。如大胆的夸张与缜密的推断相结合、强烈的情感渲染渗透于整体的叙述与铺陈之中、将谚语和童谣穿插于故事讲述之中、在人物塑造上粗笔勾勒与工笔描绘相结合等等。

二、教育价值

故事，从一般意义来讲，就是要讲一些"新鲜事儿"，换句话说，就是要传达与日常生活不同的"异质经验"，说故事的人与听故事的人的交流其实就是日常经验与异质经验之间的碰撞与交融。一个流传久远的好故事一定是广泛交流的产物，其中必然包含着人类某种共同的生活经验和普遍适用的生存智慧。一个人通过听（读）故事，通过与他人的异质经验的碰撞，能够充分感知到生活可能会是另外的模样，人可能有另外的活法，进而感觉到自身生活的局限性。正如本雅明所言："一个故事或明或暗地蕴含某种实用的东西。这实用有时可以是一个道德教训，另一种情形则是实用性咨询，再一种则以谚语或格言呈现。无论哪种形式，讲故事者是一个对读者有所指教的人。"[2] 故事的教育价值即在于此。

何为教育？《说文解字》的解释，"教，上所施，下所效也；育，养子使作善也"。 在西方，教育一词源于拉丁文 educare。本义为"引出"或"导出"，

[1]丹尼尔·夏克特.找寻逝去的自我：大脑、心灵和往事的记忆[M].高申春译.吉林人民出版社，2011:11.
[2]本雅明.讲故事的人[M]//启迪：本雅明文选.张旭东，王斑译.生活·读书·新知三联书店，2008:98.

意思就是通过一定的手段，把某种本来潜在于身体和心灵内部的东西引发出来。

民间童话作为一种古老的文学体裁，与儿童教育有着千丝万缕的联系。在学校教育产生之前，长辈们通过民间童话故事传承民族文化、伦理道德以及生活经验；学校教育产生之后它成了重要的课程资源。蒙古族民间童话故事以它生动且富有民族特色的艺术语言，多角度、多方位地反映了蒙古族的不同社会历史形态及风俗民情，它是草原人民伦理道德、宗教信仰、审美观念、心理素质、生活方式等内心世界的生动演绎和具体体现，它以其数量之浩瀚、故事之斑斓，汇成了一幅蒙古族生活的历史长卷，具有丰富的教育价值。

（一）智力因素层面

智力因素包括注意力、观察力、思维力、记忆力、语言力、想象力和创造力。智力的发展不仅依托于生理遗传因素，也受制于后天环境的影响。现代心理学研究表明，人具有极大的可塑性，人类通常表现出来的能力只占到自身潜能极小的一部分，是冰山的一角，也就是说，智力因素中的想象力、表达力、记忆力、逻辑思维能力等主要是后天培养和形成的，与每个人成长的环境和所受的教育有着密切的联系。民间童话对儿童智力的培养是十分有益的，不仅可以促进儿童智力的发展，更重要的是，它的实施方式是寓教于乐、潜移默化、润物无声的，这样的教育方式正是现代教育追求的理想。

蒙古族童话中大量关于自然的描述、关于人物肖像的描写有助于儿童观察力的培养，如《乌兰嘎鲁》故事开头这样讲道："早在蒙古草原上，有一座非常高的山，山名叫矇晞山。山峰插入云间，一年四季人们都看不见这座山的峰顶。山上长满了翠柏、苍松。这些密密的树丛盖满了整个的山岭，山上有瀑布直泄下来，流成了一条巨大的河。就在这座山下靠近瀑布的一个山洞里，住着一个樵夫。"观察顺序即为叙述顺序：从上到下，由远至近。人物肖像描绘的基础也源于观察力，如《格斯尔可汗铲除十五颗头颅的蟒古思昂得勒玛》中描述蟒古思的外形便是按照由上到下的顺序："十五头颅蟒古思昂得勒玛，上身有万只眼，万只鼻，具有罗喉星君之神力，中身具有四大天王之勇，下身具有一百零八个妖怪之魔法。"观察力是智力结构的第一要素，是智力发展的基础。观察力的高低，直接影响人感知的精确性，影响人的想象力和思维能力的发展。利用故事培育儿童的观察力是典型的润物无声的教育方式。

天高云淡、纵马恣意的生活涵养了蒙古族人诗意浪漫的品格，悠久而丰富的史诗传统培育了蒙古族文学语言的诗意追求。在很多蒙古族民间童话中都保留着修饰感极强的诗性语言特质,如《锡林嘎拉珠巴特尔(一)》中的景物描写就很好地保留了整齐的对仗句式:"东门上刻着宗吉尔门吉尔图案,东面的敌人见了定会向东面逃窜;南门上刻着温吉尔门吉尔图案,南面的敌人见了定会向南面逃窜;西门上刻着班吉尔赞吉尔图案,西面的敌人见了定会向西面逃窜;北门上刻着红吉尔明吉尔图案,北面的敌人见了定会向北面逃窜。"再如《汗青格勒巴特尔》中也有这样的描写:"汗青格勒巴特尔催马快跑,在产生的风里,细草飘扬,粗草摇曳,海水起波,大山呼啸。骏马紧咬二岁骆驼大的马叉,扁平的天一张一合,像木头一样的獠牙吱吱作响,细长的牙齿一现一闭,炯炯有神的眼睛一眨一眨,像剪刀一样的两只耳朵来回交叉,甩摇的马尾上下摆动,钢铁般的四蹄前后交错。"整齐的句式和形象的修辞双向发力,彰显了蒙古族民间童话追求诗化语言的审美取向。后来被记录下来的民间童话语言多经过了记录者的加工,语言的质地就更精美一些,如《狐儿》就很有代表性,"那年时值秋季,敖特更种下的大片庄稼,在秋日流金的阳光里,呈现出一派成熟的景象,饱满的麦穗随风甩着沉沉的遐思,包谷含笑的内容金灿灿裸露,红艳艳的高粱在田埂里红映一片,整个田园里鸟声欢唱,景色迷人。"被如此诗意的语言浸润着的儿童,天然地具备了自然优美的语感,这为日后学习书面语打了很好的底子。民间童话中常见的重复叙事模式也很适合低龄儿童学习语言,比如在蒙古族民间童话"难题"母题的故事中,重复叙事就相当普遍,"捉迷藏""获取不可能的东西""除掉各种妖怪"等,通过置换关键词,故事便可以在重复中摇曳变换,只要找到语言规律,复述故事并非难事,所以运用这些故事进行表达力的培养是非常合适的,同时又可以发展儿童的逻辑思维能力。

民间童话最重要的特性之一即为幻想性,任意组合、时空穿梭、魔宝魔力无处不在,人物形象和故事情节充满奇幻色彩,最大限度地抵达了人类想象的边界。在《奥登巴拉尼姑的故事》中,尼姑诵经而孕,后生下七颗铁蛋,铁蛋破裂诞出七个标致的男孩。七个男孩各自都有神奇的本领:能追踪二十天前走过的小虫子的足迹,能瞬间走完三千个世界,能把天上飞过的大鹏爪子射下来,能在瞬间筑起生铁房子,能凭空变出活生生的羊,能在针眼来回自由穿梭。在这些想象里我们看到了蒙古族先民对于精通狩猎和制造业技能的渴望,以及对于探索宏观世界和微观世界的决心。在《阿勒坦·沙盖夫子怎样战胜多头恶魔》中,故事极力放大变形、死而复生、获得奇异力量等奇幻情节,将人类挑战生命形式、战胜死亡的愿望表现得出神入化。吃一口白黄米,力气一下子就能增加一倍。用大拇指碰一下伤口,伤口就能马上愈合。刚生下的婴儿,睡一夜就大到一张一岁绵羊的皮子都放不下了,一头奶牛的牛奶都不够吃了。马可以变作金币装进衣兜,人可以变作黄蜂隐身。人死了以后也可以复活，只要拿来九个森林里的桦树皮和九眼清泉的水，然后抓来拱门上空盘旋的鹗鹰和苍鹰，用桦树皮和清泉擦洗两只鹰的全身，两只鹰就可以合二为一，死去的英雄就复活了。人类的一切创造力都源自天马行空的想象力，事实证明，童话中的离奇想象在未来的社会发展中都会成为真实。因此，在童年期利用民间童话培养儿童的想象力，进而培养儿童的创造力，是经过人类实践验证的智慧选择。

（二）非智力因素层面

非智力因素指人在智慧活动中，不直接参与认知过程的心理因素，包括需要、兴趣、动机、情感、意志、性格等方面。一个人的非智力因素的发展，和一个人所处的环境以及环境中所蕴涵的教育因素、个人的经历，以及在实践过程中个人的感受体会有着紧密的关系。将蒙古族童话作为教育资源传授给儿童，对其非智力因素的发展也应该会起到十分显著的作用。

蒙古族民间童话绝大多数都是英雄故事，"英雄"成为民间童话最夺目的形象之一，这些英雄多是集勇敢、智慧、朴实、善良、担当、博爱于一身的美好形象。特古斯为了让穷人过上好日子，跋山涉水，力战青龙和蛇精，最终寻到了宝钥匙（《宝钥匙》）。身高只有一拃的弱小老汉却要挑战强壮的摩斯，在三项比赛中，小老汉精心设计了一连串的陷阱，制服了摩斯（《胡子五拃长的矮老汉》）。汗王最小的儿子能掐会算，英勇善战，广结兄弟，赛马、射箭、摔跤、辨人、捉迷藏，样样精通。虽然蟒古思神通广大、力大无比，但还是败在了智慧勇敢的小公子手里。小公子不仅砍杀了蟒古思的身体，还不忘毁灭藏在马肚子里的金箱子中的蛋——蟒古思的灵魂。虽然狠心的父亲为了自保将其押给蟒古思做人质，但是他不计前嫌拼死前来解救被蟒古思劫掠的父母。坠入地狱，还勇于承担除掉每天要吃掉一人的毒蛇的重任。自己深陷囹圄，却前去救助被毒蛇吞噬的凤凰的孩子，危急时刻能够决然切下自己腿上的肉给凤凰吃，挖出自己的左眼给凤凰喝。正是因为超出常人的智慧、勇猛和善良，他得到了众多力量的支持与协助，最终夺取了王位，成为人们拥戴的汗王（《有九十九个儿子的汗王》）。这些英雄形象能够激发儿童顽强坚韧的信念，涵养儿童朴实善良的性格，鼓励儿童培育自身的理性与智慧，真正让儿童认同和理解蒙古族崇尚的完美人格。

作为一个逐水草而居的草原游牧民族，出于对生存环境的高度依赖和深厚情感，蒙古族民间童话中蕴含了很多的生态因素，很多蒙古族民间童话都专注于对生态环境的关注和叙写，以《哈森高娃与楚伦巴特尔》为例："春天，哈森高娃领着侍女们到牧场和楚伦巴特尔一起采山丹花，在那广阔无垠的草原上互相追逐嬉戏；夏天，哈森高娃和楚伦巴特尔一起走敖特尔（游牧），到草原深处去撵狼、套马；秋天，哈森高娃带着使女们来到牧场，和楚伦巴特尔一起跳舞唱歌；冬天，哈森高娃和楚伦巴特尔在银白的草原上，双双骑着高头大马，比翼飞驰。"哈森高娃与楚伦巴特尔一年四季都自得其乐地享受着生态化的游牧生活，陶醉于草原所赐予的无比幸福与快乐之中，他们的生活和工作，他们的游戏和爱情，都和草原浑然一体，密不可分。再如《查干花的故事》，查干湖"白亮白亮的湖水像锃明的镜子，溜圆溜圆的湖形像十五的月亮；湖水比牛奶还香甜，比露珠还洁净。""自从牛羊喝过了湖水，白牛长得像小山一样，白羊长得像土丘一样；白牛肥得要流出油来，白羊胖得肚皮擦着地；白牛白得像雪团一样，白羊白得像银子一样；白牛的毛像蚕丝一样，白羊的白毛有半尺来长。"湖水漫过草原，"牧草长得非常鲜美，遍地开满了查干花"，白发的老牧人在草原上放牧，"从远方看去也分不出哪是白云，哪是白牛、白羊；若在湖畔百花间放牧的时候，从远方望去更分不清哪是白花，哪是白牛和白羊。"这是多么令人神往的人与自然完美交融的生态情境！即使桃花源也几乎难以与之媲美。通过故事表现出的这种对大自然的热爱、依恋、赞美、感恩、爱护，是一种自发自觉自律又带有理想情结的生态意识，反映着蒙古族人与自然和谐相处的文化心理。聆听和阅读这样的童话，能够强化儿童的自然崇拜意识，形成对大自然敬畏、守护的心理和情感，养成宝贵的生态保护意识，并且通过这种文化人格体味温暖的情谊、寻求生命的意义、获得战胜困难的力量。正像有些作品里所说："视宝草如亲友，像心肝一样爱惜。"（《骑龙的老太婆》）"只要你一心想念着自己的土地和亲人，什么困难都会度过去的。"（《虎王衣》）这种孕生在血脉中的"苍天为父，大地为母，圣火为命"的游牧民族图腾精神是蒙古族人民不灭的信仰，通过民间童话的传承也必将永世流传。

蒙古族民间童话中关于人与动物互相救助的母题有助于培养儿童的爱心和同情心，而渗透在故事中的蒙古族的热爱自然、敬畏自然、保护自然的自然观也有助于儿童养成人与自然和谐共生的生态意识。人与自然互相救助的母题源自人与动物结亲的族源神话，万物有灵观和图腾崇拜观念是生发这一母题的沃壤，它不仅包含着人类对于自身"从哪里来"这一问题的文化想象，同时还蕴含了人类渴望从动物身上汲取战胜自然的强大力量的美好诉求。这一母题在从神话向民间童话流动的过程中被很好地传承和发展下来，并且不断分化出 "田螺姑娘""蛇郎""龙女报恩""青蛙丈夫""义虎报恩""狗耕田""感恩的动物忘恩的人"等故事类型。在蒙古族民间童话中，这些故事类型多有流传，异文也有很多，这大概与蒙古族地域文化有很大关系，在狩猎文化和草原文化的环境中，人与动物长期处于一种互相依存的状态,这种存在状态最终以故事的方式得以表现和传承。如《八腿花马和乌兰巴特尔》《神奇的飞马》《骑粉红马的小伙子》等都是骏马充当"神奇的助手"的故事,《好做梦的小伙儿》《龙王的女婿》《演奏家达丁木》等都是"龙女报恩"的故事,《蛙仔的故事》《金球呼恨和三条腿蛤蟆郎》等都是"青蛙丈夫"的故事。此外,关于天鹅、田螺、凤凰、狐狸、老虎、鹰、蛇等动物与人的童话故事也非常多。在这些故事中,动物或者是可以托付的友人,或者是深情依恋的爱人,它与人互助互爱,舍命成全,这一方面是现实生活中人与动物互相依存关系的折射,另一方面也是要借用动物神力的参与表达人类惩恶扬善的伦理观。

我们知道,人的优秀品质的形成是不能靠说教完成的,通过故事的潜移默化是让这种美好的人格传承和发扬光大的理想形式。珍惜蒙古族在千百年来不断积累的优秀民间童话,将这些蒙古族文化瑰宝继续传承和发展,让更多的蒙古族儿童在蒙古族童话的熏陶下成长,对于儿童的发展有着积极的意义,而促进儿童发展也正是教育的核心任务。

三、民俗价值

民俗,是普通民众始终保持的、未受当代知识和宗教影响的,以片断的、变动的、较为稳固的形式持续存在至今的传统、信仰、生活方式、习惯及仪式的总称。民俗是能够被记录的,在文字出现以后,它通过专门的书籍系统地得以呈现,但更多更迷人的场景则散见在其他文化活动的细节里以及口头文学的讲述中。文学离不开现实生活,即使是童话,也在一定程度上依靠着现实生活的原型。张锦贻教授就这一问题进行过专门论述,她认为民间童话中展示的民俗,实际上是特定历史文化发展流程的表征,"社会前进的运动与民俗文化的变迁相重合,从中反射出日常生活层次风俗文化是怎样深刻、广泛地影响和制约着民族文明的进程,反射出民俗事项中所蕴涵着的民族的情感、认识和价值观念。"[1] 更何况,民俗是一个民族、一个地区或一个时代人们生活中集体意识和集体行为的积淀,这种积淀必定在民间童话的叙事中自觉不自觉地被融会进去,形成一种非自觉的民俗信息记录,再加上故事本身的流动性和变异性又使这些民俗以活态的形式得以传承,这就使民间童话兼具了民俗志的价值。

民俗所包含的内容非常宽泛,它有三种主要类型:一是物质民俗,主要体现在居住、服饰、饮食、生产、交通、交易等方面;二是社会民俗,主要体现在生、

---

[1]张锦贻.蒙古族民间童话的内涵及价值[J].内蒙古社会科学(汉文版),1993(6).

婚、丧、节日、族规、家风等方面;三是精神民俗,主要体现在巫术、宗教、信仰、禁忌、语言表达等方面方面。这三类民俗在蒙古族民间童话中,都被很完好地保留着。

1. 物质民俗

蒙古族居住的是帐篷,穿的是蒙古袍和马靴,吃的是羊肉、奶食、面食,交通工具主要依靠马、牛。蒙古族民间童话在表现游牧生活时,这些民俗特质就作为蒙古族的一种文化标识随文行走。有一些物质民俗还会被转化为一些标示性的情节流传下来,成为蒙古族民间童话特有的文化符号。如蒙古族日常生活对奶茶、奶制品比较偏爱,将它作为招待客人最好的茶品。如果客人不吃,主人会感到伤心,奶制品成了情感联系的纽带。在民间童话中常常有这样的情节:少年上路时阿妈会给带上用阿妈的奶做的干粮,如果分给陌生人吃,那么陌生人因吃了同一个母亲的奶而成为少年的兄弟;如果分给敌人吃了,敌人也会因吃了同一个母亲的奶而饶过少年的性命。马头琴是蒙古族特有的也是最喜爱的民族乐器,流传至今已有一千三百多年的历史。草原牧民爱马头琴,对马头琴有特殊的感情。民间童话中主人公演奏的乐器通常就是马头琴,也有人专门写马头琴的故事:牧人心爱的马在临死前嘱咐主人,拿它的骨头做琴,拿它的筋做弦,拿它的尾巴骨做弓,它就可以得到永生。蒙古族民间童话中有很多关于马的故事,马作为交通工具成了蒙古族民间童话重要的形象,它忠义勇敢,为了主人不惜牺牲自己的生命;它神奇灵动,身体的各个部位都能够变形;它与主人的情谊成为蒙古族民间童话表现的重要情感。由此可见,这些物质民俗不仅标示了蒙古族的文化特性,同时对于推动故事情节发展也起到非常重要的作用。

2. 社会民俗

婚姻是民间童话的重要题材之一,很多民间童话是围绕婚姻、家庭生活展开故事的,"神奇的婚姻"成了民间童话中的主要类型,在它之下还有许多亚类型。正因为此,民间童话成为透视早期人类婚姻制度的窗口。纵观蒙古族民间童话故事,我们可以发现蒙古族早期的外婚制、抢婚制、聘婚制、一夫多妻制等等婚姻制度,它成为研究蒙古族婚姻制度的宝贵资料。

在蒙古族民间童话中最常被提到的节日庆典当属那达慕大会,它是人物活动的重要场景,也是甄选英雄的必要环节。骑马、射箭、摔跤作为蒙古族那达慕大会上的重要竞技项目,在民间童话中被作为难题求婚故事和英雄成长故事的核心情节固定下来。沙嘎,也叫羊踝骨,是蒙古族儿童非常喜爱的游戏,也是那达慕大会的传统竞赛项目。在民间童话中就有专门依据此物构思的故事类型"金踝骨和银踝骨"，这类故事的主要情节是，在搬家时沙嘎被遗忘在旧牧场，小孩儿因为留恋这一玩具返回寻找，被蟒古斯抓获，小孩儿想尽办法逃离，最终找到父母，一家人得以团聚。

蒙古族非常重视妇女在家庭中的维系作用，这种家风在蒙古族民间童话中也被很好地保留。很多故事都会写到狠心的父亲将儿子撵出家门，或者是因为受到奸人的蛊惑被迫扔掉儿子，更有甚者为了自己活命把儿子送给蟒古斯恶魔。孩子的母亲会一直寻找、等待儿子的归来，也有的故事会讲到母亲从家里偷出食物和用品送给可怜的儿子。故事的结局往往都是儿子归来以后和母亲永远生活在一起。在血缘链条中，母亲始终是那个最坚韧地呵护亲情的人，她守着父亲，记挂着儿子，用自己的忍耐和坚守维护家庭的存在与传承。虽然女性在蒙古族的地位也并非高于男性，但其在家庭中的核心作用、在儿女心目中的重要意义，我们可以透过这些民间童话一目了然。

3. 精神民俗

巫术民俗是指利用虚构的"超自然"力量来实现某种愿望的法术。应该说民间童话的生成主要依赖的即是巫术思维，仪式、咒语、符箓、法术等是其外在的表现形式。蒙古族民间童话亦然，很多故事都插入一些驱病驱魔、起死回生的仪式，符箓被变形为宝物，使用宝物时都有咒语，法术的类型非常多，如变形、上天入地、能听懂鸟言兽语、能吐金吐银、能听见千里之外的声音、能看见千里之外的事物、能从额吉的针眼儿里穿过等等。

民俗信仰又分为原始信仰和后世信仰。原始信仰主要与自然崇拜、图腾崇拜和祖先崇拜有关，后世信仰主要与宗教有关。在蒙古族民间童话中普遍存在着腾格里崇拜、马崇拜、鹰崇拜、桦树崇拜、松树崇拜，这些崇拜都作为故事角色被流传了下来。蒙古族民间童话对宗教的记录主要集中于萨满教和佛教，无论是在人物形象的塑造还是人们的生活方式中都有很好的体现，这在后文会专门进行介绍。

语言是人类精神的外壳，每个民族的语言方式在一定程度上反映着这个民族的精神指归。民间童话故事作为一种发展中的古老的艺术形式，它的发展经历着民族语言发展的全过程，体现着这个民族语言的历史性、多元性以及特殊性，它是这个民族语言最典型的代表之一。接触民间童话故事的过程，就是感受其民族语言特色的过程，也是潜入本民族精神世界的过程。蒙古族民间童话的语言体现着蒙古族日常的语言习惯，是探寻蒙古族精神特性的载体，如作为逐水草而居的蒙古族出于生计的需要，必须对方位有准确的描述，故事里于是有了用方位去定性人物的表达方式，"东南日出方向的宝日勒岱老头儿有个儿子叫宝日呼。西北方向的白嘎日玛萨迪可汗有个女儿""去迎娶日出方向的娜仁仙女"。如蒙古族衣食之源都来源于草原，所以对动物有特殊的感情，在描述人物特点时愿意用动物来形容，用"一口气吃下一匹骆驼的肉"来形容蒙古族勇士的健壮体魄，用"抓住一头青芒牛的犄角，往两边一掰，抖落清理它的内脏，在火上烤着吃"来渲染英雄的武力，用"能把奔跑中的黄羊的舌头拔下来，卧着的兔子睾丸摘下来"来描述英雄的绝技。因为世世代代崇拜母亲，于是在故事里用能在百步之外把箭从额吉（蒙古语：妈妈）的顶针窟窿中射过去形容蒙古族青年箭法高超。没有计量单位，就用生活中常见的景象来计量，于是故事里有了把马群赶到大洼地里看洼是否满满当当来清点马匹数目等。这是随着时间流动凝固下来的一些固定的说法，它仅适用于蒙古族本民族交流时的语言认同与约定俗成，体现着蒙古族感性的、形象的口语质感。这种语言与蒙古族的日常生活和意识形态密切相关，成为"特定民众用以解释社会和人生的解释学体系"[1] 的一个组成部分。

以上重点对蒙古族民间童话的文学价值、教育价值和民俗价值进行了论述，其实，蒙古族民间童话的当代价值还有很多，如娱乐价值、审美价值、产业价值等等，正因为它如此多元的价值和意义，才成为蒙古族文献宝库中一颗璀璨的珍宝，需要后来的学者不断去挖掘。

---

[1]江帆.蒙古族民间故事长河的"双子"灯塔：朝格日布与武德胜的故事特征比较[M]//白音其木格，策·哈斯毕力格图.故事家朝格日布讲述的故事[M].乌云格日勒译.内蒙古人民出版社，2012：371.

第三章　蒙古族民间童话的特征

越是民族的，越是世界的。只有能够彰显出自身文化特质的民间童话，才能在世界民间童话之林中占据一席之地。经历了漫长的口头流传和书面流传历史，蒙古族民间童话逐渐形成了恣意浪漫、崇智尚勇、丰富驳杂、交融并蓄的特征。

一、叙事内容的丰富多元

蒙古族的对外文化交流一直处于活跃状态。公元前 5 世纪前后，由于游牧民族"逐水草迁徙"的生活习俗以及频繁的部落争战，蒙古草原地带就开始了商品交换活动，这条商品交换地带沿着蒙古草原地带，由中原地区向北越过古阴山（今大青山）、燕山一带长城沿线，西北穿越蒙古高原、中西亚北部，直达地中海欧洲地区，是一条沟通欧亚大陆的商贸大通道，后来被称作草原丝绸之路，是丝绸之路的重要组成部分。蒙古族作为较早出现的民族，在草原丝绸之路的文化交流活动中一直扮演着重要的角色。13 世纪的蒙古西征运动更是将蒙古族的文化与中亚文化、欧洲文化的碰撞与交融推至前所未有的高峰。活跃的文化交流使蒙古族的文化呈现出极其多元的状态，作为文化中最为活态的民间童话故事，也相应地呈现出文化的多元状态。所谓文化的多元性是对文化呈现形态的一种定性描述，它不仅涉及文化的形式，而且关乎文化的内容，即在整体上呈现多质多态、多支多流的状态。透视蒙古族民间童话故事，其叙事内容就表现出这种多质多态、多支多流的状态，在随文而现的山川风貌、社会经济形态、民族宗教文化的叙写中表现得极为明显。

（一）山川风貌

在研究民族文化时，首先应该关注其地理生态环境。从广义来讲，地理生态环境包括自然地理环境、经济地理环境、文化地理环境。自然地理环境是经济和文化地理环境生成与变化的重要基础之一。少数民族的文学形态往往带有鲜明的地域性特色，它的产生与发展脱离不了少数民族的生活、生产及民族所处生态环境对它的影响。

作为一个典型的马背上的民族，扩张性是一种与生俱来的精神特性，他们策马驰骋，四处为家，从大、小兴安岭繁茂的森林，到呼伦贝尔、锡林郭勒、科尔沁温润的草原，从阿尔泰、昆仑、阴山苍凉的山地，到三江、松辽、河套辽阔的平原，从塔克拉玛干、古尔班通古特、腾格里、库布齐的漫漫黄沙，到松花江、辽河、青海湖畔的波光粼粼。如果对蒙古族活动的地域进行勾勒，将是一幅十分壮观的疆域图。即使是他们主要活动的领域，也集结了森林、山地、草原、平原、沙漠、河谷等各种形态的地貌。

自然地理环境的客观性直接影响到蒙古族民间童话的地域性特质。如锡林郭勒草原、呼伦贝尔草原、科尔沁草原水系相对较发达，气候温润，天然植被保存较完整，是较为理想的游牧场所，这些地方蒙古族民间童话的主人公多为牧民，故事情节的展开也多依托游牧生活。如《巴图、巴雅尔的故事》中的恶斗毛姨的故事就是牧羊人恶斗毛姨的故事；《恩和图热汗》中的恶魔害死牧羊女，然后自己变作牧羊女成了恩和图热汗的哈屯；《奈玛台老汉》的故事也发生在牧场，奈玛台老汉不愿献出自己的牧马，而将儿子献给了老妖婆。位于西部的新疆地区和位于内蒙古西南部的阿拉善地区、鄂尔多斯草原、乌拉特草原，在历史上曾是"风吹草低见牛羊"的牧场，由于生态环境的破坏，部分地区严重沙化，这些地方的蒙古族民间童话主人公活动的场景则保留了牧场的记忆，但更多的是漫漫黄沙、茫茫戈壁。"戈壁沙滩一眼望不到边。穿过一个沙滩又是一个沙滩。""炎炎烈日照射着戈壁沙滩，骑在驼背上的小姑娘被炎热的阳光照晒得像火烤一样难受！骆驼肚皮也因为被滚滚的热沙所烤炙，以致绒毛一块一块地脱落。"（《神奇的飞马》）就连沙漠里的蟒古斯形象也带有了"沙漠气质"——"那魔兽红光满面，一头蓬松火焰般的红发，体如雄牛，兽面人身，怒气勃发，走路狂风滚滚，红眼放光，摄人心魄。"（《牧羊姑娘与沙漠赤兽》）。东北地域森林繁茂、水系发达，这一地方的蒙古族民间童话主人公活动的场所更多的是山地和林区，很多主人公都以砍柴和狩猎为生，如《椴木疙瘩成精怪》《太阳山下》《神箭手》。

地域空间是影响少数民族文学"异质性"的主要因素之一，地域空间特质的多元性决定了蒙古族民间童话叙事内容的多元性。

（二）社会经济形态

在最古老的蒙古族民间童话中，男主人公的身份多是猎人、樵夫或者牧民，反映了蒙古族早期的游牧文化和狩猎文化形态。后来男主人公的身份逐渐出现了农民，生活场所也增添了城市和农村，这在一定程度上反映了蒙古族在自身的发展过程中对农耕文化的接受。农业文明是在蒙汉交流的过程中开始渗入蒙古地区的，据说早在 15 世纪，俺答汗就曾在漠南地区建起过一些"板升"[1]，有了一些农户，农业也有了一些规模。到了 18 世纪，蒙古的周边地区，特别是和中原农业接壤的地方，农业都逐渐发展起来。先是外来的农民到草原从事农耕，后来出现了专门从事农业的蒙古人。

这种经济形态的多元并存样态在蒙古族民间童话中被完好地记录。如《孤儿、黄狗和龙女》是流传在布里亚特的一则民间童话故事，故事里的孤儿杨古特没有一点财产，他先是给一个人家做帮工收割庄稼，后来遇到冰雹，颗粒无收，他只好又去别人家帮忙割草，但因为割好的草被大风吹跑，他只得又去帮一个牧羊人放牧，挣了一头羊以后决定自己过日子。后来他遇到很多渔民打鱼，就用挣到的羊换了一条金鱼，没想到换来的是龙王的女儿。从这个故事中我们可以看出，当时蒙古族的社会经济形态已经从游牧转入农耕和游牧并存。

从地域的视域来考察，这种经济形态的多元并存样态更为鲜明。如辽宁的喀喇沁左翼和阜新地区，自清代以来大量汉民流亡塞外，逐渐形成蒙汉杂居的状况，于是我们看到这一地区的民间童话故事反映的社会经济形态就较为多元，《骑上大鸟去取宝》是"狗耕田"故事的变体，故事讲到兄弟分家，弟弟分到了非常贫瘠的 10 亩高粱地，这是喀左地区的蒙古族从事农耕生活的反映；《龙王女儿报恩情》中的主人公扎鲁则是一个靠打鱼谋生的人，因放生了龙王的小儿子得到龙王赏赐；《狐狸女》中砍柴郎扎鲁救助了一个被猎人追杀的狐狸，后来狐狸为了报恩嫁给了他；《青蛙儿子》中的额布根和额莫格拉老两口靠放羊为生，一次额布根在河边放羊时遇到了一只青蛙，带回家后变成青蛙儿子。由此可见，这一地区狩猎文化、游牧文化、农耕文化、渔业文化相互交融的状况非常典型。而黑龙江杜尔伯特地区的蒙古族也有类似情况，民间童话故事也体现出了游牧文化和狩猎文化相交融的特点。《神通广大的奥兰其其格》反映了 12 世纪初叶杜尔伯特人[2]的游猎生活；《哈森高娃与楚伦巴特尔》《托诺依》等反映的是纯粹的游牧生活。郭尔罗斯部落则不同，它处于松花江、嫩江交汇处，江河湖泊众多，渔业较农业和牧业更发达，虽然蒙古族人受藏传佛教的影响，多不吃鱼，但他们捕鱼，这里的民间童话故事就表现出游牧文化、农耕文化和渔猎文化相交融的特点。《老北海的传说》《查干湖的传说》等都鲜明地反映出了当地河流众多渔业发达的特

[1] "板升"是指丰州滩（今内蒙古自治区呼和浩特）蒙汉人民聚居之地。亦作"报申""拜牲""白尖"等。蒙语baixing 为汉语百姓之音译，有城、屋、堡子之意。明嘉靖时期，蒙古俺答汗统率土默特部驻牧于丰州滩。明北方边民因不堪封建统治者的压榨，多逃亡于蒙古地区，并逐渐定居于丰州滩一带，形成蒙汉人民聚居的板升。
[2] 杜尔伯特，是蒙古族的一个部落，即杜尔伯特部。作为行政区域的杜尔伯特，清代有杜尔伯特旗，后来有杜尔伯特蒙古族自治县，是黑龙江省大庆市下辖的一个民族自治县，同时也是黑龙江省唯一一个少数民族自治县。

点。同时这一地区还流传着《黄骠马的故事》《贝斯曼姑娘》这些反映牧民生活的民间童话。

(三) 宗教文化

蒙古族游牧文化的开放性和包容性，使蒙古族对于各类宗教教义的接纳成为可能。在漫长的历史演进过程中，在各种宗教教义与民间信仰的碰撞中，蒙古族的宗教信仰历经多次变迁和选择。蒙古族民间童话作为民间文化的载体，记录了蒙古族宗教信仰的足迹，从萨满教到藏传佛教，其间还夹杂着道教、伊斯兰教、基督教等。

1. 萨满教文化

萨满教是一种原始多神教，是满洲的通古斯族和西伯利亚的东北及西北部、土耳其和沃斯替亚克民族之间的一种原始宗教，我国东北的女真、蒙古、赫哲、鄂伦春、鄂温克等民族都曾信奉过萨满教。萨满教可能产生于母系社会的中期和晚期，早期的蒙古初民都信奉萨满。萨满教不是创生的，而是在人类社会原始阶段自发形成的，没有统一的教义与模式。萨满教的多神论、善恶神两大神统对立观，甚至是萨满的宗教活动，都直接影响到蒙古族民间童话的叙事逻辑。据说上界有 99 个腾格里，其中西方 55 个为善神，东方 44 个为恶神，这两个神团的对立不同于主次神的对立，而是两个神统的对立。从童话故事中我们便可以看出，故事中的蟒古斯及老虎等猛兽对应的即为萨满教中的恶神，它们仇视人们的幸福，妄想霸占、抢掠人民财产，制造祸端，播撒灾难，是私心、物欲、丑陋、粗野、虚伪、欺骗、嫉妒等品质的代表，而凤凰、马等善神则帮助人们繁衍牲畜，协助人们战胜恶神，是关怀、护佑、同情等理想品格的代表。能否有利于社会安宁、五畜兴旺和人民幸福，是区分善神与恶神的标准，也是蒙古族判断道德修养高尚与否的基础。萨满教崇尚万物有灵，以祖先崇拜与自然崇拜相结合为显著特征。这些信仰在蒙古族民间童话都可以找到痕迹，它主要表现为物种变形、灵魂崇拜、萨满驱邪治病等。如在怪孩子故事中完好地保留着不同物种间生命互相转换的情节：有的是因吃了某种植物而孕，有的是山羊尾巴掉下来成为孩子，等等。"死而复生"母题也保留较好，只要身体各个部位及骨骼完备，并且各个部位一一就位，施以法术便可以获得重生。新疆地区蒙古族蛤蟆儿故事就有通过起死回生方式向皇帝讨婚的情节，还有的故事会讲到，在青蛙皮被烧掉以后青蛙会死去，然后妻子用金扇子再使青蛙丈夫复活。"吞噬"母题是死而复生母题的一种古老形式，被魔兽吞入肚中表明死亡，吐出则复活。很多英雄故事都会有英雄被蟒古斯吞噬后被吐出的情节，也有英雄斩杀蟒古斯救出被蟒古斯吞噬的亲人的情节。如《耳朵般大的儿子》《巴尔·乌兰》等。

2. 佛教文化

对于蒙古族来说，佛教凝聚了佛教发源地古印度的文化，也在传播过程中吸附了藏族的文化，因此它具有鲜明的藏传佛教（也称喇嘛教）特质。佛教在蒙古族的传播是一个漫长的过程，先后经历了两个重要的时期。"蒙古人与喇嘛教的最早接触一般认为是在成吉思汗时期。"[1]《蒙古源流》[2]中就有公元1206年成吉思汗领兵西征经过吐蕃时，与喇嘛教头目接触的记载。该书中还记载了蒙古大汗窝阔台了解喇嘛教萨迦派的过程，以及想邀请萨斯嘉扎克巴嘉木灿来蒙古做客的事情。这说明当时蒙古上层统治者刚开始了解喇嘛教，但尚未信奉喇嘛教。公元1247年，阔端与萨迦班智达在凉州举行会谈，标志着藏传佛教在蒙古族中开始传播，至元朝时期，历代帝王对藏传佛教萨迦派推崇之至，使藏传佛教被蒙古王公贵族广泛认识和接纳，这一时期被称为佛教在蒙古族中的前期传播。随着元朝的灭亡，蒙古王公贵族与萨迦派之间的政教联系中断。公元1578年，蒙古右翼土默特部首领俺答汗与藏传佛教格鲁派高僧索南嘉措会晤，它标志着佛教在蒙古地区的再度兴起。蒙古地区再度兴起的藏传佛教与蒙元时期藏传佛教主要流行于统治阶级和贵族阶级不同，它开始大面积地在蒙古民众中传播，最终改变了蒙古族传统的宗教信仰。

自喇嘛教取代萨满教成为蒙古族最重要的宗教以后，喇嘛形象开始频繁地出现在童话故事里。喇嘛在当时是受社会敬仰的人物，从上层王公到下层牧民，男子均以出家为荣。在民间童话中他们被刻画为学识渊博、德高望重、乐善好施，又能降妖除魔的形象，兼具人与神的特性，在很多故事中都是神奇的助手形象，如《莲花佛镇妖记》《塔木素的好汉喇嘛镇服妖魔》等。后来随着政教合一制度的推行，喇嘛拥有了双重身份，亦官亦僧，他们中绝大多数出身于贵族家庭，先出家为僧，接受系统的寺院教育，然后再被授之以官职与名号，管辖一方，集宗教的阐释与政治的管理于一体。于是在故事中其形象也发生了变异，成为不学无术、好吃懒做、贪财好色的典型。如在《吃小孩的黄袍喇嘛》和《吐金吐银》等作品中，喇嘛都是作为反面角色出现的。蒙古族民间童话大胆地撕开了蒙蔽在同时期宗教表层的伪善纱幕，把宗教内部的等级统治、不讲人道的情形揭示出来，具有鲜明的宗教文化批判的意义。不管是对某种宗教及其传教人员的敬仰，抑或

[1]孙懿.从萨满教到喇嘛教：蒙古族文化的演变[M].中央民族大学出版社,2002.
[2]萨囊彻辰.蒙古源流[M].内蒙古人民出版社,1980.

是对政教合一的反讽，民间童话以自己夸张、象征的手法影射了现实社会宗教生活的发展轨迹。

从蒙古族民间童话的故事题材和主题中我们也可以发现受藏传佛教影响的痕迹，很多故事都是佛教劝善惩恶故事的移植和发展，故事的主题多表现因果报应。大凡宗教都宣传"灵魂"和"灵魂不灭"，正像佛家所宣扬的"神不灭""今世""来世"等，这些教义成为善恶报应观念的理论根据。因果报应观是佛教《三世因果经》的主要精髓，它包括三层含义：一是人的命是自己造就的，二是怎样才能为自己造就一个好命，三是积德行善与作恶行凶的因果循环报应规律。因这种观念对于良性社会道德观的形成有着积极作用，其与民间童话惩恶扬善的精神内核又极为吻合，所以在故事中被接受并放大开来，成为很多故事的第一精神要义。最典型的是蒙古族狸猫换太子的故事，可汗的妃子多不能生育，善良可人的最小妃子有了身孕，并生下一个儿子，妃子们因嫉妒生恨，采用狸猫换太子的手段害死最小的妃子，并派人杀死太子，太子躲过劫难，并重新回到可汗的身边，作恶之人最终得到惩罚。如《藏布勒赞丁汗》《孟根托洛盖的故事》《可汗的三个妃子》等，这其中较有特色的情节是太子一出生就是"金胸银腔儿子"，它成为日后相认的证据，这样的情节在其他民族中是没有的。"两兄弟型"和"蛇郎型"故事也将因果报应作为主题，善良憨厚的小儿子或小女儿在分家或厄运来临时心甘情愿地成为苦难的承受者，哥嫂或姐姐得以幸免并享受已有财富，神奇的助手或者"厄运"本身使局面发生扭转，小儿子或小女儿过上了幸福生活，哥嫂或姐姐由于嫉妒来争抢，却奇妙地受到惩罚。这类故事数量极多，如《黄狗的故事》《金鹰》《分家》等，固然这类故事还包含其它一些内涵，如"对逝去已久的末子相续的现实的一种永恒回忆"，[1]对现实社会中"长子继承制的强烈不满和对幼子不幸遭遇的深切同情"[2]，但推动故事发展的内在动力始终是因果报应观念，劝善惩恶是其广泛传播的直接目的。

3. 道教文化

蒙古族接受的道教文化主要是道教的一个支脉——全真教的教义。全真教兴起于南宋时期，1127年靖康之变，北宋灭亡，南宋确立，迁都临安（今杭州）。南宋由于军事力量较弱，和金国形成对峙局面。流落在金人统治区的遗民无以归附，怀着"不食周粟"的信念和对异族统治的反抗情绪，创立了全真教。在战乱不断的宋金时期，全真教提倡保全个人高洁贞操，保持质朴纯真之心，不慕荣利，

[1]叶舒宪.英雄与太阳[M].陕西人民出版社,2005:79.
[2]月朗.幼子继承型故事产生及流传的社会基础[J].民族文学研究,1986(5).

这符合了北方民众尤其是知识分子的思想，因而风行一时，但并未占有绝对优势，直到全真教与元朝政权结合，在北方一度达到极盛局面。

道教信奉的神，如玉皇大帝、王母娘娘、土地爷等，被蒙古族人普遍接受，在蒙古族民间童话故事中多有出现。在这些神仙中，少数人的身份是被明确告知的，绝大多数是以老爷爷的身份出现的，这些老人白发苍苍，来去无踪，正是道教神仙的形象特征，彰显了道教的神通广大和救人于危难。一根头发的小英雄，去寻找被施了魔咒的哥哥，路上他遇到了一个银须齐膝的老人，这个老人无所不知，将哥哥的遭遇和被囚禁处告知了小英雄。（《只有一根头发的小英雄》）孤儿希布想娶国王的女儿，国王怒惩希布，挖掉他的一只眼睛，砍掉了他的一只手和一条腿。就在希布濒临死亡的时候，一个手拿白银手杖、白发银须的老人来到他梦里，他向希布口中吐了一口唾沫，并用手杖在希布胸部敲了两三下，然后说："小伙子，你的腿、手和眼睛都会好的。以后你遇见坏人就念一声'粘住'，遇见好人就念一声'分开'。"然后飘然离开。希布醒来，身体果然复原了，同时还获得了奇特的法术。希布凭借这个法术最终娶到了公主。（《孤儿希步》）这些故事中的老爷爷都带有鲜明的道教色彩。

宝物和魔法想象，同民间的道教信仰也有一定联系。道教信仰中就有使用法器和禁咒、符箓降妖除怪的内容，它们常常会转化为故事情节，在中国古代志怪小说中已很常见。这种想象与民间童话原有的宝物形象汇合起来，形成了蒙古族民间童话重要的故事母题，很多故事的叙事动力都来自宝物的出现，如《两个宝蛋》《兄弟三个》等。

道教相信"道"可以修炼而得。神与道和，谓之得道。按照这一众生均可修道成仙的思想，提出了一系列道功和道术，如服食、行气、房中术、守一、外丹、内丹等等。修炼的目的是追求长生不老、肉身成仙。辽宁喀左蒙古族因受汉文化影响较深，就有很多修炼成仙的故事流传，如《胡子变罗汉》《一个穷光蛋的故事》。还有一些故事看似与佛教有关，人物虽是和尚，但修行的目的仍是为成仙，这是佛道两教在民间流传中发生了融合的结果。

据考证，早在 12 世纪蒙古部落中的汪古部、客列部和乃蛮部有些人就开始信仰基督教，[1]成吉思汗统一蒙古诸部以后，基督教更为盛行。伊斯兰教随着阿拉伯、波斯和中亚一带的穆斯林商人的商贸活动经由草原丝绸之路传入大漠南北，最早可追溯到辽代。到了蒙元时期出现了伊斯兰教兴盛的局面，漠南地区伊斯兰教也有了一定规模的发展。基督教和伊斯兰教文化，在蒙古族民间童话中也开始有所呈现，如上帝、修女、传道士这些形象在蒙古族民间童话中都有迹可循，伊

[1]张莉莉.基督教在早期蒙古部落中的传播[J].北京师范大学学报（社会科学版），1999(1).

斯兰教中的一些节日和仪式也有涉猎，但相对萨满教、佛教、道教明显偏弱，在这里就不赘述了。

二、故事体系的兼容并蓄

作为一个游牧民族，蒙古族迁徙的生活直接推动了文化的流动，无论是主动还是被动的"汉化"，或者西征途中对于西方文明的裹挟，以及宗教信仰的发展、变化，都直接推动了蒙古族文化多元共生局面的出现。而蒙古族世代相传的开放心态，进一步加剧和强化了这种多元文化的兼容并包。在这种文化背景下凝结而成的蒙古族民间童话，在故事体系上必然呈现出较为复杂的复合形态，这主要表现为阿尔泰故事、印—藏故事和汉民族故事三大体系的交融并蓄。

1. 阿尔泰故事体系

蒙古族属于"阿尔泰语系"的重要分支，它同突厥语族、通古斯语族在血缘、语言、宗教信仰以及生活方式上都有着千丝万缕的联系。正如汤普森所言，由于"语言的亲属关系，公认的部落或民族对于它们共同的历史的意识，宗教整体以及一定地理区域的团体，都势必在一定的民族中产生心理联合，它给予这些民族的传统知识以十分重要的影响。"[1] 阿尔泰语系主要分布在中国、蒙古、阿富汗、伊朗、土耳其、苏联以及东欧的一些国家，在民间故事形态上，这些地区的故事在母题、结构、审美倾向等方面多有相似又自成体系，我们称之为阿尔泰故事体系。

阿尔泰民间童话故事体系有自身独特的类型和母题。最为常见的即是平魔故事，这类故事被后人称为英雄故事，它与同时期的英雄史诗是孪生兄弟，一个是韵文，一个是散文。蟒古斯作为恶神，其原型是蛇妖，是所有平魔故事中的神奇对手，草原英雄历尽艰险最终战胜蟒古斯。战争的形式可能多种多样，有的是血染沙场，有的是竞技比赛，有的是游戏捉迷藏，当然也有的是智斗蟒古斯。这类母题往往表现善恶交锋，善必然战胜恶的观念，它是原始初民与自然、社会恶势力、内心的恶魔抗争的历史记忆。

可能是原始狩猎—游牧民族与动物天生具有难以割舍的关系吧，人与动物异类婚故事也较为常见。图腾动物与人的结亲从神话故事就开始讲起，在民间童话中得到了延续和丰满。这类童话故事的主人公多为男性，动物的形象多种多样，有熊、大猩猩、狐狸等。动物报恩或者动物喜欢贫穷男主人公而与之结婚是这类故事较为单纯的形态，后来阶级斗争内容的加入，是封建社会发展的产物。

羊尾巴儿子类型的故事在阿尔泰故事体系中也比较常见，它属于游历型怪孩

---

[1]汤普森. 世界民间故事分类学[M]. 郑海等译. 上海文艺出版社,1991:11.

子故事，在汉民族中，几乎没有这样的故事。这类故事的主要情节包括神奇出生、被动游历、偷牲畜、偷戒指。在神奇出生部分，或者把羊尾巴埋在门槛下，或者把羊尾巴供到神龛里，羊尾巴就会自动变成儿子，又或者老奶奶生下羊尾巴儿子；被动游历是指羊尾巴儿子被各种动物吃掉，完成了一次旅行；受两个坏人的指使偷窃可汗家的牲畜，惩罚了贪心的坏人，把偷来的牲畜给了自己的父母；偷牲畜的同时，羊尾巴儿子还会偷取可汗的戒指，他把碱面给可汗家的骆驼吃，杀了可汗的羊，把肉给看门狗吃，把羊粪放进男孩被窝，把羊胎羔放进女孩被窝，把羊苦胆塞进含着戒指入睡的人嘴里，吃了苦胆的人因为太苦吐出戒指，于是羊尾巴儿子拿到戒指并趁乱逃回家。这几个情节有时也会打乱顺序。如《山羊尾巴儿子》基本就是按照这样的情节排布的，不同的是被动游历部分比较曲折，骆驼吃了羊尾巴儿子，老夫妇杀了骆驼却没有在胃里找到儿子，原来儿子被包裹在扔掉的重瓣胃里，乌鸦叼起了重瓣胃飞了很久，羊尾巴儿子从胃里掉出来又被狼吃了，最后被狼拉出来才从屎里爬出来跑回家。再如《拇指勇士》，在这个故事中，偷牲畜和被动游历情节的先后顺序被调换了，而且它的被动游历过程中在狼肚子里的情节也被加入更生动的内容。羊尾巴儿子被狼王吃掉，他在狼肚子里大闹，狼受不了只能听他摆布，羊尾巴儿子指挥群狼吃掉查干家所有的牲畜，然后再到咸水河边不停喝水，群狼被撑死后，羊尾巴儿子撕碎狼王心肝，跳出胸膛回了家。这种情节可能是受到蒙古族古老的"吞噬"母题典型情节的影响，英雄被蟒古斯吞噬后用武器从蟒古斯体内杀死他，然后逃出。

鸟言兽语类故事虽然是一个世界性的故事，但其中违禁型的故事是阿尔泰故事体系的独特类型，很多学者将其命名为"猎人海力布"。《猎人海力布》是流传于蒙古族最古老的故事之一，海力布因为救助了小蛇获得了能听懂动物语言的能力，但是同时也被告知了他使用这一能力的禁忌，就是不得向其他人说出这一秘密，一旦说出，就会变成石人。海力布从动物那里知道洪水将至的消息，他为了挽救百姓的生命说出了消息的来源，自己僵化成为石头。

死而复生母题是阿尔泰故事体系中较为独特的，它是信奉萨满教民族故事中较为流行的一种母题，这可能与萨满教治病驱疫的法术有直接关系。只要身体各个部位及骨骼完备，并且各个部位一一就位，然后施以法术便可以获得重生。虽然在其他民族中也会出现死而复生的情节，但往往是一瞬间即完成复活，更多体现的是变幻的神奇。蒙古族的这类故事数量较大，而且对于神秘的死而复生过程总是煞有介事地叙述，对其中的法术描写情有独钟。

在阿尔泰突厥民族的古代叙事文学中经常见到英雄吃同样的母乳或英雄与马吃同样的母乳的母题，这一母题是对古老的接触巫术的再现。英雄与动物同吃一个母亲的乳汁，英雄与动物就成了母子或兄弟关系，如在新疆流传的《孤苦伶仃的博尔罗加依》就有这样的情节，英雄与羊羔共吃金盘羊的奶，因此成了金盘羊的"儿子"，在金盘羊的引领下，找到了落入凡间的龙女为妻。英雄与路人或敌人同吃母乳在蒙古族民间童话中后来演变为母亲把用母乳制成的饼给即将上路的儿子，这饼如果给路人吃了，路人就成了他的朋友或助手，这饼给对手吃了，对手就会放弃伤害他的想法。如《神儿魔女》中，皇帝召巴音道尔吉进宫，母亲很担心儿子凶多吉少，挤了自己的奶和成面，给儿子做成饼子充当路上的干粮。路上巴音道尔吉遇上了面目狰狞的野人，他把饼子分给野人吃，并且告诉他这是用额吉的奶和面做成的。野人因为吃了这饼，就将巴音道尔吉认成了兄弟，给了他生路。这一母题还有可能被嫁接到外来的故事中，如《驴耳朵皇帝》，驴耳朵皇帝因为害怕别人知道自己的驴耳，平时都用帽子遮着，凡给他理过发的人都要被杀掉。轮到一个年轻人理发了，母亲在出发前给他带了用母乳做的馍馍，让他将馍馍分给驴耳朵皇帝吃。年轻人照做，驴耳朵皇帝果真没有杀他。学者刘守华和特古斯巴雅尔都认为"驴耳汗"故事最早的发源地为希腊，古希腊神话"驴耳朵弥达斯"的情节在蒙古族同类故事中保留得很完整，不同的是加入了一个独特的"同吃母乳"的母题。[1]

  阿尔泰民间童话故事也有自身独特的人物形象体系。以蟒古斯为代表的恶魔阵营，以猎人、小牧童、牧羊女为代表的善的阵营，以及以老婆婆、神马为代表的神奇的助手阵营，自成体系，其中蟒古斯、老婆婆和马是最具有代表性的。蟒古斯也称蟒古思、蟒盖、蟒嘎特害等，是蒙古族民间文学中对恶魔形象的统称，它是一种多头的蟒蛇，在平魔故事中对于它的外形多有描述，并逐渐定型。公蟒古斯以多头为主要特征，最多达到30多颗，穷凶极恶，变化无常。母蟒古斯则具有极强的生育力，很多故事都强调其乳房的巨大，"左乳搭在右肩上，右乳搭在左肩上"成为其标志性特征。小蟒古斯则一落地就骁勇善战，生命力极强。以萨满女巫为原型的老婆婆形象在蒙古族民间童话中也较为常见，她们经常以神奇的相助者身份出现，能掐会算，具有神奇的预见性，同时还可以为主人公提供化解难题的方法。虽然随着道教文化的传入，蒙古族民间童话相助者形象又增加了白胡子老爷爷，但并不能冲击老婆婆在故事中的重要位置，由此可以看出，其形象的原生性和稳固性。在蒙古族民间童话的动物形象中，马始终占据着首要位置，金马驹、黄骠马、云青马等，种类繁多。它们不仅是主人公重要的交通工具和精神伴侣，同时还担任着神奇的相助者角色。作为最忠实的伴侣，它倾尽所有帮助

---

[1]林继富.欲盖弥彰，反遭灭亡："头上长角"故事解析[J].西北民族研究,2001(2)；特古斯巴雅尔.论蒙古族《驴耳汗》故事来源[J].民族文学研究,1988(3).

主人公完成心愿；作为通神的飞马，它带领主人公上天入地，渡过重重难关。

由于阿尔泰语系所涉及的地域较为广阔，民族数量也较多，故事形态不尽相同，游牧生活带来的文化交融使不同民族之间的故事彼此纠缠，很难条分缕析，因此只能把共性的一些特质提供出来作为研究依据。

2. 印—藏故事体系

"原本是地域不接、语言不通的两个族群，却由于7个多世纪以前，蒙古族的西去，藏族的东来，揭开了两个民族历史与文化关系的序幕。"[1]13世纪中叶的"凉州会晤"，揭开了蒙藏两个民族宗教、文化、语言文学、绘画、雕塑、工艺等方面的交流历史。与此同时，发源于印度的佛教经典也开始传入蒙古地区。这些被藏化以后的佛经故事，连同藏地古老的故事互相裹挟着敲开了蒙古族的大门，它形成了一股强大的冲击波，使蒙古族民间童话故事呈现出全新的面貌。

16、17世纪以后，众多的梵文、藏文的佛教经卷被译成蒙文，一些佛经故事以及佛教徒为阐释教义而编写的通俗注释本开始在僧、俗群众中广泛流传，其内容大都是印、藏民间流传的故事，这些佛教经典的传播成为印、藏民间故事传入蒙古地区的桥梁。正如赵永铣和巴图所言，"蒙古族民间故事受印、藏故事，特别是佛经故事的影响极深，而这种影响的中间环节就是喇嘛僧侣们的讲经及各种注释佛经故事编著的流传，而喇嘛们的俗讲及各族人民间的交流传播又是16世纪以来普遍存在的社会文化现象。"[2]其中《五卷书》和《佛本生经》对蒙古族民间童话影响最大。《五卷书》并没有蒙文译本，蒙古族了解《五卷书》的故事是通过藏族学者、诗人萨班·贡嘎坚赞（1182—1251）的《萨迦格言》及这本格言诗集的注疏本开始的。另外《尸语故事》《喻法宝聚经》《甘丹格言》中也有一些故事与《五卷书》的故事相似。虽说《五卷书》中的故事多为寓言，对蒙古族寓言故事影响较大，但是由于蒙古族很多民间寓言故事都被套嵌进民间童话故事中，或者被改造成民间童话故事，所以间接地影响了蒙古族民间童话的发展。当然《五卷书》当中也有一些故事，如《老虎、猴子、蛇和人》，后来成为了"感恩的动物忘恩的人"故事母题的源头之一。在我国虽然《佛本生经》的完整汉译本未能保存下来，但由藏族僧人翻译的佛经和自己编写的佛经注疏等汇集编纂而成的《甘珠尔》《丹珠尔》中就有大量的佛本生故事。收录于藏文《甘珠尔》中的《贤愚因缘经》是汇集西域、中亚一带流行的佛教故事的集成。16世纪末，席乐图·固始·晁尔基将藏文《贤愚因缘经》翻译成蒙古文流传至今。还有一些

---

[1]丁守璞，杨恩洪. 蒙藏关系史大系·文化卷[M]. 外语教学与研究出版社，2000：1.

[2]赵永铣，巴图. 蒙古族民间故事与印、藏民间故事的关系[J]. 内蒙古社会科学（文史哲版），1996（5）.

汉译佛经,如《六度集经》《生经》《菩萨本生鬘论》等, 所收故事亦上百数。这些故事与巴利文佛本生故事的来源和编纂手法相同,因而大同小异。已经有一些学者就印藏文化对蒙古族民间文学的影响进行过研究,如赵永铣、巴图的《蒙古族民间故事与印、藏民间故事的关系》、[1] 陈岗龙的《蒙藏〈尸语故事〉比较研究》[2]、萨日朗的《〈贤愚因缘经〉与蒙古族民间故事》[3]、那木吉拉的《蒙古神话与佛教神话比较研究》[4] 等,这些学者从细部列举了印藏故事对蒙古族民间故事的影响,为后续的研究提供了一定基础。

梳理蒙古族民间童话,我们发现很多故事来源于佛经故事,是印—藏故事体系北传的极好见证。如新疆蒙古族地区的《善有善报》和辽宁喀左蒙古族的《王恩和石义》都是表现"人心奸伪,少有忠信,背恩追势,好恶逆凶"的故事,一场灾难将人和几个小动物联系在一起,小动物则利用自己的特长化解了恩人的危难,邪恶的人利欲熏心,为了灾后偶得的财物背恩弃义。这类故事在丁乃通的《中国民间故事类型索引》中被命名为"感恩的动物忘恩的人"(160型),与《五卷书》中的《老虎、猴子、蛇和人》、《六度集经》中的《难王本生》故事极其类似。在佛经故事中,修道人救了一个猎人和一蛇一鸟,鸟衔来王后的一串明月珠献给修道人以此报恩,猎人却将此事向国王告发,修道人被打入大狱。为了救修道人,蛇咬伤了太子,修道人用神药救了太子并诉说了原委,猎人最终受到惩处。

又如新疆地区的《藏布勒赞丁汗》和《孟根托洛盖的故事》、镶黄旗地区流行的《可汗的三个妃子》都是反映一夫多妻制下争宠伤子的故事,在金荣华的《民间故事类型索引》中被命名为 "狸猫换太子"(707型)。妖妃担心小妃子得宠,将小妃子生下的孩子换成不祥之物,并且将汗王的儿子扔掉,然后蛊惑汗王将生下妖孽的小妃子赶出汗王府。汗王的儿子被好心人救下,历经周折回到家乡,母子团聚。这类故事脱胎于佛经故事中的莲华夫人故事和鹿女的故事,《六度集经》的《国王本生》中的莲华夫人,以及《杂宝藏经》的《莲华夫人缘》和《鹿女夫人缘》都是讲述这类故事的,不同的是故事的开头都有"奇异的诞生"这一情节,莲华夫人和鹿女都非凡人。而在蒙古族民间童话中,生下孩子的都是凡人,作为反面角色害人的一般是妖孽幻化的妃子。

发端于《百喻经》之《毗舍阇鬼喻》中的"二魔争宝"故事在蒙古族民间童话中也有很多变体。如《嘎啦与七鬼争宝》:嘎拉遇到七个鬼争神杖,他出主意

[1]赵永铣,巴图.蒙古族民间故事与印、藏民间故事的关系[J].内蒙古社会科学(文史哲版),1996(5).

[2]陈岗龙,色音.蒙藏《尸语故事》比较研究[J].民族文学研究,1994(1).

[3]萨日朗.《贤愚因缘经》与蒙古族民间故事[D].上海外国语大学硕士论文,2014.

[4]那木吉拉.蒙古神话与佛教神话比较研究[J].内蒙古民族大学学报(社会科学版),2005(1).

让七个鬼赛跑，自己拿着神杖飞驰而去；又遇见七个鬼争隐身衣，嘎拉建议自己穿上隐身衣试试真假，然后穿上隐身衣就逃离了；又遇见七个鬼争神碗，嘎拉建议自己拿上神碗试试效果，然后拿起神碗，穿上隐身衣就逃离了。这类故事后来又发展为人与人争宝，另一个人骗宝。如《三个宝物》，男孩儿遇到七个小孩争神帽，他出主意让七个男孩比赛跑山头，等七个小孩回来时，男孩已经带着神帽消失了；男孩儿又遇到一群孩子争神履，他又出主意让那群孩子比赛跑山头，等孩子们回来，男孩儿已经穿着神履消失了。

《找幸福》《人不是为自己而生存》和《癞蛤蟆吃到了天鹅肉》都属于"求好运"故事，在这类故事中有个主要的情节，自己去寻找好运或幸福，找到神仙或活佛，却帮助别人代问，最终获得好报。代问的问题一般是三件，多数指向生命、婚姻、疾病等。据说这一情节在《贤愚经·檀腻羁品》中就有出现，在古印度端正王智判连环案的佛经故事里，就有代人问事获得好报的情节。在《佛本生故事选》中有一篇《迦默尼詹特本生》也有类似情节，不同的是，主人公代人问的问题不是三件，而是十件。

盛行于蒙古族中的"非凡伙伴的远征"也是受到佛经故事的影响，这类故事讲述的多是具有非凡能力的伙伴远征的故事，如《安岱莫尔根和额日勒代博格达》《家奴的故事》《北斗七星的由来》，小伙子在寻妻、复仇或除魔的路上遇到能洞察一切的"千里眼"、具有奇特听觉能力的"顺风耳"、能够日行千里的"飞毛腿"、能够搬山移海的"大力士"、能够一口气吞下整条河流的"吞湖者"、能够将弓箭从针眼中穿过的"神箭手"、眼疾手快的"神偷儿"等，这些小伙子与主人公分别结成兄弟，在后来的难题求婚、复仇或降魔的过程中都分别发挥了作用，成为小伙子的神奇助手。这类故事最早的记录应该出自藏族《尸语故事》中的"诺桑雅茹格布"（有版本也叫"马桑亚如卡查"）。

不仅在故事类型上，在人物形象和故事母题上，蒙古族民间童话也可以寻找到佛教故事的痕迹。前文已经专门介绍过喇嘛形象，这里不再赘述。其实童话中的佛教形象还有很多，佛陀、菩萨、和尚、尼姑等在不同的故事中相互辉映，形成了一个鲜明的佛教形象体系。佛经故事中具有原型意义的故事母题，如"轮回转生""复活""因果报应""舍身求法""通难搭救""启悟教养"等等在蒙古族民间童话中也多有流传。

3. 汉民族故事体系

13 世纪以前，蒙古人主要在漠北活动，较少接触汉族人。成吉思汗开始大举伐金，在武力征伐的同时，正式拉开了蒙汉文化交流的大幕。随着蒙汉接触日益频繁，急需蒙汉文化兼通的"双语"人才。蒙古族统治者已经开始注意到蒙汉文化的区别，于是让蒙古族青年学习汉族文化，而让汉族青年学习蒙古族文化，虽然其初衷是出于加强统治的需要，但客观上促进了蒙汉文化的交流。成吉思汗为了更好地控制被征服地区的降臣，命这些大臣送一子入宫为怯薛护卫（秃鲁花），组成质子军。质子大多年幼入宫，生活在以蒙古人为主的宫廷环境里，自然精通蒙古语。窝阔台汗四年（1233 年），窝阔台下诏在燕京文庙设立国子学，挑选蒙汉子弟入学。第一批入学者有蒙古子弟 18 人，汉人子弟 22 人。

忽必烈在继位之前就深感蒙古族文化"武功迭兴，文治多缺"，他礼遇儒士文人，采纳儒士文人的政治、经济建议，获得了汉族知识分子的认可和支持，大量文人儒士纷纷进入藩府。1256 年，忽必烈命刘秉忠在金莲川北面，桓州以东、滦河（今称闪电河）以北建新城，经营宫室，命名为开平府（上都）。开平府既是汉族儒士聚集之所，也是忽必烈经营汉地的根据地，它是忽必烈有意改变游牧民族的"行营""行殿"制度，实施汉民族定都、定居制度的尝试。1260 年，忽必烈开始按照中原文化传统改造体制。1270 年，重开元太宗设立的京师国子学，大肆倡导学习儒学，并逐渐将其制度化。与此同时又建立蒙古国子学，在全国范围内推行学习蒙古字。1313 年，元仁宗开始恢复停开 70 多年的科举考试，考试的内容、题目、程式，与唐宋的科举考试基本相同。科举考试制度的实施，大大激发了蒙古族知识分子对儒家思想的学习热情，无论在官方还是在民间，无论在政治经济还是思想文化上，逐渐形成"你中有我，我中有你"的局面。曾经过着"五谷不成资乳酪，皮裘毡帐亦开颜"生活的蒙古人，开始使用粮食、烟茶、布匹等生活必需品，开始用十二地支的汉族纪年法取代"每以草青为一岁，每见月圆为一月"的计时方法，开始在服饰上缀以汉文"喜""寿""万""吉"等字。从这些细节中我们可以看出，正如水下涵养珍珠的暗箱，看似有着明显界限的蒙汉文化，彼此的水流一直在渗透互换，一种全方位的深度融合正在全面展开。

蒙汉人民交往日益频繁，除了民间各种礼仪和风俗的互相渗透以外，很多汉文故事都被译为蒙古文并在蒙古地区开始流传，如《骑黑牛少年传》《三岁小儿传》等。明末清初，《列国志》《隋唐传》《三国演义》《水浒传》等长篇历史小说、神怪小说等也被译介为蒙文，更有胡尔齐说唱艺人根据汉文小说改编的"本子故事"在民众中传唱。这都直接影响到了蒙古族文学的生成方式。对于这一现象郝苏民先生在《西蒙古民间故事＜骑黑牛的少年传＞与敦煌变文抄卷＜孔子项托相问书＞及其藏文写卷》[1]、曹道巴特尔的《蒙汉历史接触与蒙古族语言文化

[1] 郝苏民. 西蒙古民间故事《骑黑牛的少年传》与敦煌变文抄卷《孔子项托相问书》及其藏文写卷[J]. 西北民族研究, 1994(1).

变迁》[1] 都有过论述。

在蒙汉文化接触的过程中，汉族民间故事体系影响蒙古族民间童话的进程我们很难梳理清晰，但蒙古族民间童话的汉化现象确实是一个不容忽视的事实。这首先表现在农耕文明符码开始出现在蒙古族民间童话中，它不仅表现在人们生活环境的变化上，聚族而居、凿井而饮，耕田而食；还表现在男耕女织的社会分工上，很多两兄弟故事或者异类婚故事都是按照这样的社会分工展开叙事的；也表现在日常使用物件的变化上，这在宝物母题的故事中最为明显，如石磨、笛子、人参、葫芦、烟嘴儿、珍珠等。其次，蒙古族人对汉族人精神信仰的接受，在民间童话中也有很好的体现。比如道教文化的信仰，前文我们已经进行过论述。再如对龙的信仰，尽管龙是佛教信仰中的神，但并非所有信仰佛教的民族都像汉民族一样，把自己命名为龙的传人，龙王形象成为神仙精怪类故事出现频次最多的，龙女也成为很多故事的主角，蒙古族民间童话口传和刊布的与龙相关的故事保守统计起来不少于 50 个，成为蒙古族民间童话典型的故事类型。更重要的是，我们可以在蒙古族民间童话中找到流传在汉族中的一些古老的故事类型的身影，最典型的应属"神仙考验""狗耕田"和"蛇郎与两姐妹"的故事了。

在蒙古族民间童话中普遍流传着一类"神仙考验"故事，这类故事通常是说某个神仙为了考验凡人故意设计了一系列难题，凡人或者通过考验成了仙，或者没能经受考验，知道实情以后后悔莫及。故事有时候也采用二元对立的手法，设置两个凡人同时接受考验，一人通过而另一人失败。如《一个穷光蛋的故事》，勤劳的砍柴人误入山洞遇到两人下棋，等从洞中出来已经是陌生的世界，他只好重新返回洞中，进入了神仙世界。原来他参与下棋其实就是参与了不吃不喝的修炼，经历了修炼就获得了进入空性境界的权利。再如《好心的巴图》，巴图辛辛苦苦干了一年挣了二十两银子，在回家的路上全送给了一个卖闺女的额布根（蒙语，老大爷），妻子没办法，又拿出家里积攒下来的一点碎银子让他去买点肉回来过年，巴图又把钱给了一个快要饿死的额布根。媳妇号啕大哭，巴图没脸待在家里。他一个人走到荒无人烟的山沟里，突然听见有人说话："看狗哇！""谁呀？""是我。""干啥呀？""借麦种。""有家什吗？""有。""给你，你啥时候还？""明年这时候。"巴图学着喊，没想到果真凭空借来了麦种。回家以后麦子倒也倒不完。他们把富余的麦子卖了，过上了幸福生活。一年后，巴图来山沟还麦子，被邀请到额布根的家。五天后巴图回了自己的家，但是从他家里出来的已经是长着白胡子的巴图的孙子了。巴图只能离开，走着走着就飘起来，成了神仙。艾伯华在《中国民间故事类型》一书中将此类故事列为 106 型"仙

[1] 曹道巴特尔. 蒙汉历史接触与蒙古族语言文化变迁 [M]. 辽宁民族出版社,2010.

人考验门徒"，核心情节为仙人混迹于乞丐中以考察门徒的心术。丁乃通在《中国民间故事类型索引》中归类为750"对好施者的报答"。学者顾希佳将此类故事又分为"主动接受"型和"试探人心"型。[1]神仙考验故事与中国道教的传教方式密切相关，道教对长生之方极为重视，长生之方不能轻易传人，必须经过严苛的考验，方可传之。神仙考验故事即是道教信仰对文学的浸润和渗透，故事中的考验内容多与敬老、慈悲、贪欲等有关。无独有偶，作为宗教主题，佛教和基督教也很重视难题考验，那么中国汉民族的神仙考验故事到底是原生的，还是受到外来的佛教和基督教故事的影响呢？考察佛教和基督教传入中国的历史，佛教的传入和经书的译介应该是在汉代，而基督教大规模传入中国应该是唐代以后的事，而在中原地区汉代已经有很成熟的"神仙考验"故事，所以它的发源时间应该更早，这类故事是原生的中国故事的可能性更大。

"狗耕田"是兄弟分家故事的主要类型。丁乃通在《中国民间故事类型索引》中将其分作两类："狗耕田"（503E型）和"卖香屁"（503M型）。刘守华又补充了复合混杂型。[2]单纯的"狗耕田"型故事是讲兄弟分家，哥哥霸占了全部财产，只给老实巴交的弟弟分了一条狗；狗能耕田，弟弟致富；哥哥出于嫉妒将狗借回，狗不听使唤，哥哥将其打死；狗坟上长出的具有灵性的植物奖赏弟弟，惩罚哥哥。"卖香屁"是套嵌在狗耕田故事里的一个情节，无所依托的弟弟到山里吃树叶为生，结果放出了桂花香屁，被县官请去熏衣香，发了大财；哥哥效仿，却拉出奇臭无比的稀屎，被县官责打。"复合混杂"型则加入一些从其他故事中嫁接过来的情节，如懂鸟言兽语等。这类故事是典型的诞生于农耕文明背景下的故事，是中国长子继承制在故事中的反映。这类故事在蒙古族地区普遍流传，还变化出很多异文。如《哥哥和弟弟》就是单纯的"狗耕田"故事。而《黄狗的故事》则是单纯的"狗耕田"和"卖香屁"的情节组合，不同的是弟弟并不是通过黄狗耕地发家致富，而是通过与他人打赌实现了发家致富。黄狗指导弟弟和一个顶戴花翎的人打赌，就说狗能耕地，通过打赌赢了那个人的银子；哥哥效仿打赌，结果狗一动也不动，哥哥输掉了一百五十只羊，然后杀掉了黄狗。"卖香屁"的情节也有所不同，被烧成灰的柳筐旁有两颗亮闪闪的豆子，弟弟吃掉能放出香气四溢的屁，而哥哥吃掉则拉出奇臭无比的屎。再如《分家》，狗被替换成牛，"卖香屁"的情节与《黄狗的故事》相同，其他的情节与传统的"狗耕田"故事相同。《秃鹰和兄弟俩》则取了兄弟分家故事的基本框架，同时与"异母兄弟和炒过的

---

[1]顾希佳.疾风知劲草 烈火炼真金："神仙考验" 型故事解析[J].民俗研究,2001(2).
[2]刘守华.兄弟分家与"狗耕田"：一个中国民间流行故事类型的文化解析[J].商丘师范学院学报,2001(1).

种子"（丁乃通《中国民间故事类型索引》511B）以及"人心不足蛇吞象"（丁乃通《中国民间故事类型索引》285D）的故事情节进行复合，形成了"复合混杂"型故事。在喀左地区流传着一个"狗耕田"故事的变体《乌兰其其格和散丹》，在这个故事中两兄弟分家变成了两姐妹分家，妹妹分到小花牛，花牛耕地打下的粮食堆成山；姐姐夺走花牛，花牛却不配合，姐姐打死了花牛；花牛的坟上长出小苗苗，妹妹浇水松土，小树上结出银元宝；姐姐为了得到摇钱树，强迫妹妹换家，结果树蔫儿死了；妹妹用树干做成洗衣棒槌，坏衣服被砸成好衣服，姐姐效仿，衣服全部被砸烂；最终姐姐气死了。这一故事与兄弟分家"狗耕田"故事构架完全一致，只是主人公变成了姐妹，致富的途径增加了女性常用的洗衣棒槌。

　　"蛇郎与两姐妹"（丁乃通《中国民间故事类型索引》433D）也是汉族普遍流行的民间童话，故事的基本情节是：一老汉因得到蛇的帮助答应将女儿嫁予他。大姐不愿意，老二遵从父母意愿嫁给了蛇郎。结婚后蛇郎变成英俊小伙儿，与老二过上幸福的生活。大姐知情后因嫉妒老二将其害死，自己冒充妹妹与蛇郎生活。死去的妹妹灵魂不灭，变成各种物件来揭露事件的真相，大姐行径败露，被撵走或自杀。有人说蛇郎的故事应源自印度流行的蛇王子故事（丁乃通《中国民间故事类型索引》433A 和 433B），但仔细研究两者是有明显区别的，印度蛇王子的故事核心是女子用自己美好的爱情唤醒被施了魔法的蛇王子，帮助他摆脱厄运，恢复人形。而中国的蛇郎与二姐妹故事则重点在姐妹纠葛，中心人物不是蛇郎，而是两姐妹。故事的核心情节与印度蛇郎故事不同，学者刘魁立将其总结为"谋害"—"争斗"—"最后惩罚"，[1] 在真善美与假丑恶的斗争中，假丑恶必败是故事弘扬的主旨。天鹰认为蛇郎与两姐妹的故事、狗耕田的两兄弟故事是典型的从中国土壤中生出的"一个树干上的两个分枝，一个枝上的两朵奇花"，其基本内容都是基于家庭生活的兄弟和姐妹的性格对比。[2] 刘守华在谈到这一类型故事时则认为，这类故事具有更广泛的意义，"是借两姐妹、两兄弟的形象将阶级社会中属于劳动人民的高尚品德和属于剥削阶级的丑恶心灵进行鲜明对比"。[3] 因为故事中受迫害的弟弟或妹妹都具有勤劳、善良、仁爱、淳朴的品格，而作为施害者的哥哥和姐姐都是懒惰、自私、贪心、凶残的代名词，在故事结局中，对哥哥和姐姐的惩罚与一般故事中惩罚那些作恶多端的国王、财主、土司等是一样的。由此看来，即便中国的蛇郎和两姐妹故事是受了印度蛇王子中蛇变人的原型影响发展而来的故事，它也已经是一个充分中国化了的故事，而在蒙古族地区普遍流传的恰

[1]刘魁立.中国蛇郎故事类型研究[J].民间文学论坛,1998(1).
[2]天鹰.中国民间故事初探[M].上海文艺出版社,1981:203-208.
[3]刘守华.中国民间童话概说[M].四川民族出版社,1985:100.

恰是这个中国式的蛇郎故事，它的数量非常多，变体也很多，如《大姐姐抢蛇郎》，基本情节与前文介绍的相类，就是结局有所变化，姐姐被床底说话的小偷吓死，姑爷因想念妻子死去，也化作一只鸟去追自己的妻子了。《三妹妹和蛇郎》中蛇救老人的情节没有了，而被替换成蛇精威胁老人，是吃掉他还是把一个女儿嫁给他。老人有五个女儿，可是都不愿意嫁给蛇精，只有三女儿愿意舍身救父。后面的情节与同类故事基本相同，只是姐姐从妹妹手上偷取了扳指，后来这个扳指成了指正姐姐罪行的助手。虽然蒙古族中也流传有"蛇王子"类故事，但其数量很少，影响力也较弱，构成蒙古族蛇郎故事的主体还是"蛇郎与两姐妹"的故事。

此外，还有一些故事是受到汉族故事体系影响的，虽然它们数量不是很多，但也能反映出蒙古族民间童话对汉族故事体系的接受。如《鬼媳妇报恩》，有个小寡妇的簪子掉进了井里，厚道的小伙子跳下井帮她捞出了簪子。婆母嫌儿媳妇打水时间长，又与穷小子扯臊，羞辱并打死了儿媳妇。从那以后，小伙子每天回家都有香喷喷的饭。原来死去的小寡妇化身为女子来报恩，每天都往饭菜里滴几滴血，所以饭菜异常香甜。后来小伙子知道了实情，到坟上扒出了小寡妇的骨殖，于是小寡妇还了魂，从此两人离开了住地去了科尔沁草原，生儿育女，成了科尔沁地面上的大户。这是典型的"人鬼婚"故事，这类故事在魏晋时期《列异传》《三国志》和《搜神记》中就有成熟的故事，是典型的中国原生故事。又如《会唱歌的银杯》，一位老爷爷非常会唱歌，他的歌声打动了龙王的三女儿，化身为黄鹂鸟跟随老爷爷。龟精喜欢龙女又得不到龙女的心，非常懊恼，他诱骗老爷爷喝下现形酒，老爷爷现出原形，他的心是个会唱歌的银杯。龟精杀死了老人的躯体，留下了会唱歌的杯子。龙女化身为小鹿骗走了银杯，并将它送给了草原上的牧民。从此只要往银杯里倒入酒，银杯就会立刻唱起歌来。这个故事的核心情节就是"心是会唱歌的银杯"，这一情节源自汉族故事中"歌唱的心"这一母题，丁乃通《中国民间故事类型索引》中将其列为780D，婚恋不成，人心不死，化成某种物件给心上人唱歌。在这类故事中死去的人化成某一物件唱歌是故事的核心母题。这一母题与草原人民举杯唱歌的民俗相遇，于是幻化出了"心是会唱歌的银杯"这样的情节。

综上所论，蒙古族民间童话的故事形态是阿尔泰故事、印—藏故事和汉民族故事三大体系的交融并蓄的多元复合体，在文化上表现出驳杂而丰富的样貌，但由于蒙古族居住地幅员辽阔，相对分散，在不同地域范围内呈现出的多元复合形态有所不同，如新疆地区的蒙古族民间童话故事以阿尔泰故事体系为主体，而东北喀左地区的则表现出鲜明的汉化倾向，这与在历史发展过程中不同地域政治、经济、文化交融的具体进程密切相关，是一个复杂的社会现象。蒙古族民间童话在不断演进的过程中，也绝不是一种故事遇到了另一种故事的简单化合，很多故事都是在长期的不同文化体系的故事融合中逐渐形成的，如蒙古族龙女故事的接受，除了随佛教传入蒙古族居住地区与印藏故事相遇之外，蒙汉文化交流也促成了龙女故事形态的丰富，因此，想要更进一步了解蒙古族不同故事类型的形成，还需要更深入地开展研究。

三、审美风格的史诗追求

"史诗"一词最初来源于希腊文，意为"谈话""平话""故事"，后来确指韵文形式的英雄冒险故事，是英雄时代的产物。有学者认为"史诗"和民间童话故事是歌咏英雄故事的"一体两面"，它们产生的时代相同，精神内核也相似，只不过一个是韵文，一个是散文。在蒙古族，"史诗"被称为"陶兀里"，也是"故事"之意，它与散文体的表现英雄题材的民间童话故事互相渗透，共生共荣，共同构成了蒙古族英雄时代的文学胜景。在蒙古族史诗盛行的时代，英雄题材的民间童话数量也十分可观，有光怪陆离的平魔故事，有温情脉脉的救助故事，有烈火熊熊的复仇故事，有障碍重重的寻宝故事，很多民间童话故事后来成为英雄史诗故事发展的重要材料，也有的民间童话故事就是英雄史诗的缩写版，它们之间的相关性和相似性让我们再一次体认民间童话与史诗的"一体两面"特质。

滥觞于 20 世纪 30 年代，形成于 60 年代的"帕里—洛德理论"（the Parry-Lord Oral Theory），或者叫"口头诗学"（the Theory of Oral Composition），将民间文学研究带入了新的领域，其基本理论骨架由三个结构性单元概念组成：程式（formula）、故事形式或故事类型（story-pattern or tale-type）、主题或典型场景（theme or typical scene）。下面我们就按照这三个结构性单元谈一谈蒙古族民间童话与史诗风格的相关性。

（一）语言程式

程式是具有重复性和稳定性的词组，它能够使歌手在现场表演中快速而流畅地叙事。无论是在口头传唱还是在文本中，我们发现蒙古族史诗存在非常鲜明的语言程式，这使其具有了突出的语言个性，同时也让我们感受到民间童话与它的关联性。

先来说一说时间的固定说法。叙事是时间的艺术，所有的口头讲述皆需用时间来作为叙事线索，时间表达的程式属于一个民族一个时代的文化，同时也是讲述人的一种习惯或者为了营造气氛的故意为之。比较蒙古族民间童话和史诗的语言，这种时间程式的相似性是显而易见的。比如说对于数字"三"的钟爱，以三为多，甚至有时把"三"增加到几倍或几十、几百倍，如"大战了三天三夜""三年以后""三年不见人""大战了九天""一走就是九年"等。再比如说提到所需时间之少和速度之快时也有一些传统的程式，"比风快速""比羽箭要快""一年的路程用一个月走完""一个月的路程用一天走完"等。

除了时间的说法比较固定，人物外形描绘也呈现模式化的情状，使用的词语往往也很雷同。作家文学在塑造人物时追求个性化，民间文学却走着一条模式化的路线，这一点不仅体现在同一体裁内部的人物类型化趋势上，同时也体现在不同体裁之间同一类型人物之间的互文上。比如说对于英雄的外貌描写，蒙古族民间童话和史诗都会着重于"力量"这一特性，所用的语言程式也不尽相同，"勇猛如雄狮一般""叱咤声能震破虎豹的肝胆""吼声卷起的旋风，能把岩石震翻""力气能举动两座山""走起路来像风暴一样飞快"等。再比如说对于恶魔蟒古斯的外貌描写也有一些固定的语言程式，"长着十五个（二十五个、三十五个）脑袋""嘴巴里喷着一团团火焰""鼻孔里冒着一股股黑烟"，母蟒古斯"左乳挂在右肩上，右乳挂在左肩上"等等。就连英雄的坐骑描述也具有一定的语言程式，起初是不起眼的、长满疖子的两三岁灰马，英雄骑上以后就变形为英俊高大的烈马，"如山岩一般刚劲，如玉兔一般精灵"。

语言程式说窄了是固定的、重复出现的词组，其实一些固定的句式和修辞也应该一并予以关照。比如说对偶、比喻、夸张等修辞手法的大量使用，它赋予史诗一种独特的诗化语言风格，这种风格在后来的传承中被很好地保留下来，形成了句式上一种相对稳定的程式。这种语言程式被很好地保留绝非偶然现象，意大利美学家维柯很早就发现，英雄时代的语言是一种由显喻、意向和譬喻来组成的语言，这些成分的产生是由于当时还缺乏对事物加以明确界定所必需的种和类的概念，所以还是全民族的共同性的一种必然结果。这种诗化的语言反映出英雄时代人们的一种思维特质，它作为一种文化表征符号成为那一时代最动人的语言记忆。另外，史诗表演本身的庄严性、神圣性也要求一种诗化的语言与之相匹配，没有比采用比喻、对偶、排比等修辞的句式更适合营造这种神圣、庄严的气氛的了。这种语言程式在蒙古族民间童话中也表现得很突出。例如描写景物时，"东门上刻着宗吉尔门吉尔图案，东面的敌人见了定会向东面逃窜；南门上刻着温吉尔门吉尔图案，南面的敌人见了定会向南面逃窜；西门上刻着班吉尔赞吉尔图案，西面的敌人见了定会向西面逃窜；北门上刻着红吉尔明吉尔图案，北面的敌人见了定会向北面逃窜。"（《锡林嘎拉珠巴特尔（一）》）"金色的须弥山脚下，奔跑着千万匹黑骏马，绵延起伏的山岭上，遍布着千万匹枣红马，蜿蜒的河谷溪水边，闲散着千万匹云青马。"（《三岁的芒来莫日根汗》）如在讲述情节时，"布希把响箭射了过去，命中了三十只鸟的腿，五十只鸟的膝后弯，六十只鸟的翅膀，七十只鸟的肩膀，一百只鸟的脊背。"（《孤儿布希》）"粉红马打一个滚，长出一层青皮；打两个滚，长出一层黑皮；打三个滚，毛也长出来了。"（《骑粉红马的小伙子》）"火焰喷到草木上，草木化为灰烬；火焰喷到大地上，大地变成枯焦的沙海。"（《征服蟒古斯》）"当小黄骠马一岁的时候，百合其其格就骑着它到哈斯朝鲁河去饮水；当小黄骠马两岁的时候，百合其其格就骑着它去放牧；当黄骠马三岁的时候，百合其其格就骑着它去和男牧民赛马。"（《黄骠马的故事》）"阿勒坦·沙盖向马吹起了口哨，就像十个人在吹口哨一样，阿勒坦·沙盖对马发出了呼唤，就像二十个人在呼唤一样。"（《阿勒坦·沙盖父子怎样战胜多头恶魔》）再如故事中人物的语言也如诗一般，"我愿做你白天的身影，夜晚的伴侣；愿做你钢刀的刀锋，战马的翅膀；愿做你白天的眼睛，夜晚的耳朵；愿做你父母的茶杯，愿做你佛龛前的神灯。"（《征服蟒古斯》）"老人阻拦道：'凤凰飞不到的地方，骏马驰不过的山港，飞禽越不到的雪岭，雄狮跃不过的海洋。'"（《摇篮曲》）

有人说，民间童话的讲述应该是诙谐的、愉悦的，它的语言形式也应该是口语化的、散文式的，不能不说蒙古族民间童话的诗化语言现象是一种值得关注和研究的特殊现象，这与蒙古族悠久、丰饶的史诗传统是分不开的。

（二）叙事模式

故事范型（story-pattern）在"帕里—洛德理论"中被理解为基本的叙事单元（narrative unit），是指"在口头传统中存在着诸多的叙事范型，无论围绕着它们而建立起来的故事有多大程度变化，它们作为具有重要功能并充满着巨大活力的组织要素，存在于口头故事文本的创作和传播之中"。[1]史诗的基本故事范型包括：神奇诞生、被弃（或苦难童年）、创立功业、成婚、远征、凯旋（或牺牲），在故事里基本按照顺序来进行排列，这是一个普世性的、全球范围内都能发现的叙事程式。学者郎樱曾将我国史诗的基本叙事模式概括为："英雄特异诞生—苦难的童年—少年立功—娶妻成家—外出征战—家乡被劫或被篡权）—杀死入侵之敌（或篡权者）—再次征战—英雄凯旋（（或牺牲）"[2]，与世界各国的史诗故事范式及其叙事顺序也基本一致。

[1]约翰·迈尔斯·弗里.口传诗学理论：帕里—洛德学说[M].朝戈金译.社会科学文献出版社,2000：109.
[2]郎樱.论北方民族的英雄史诗[J].社会科学战线，1999(4).

蒙古族民间童话原生的故事多与英雄相关，史诗故事基本叙事模式中的故事范型在民间童话中多有复现，它同蒙古族史诗之间存在着某种天然的应和关系。当然，由于故事容量的关系，民间童话故事在组合时表现为一种相对的简单化，不同故事择取的故事范型会有不同，如有的故事保留"英雄娶妻成家—家乡被劫—杀死入侵之敌—英雄凯旋"，如《古努干乌兰巴特尔》；有的故事保留"求婚—外出寻宝（或经受磨难）—英雄凯旋（或结婚）"，如《勇士巴雅尔》；有的保留"家乡被劫—杀死入侵之敌—英雄凯旋"，如《八腿花马和乌兰巴特尔》；有的保留"家乡被劫—外出寻宝（或经受磨难）—英雄凯旋"，如《宝钥匙》。总之，"被劫""婚姻""磨难""获得宝物""凯旋"这些故事元一直活跃在民间童话故事里，与史诗遥相辉映。

尽管民间童话与史诗相比，故事元的数量有了一定缩减，但是故事的基本范式还是具有一定相似性的，这样的故事范式最适合承载生命成长的主题，"自我动力学""他者动力学"以及"变形记"三种行为动力模式在民间童话故事中被融为一体。主人公的成功崛起或者自我价值的实现之所以成为可能，主要动因是依靠自身的勇敢勤奋和忠诚可靠，这体现了个体成长中"自我动力学"的动力模式；在主人公通往成功的过程中，他依靠群体、依靠他者的帮助求得生存，这体现了个体成长中"他者动力学"的动力模式；主人公经历了一种转变，从而获得了超越自身的生存能力，这体现了个体成长中"变形记"的动力模式。应该说，民间童话将这三种行为动力模式圆融地呈现出来，在生命个体与对手征战的过程中，自身的勇气、力量、智慧、忠诚与赖以保护自身的社会群体共同促进了生命形态的转折，促成自身的超越。这大概是民间童话更适合承载成长主题的重要原因。

由于体裁的限制，民间童话故事的容量不得不选择一连串的减法，人物性格的发展和转折也尽量避免过度繁复，人物形象扁平化，呈现出静态或者理想化的倾向，但人物形象更趋于鲜明；故事结构也很简单，善与恶的矛盾呈直线上升，但情节却更加扣人心弦；语言趋于口语化，于是日常生活的生动和熟悉的气息被融入民间童话故事。我们不能判定史诗和民间童话哪一种文学样式更伟大，它们各自的特点成就了自身顽强的生命图景，史诗的繁复成就了丰富，民间童话的简单造就了深刻。

（三）精神内涵

民间童话和史诗同属于英雄时代的文化产物，塑造英雄、表现英雄崇拜、张扬英雄主义，执着于某种近似"神化工程"是它们在精神内核上的共同追求。"由神性和人性统一的划时代的审美特征，构成了英雄时代的崇高的英雄主义审美对象及其审美观念范畴。"[1]这里所说的对于英雄的"神化",包括为了氏族、部落、部落联盟以及民族的事业与命运,披荆斩棘,建立伟大功业,取得辉煌成就,也包括个体在现实生活中对各种类似死亡威胁的异己力量拼力反抗的最终胜利。

1. 强力生命意志的终极胜利

周泽雄在《英雄与反英雄》一文中提出一个重要观点:"英雄是一种原欲",[2]其最根本的动力源是死亡恐惧。这样的提法是具有精神分析学的理论依据的:人是自我意识和生理肉体的结合,自脱离舒适自然的无知状态而产生自我意识起,人就堕入了恐惧。因文化而生成符号性的自我,这一自我让人认为自己是君临万物的灵长,是文化符号体系的创造者;因命中注定的必有一死的结局,让人不得不面对自己最终只是被造者,是可怜的"有朽"。如此彻底的二元分裂是人独有的荒诞运命,是人承受的最基本的压抑。英雄主义冲动即是这种压抑的无意识反抗,人拼命利用种种文化规范和关系营造某种"神话工程",以此来证明强力生命意志对残酷命运的终极胜利。所以说,"英雄的本质就是人类面对死亡、自然,面对社会的各种异己力量侵害、压迫、扭曲时所产生的一种积极抗争、勇于突破而永不退缩、决不屈服的强力生命意志"。[3]在这一点上,蒙古族民间童话与史诗是一脉相承的。

2. 惩恶扬善的精神旨归

惩恶扬善是英雄叙事的重要精神旨归。善与恶是人类对自身评价的最基本概念,一切有道德的行为被称之为善,一切不道德的行为被称之为恶。正所谓"彰善瘅恶"(《尚书·毕命》)、"君子以遏恶扬善,顺天休命"(《周易·大有》)、"君子之善善也长,恶恶也短;恶恶止其身,善善及子孙"(《公羊传·昭公二十年》)、"善人赏而暴人罚,则国必治"(《墨子·尚同下》)。惩恶扬善历来都被作为维护公平正义、进行道德教化的重要内容和重要手段。从神话叙事开始善恶之争就是很多故事叙事的起点,善战胜恶则是故事叙事的结局。历来英雄故事的核心人物常常是受害者,同时又是拯救者,非法者罪恶昭彰,拯救者大行其善,英雄的战斗与捍卫正义密切相关,英雄形象的伟大即在二元对立中得以确立。

3. 护卫国土(部落)、家乡与家庭的伟大情怀

所有的英雄身后都有一片眷恋的土地,或者是祖国,或者是家乡,抑或是家庭。在文学建构中历来就有"家是小国,国是大家"的说法,所以祖国、家乡、

[1]满都夫.蒙古族美学史[M].辽宁民族出版社,2000:155.
[2]周泽雄.英雄与反英雄[J].读书,1998(9).
[3]李启军.英雄崇拜与电影叙事中的"英雄情结"[J].北京电影学院学报,2004(3).

家庭所代表的含义其实是相通的，都是指向整体生活，它为英雄持戟奋战提供了广阔的背景，并且提升了英雄行为的终极意义。所有的战斗绝非是因个人的好战，也绝非仅仅是为了彰显捍卫正义的个人英雄主义，个人的行为与整体利益的得失和存亡密切相关，"时势造英雄"和"英雄造时势"的历史观直接被融进英雄叙事中，正如黑格尔所言，它所表现的是"一个民族和一个时代本身完整的世界"。[1]这一点在史诗叙事中早已被认同，民间童话因其自身叙事容量的限制不甚明晰，但是它的英雄叙事也往往执着于"史"与"人"的关系，英雄的胜利换来的多是朝代的更迭，个人的行为永远与部族、家乡、亲人丝丝相连，虽然不能用"全景式"这样的词来形容，但为了大众、为了民族这样的说法还是非常贴切的，所以说，英雄的目标是宏大的而不是渺小的，斗争不是为了个人的幸福，而是为了人民的、集体的，带有爱国主义、集体主义的精神意味，这与史诗是异曲同工的。

英雄主义作为一种强力生命意志的最终胜利从表面上看似乎是彰显一种个人的生命意志，但从原欲的视角它实际上属于全人类，是人类追求一种"自然的、合乎人类尊严的生活"的乌托邦梦想。护卫家园和惩恶扬善的精神指归使英雄主义的"集体性"和"民族性"进一步得到强化，无论在蒙古族史诗还是民间童话中，这一点都是得到过印证的。

综上所述，蒙古族民间童话在语言程式、叙事模式和精神内涵上与史诗都有着密不可分的血脉联系，尽管表现的细部会不尽相同，但不过是不同体裁沿着自身风格发展的结局。通过对蒙古族民间童话史诗特性的个案分析，我们可以推测：在任何一个有着发达史诗历史的民族中，民间童话往往都会呈现出这种史诗的特性。

以上我们分析了蒙古族民间童话的三个显著特征，从这些特征中我们不仅可发现蒙古族对于自己独特美学特征的坚守，也可以看出在漫长的发展过程中，它对于外来故事的接纳与兼容，正是因为这种坚守和兼容的姿态，成就了我们今天看到的蒙古族民间童话故事样貌，也必然使其成为世界民间童话的重要分支。

---

[1]黑格尔.美学（第三卷下册）[M].朱光潜译.商务印书馆,1981:107.

第四章　蒙古族民间童话的类型研究

如何给蒙古族民间童话分类，这是一个较为复杂的问题。笔者收集了一些国内学者的提法：

1. 钟敬文在《中国民谭型式》[1]一文中归纳出45个故事类型，并写出了它们的情节概要，其中包括了很多民间童话的类型，如"天鹅处女型""求好运型""田螺姑娘型""老虎母亲（外婆）型"等。

2. 刘守华在《中国民间童话概说》中将民间童话分为三类：采用拟人手法，以各种自然物体（主要是动物）作主人公的动物童话；借助于仙人、精灵和魔法、宝物等来展开童话叙述，具有神奇特征的神奇童话；具有传说色彩的传奇童话。[2]

3. 朱易初、李子贤在《少数民族民间文学概论》中将民间童话分为三类：精灵故事，魔法故事，人物故事。[3]

4. 陶立璠在《民族民间文学基础理论》中将民间童话分为四类：动物报恩故事，也叫奇异助手的故事；因宝得福故事；怪孩子故事；异类婚配故事。[4]

5. 李景江、李文焕在《中国各民族民间文学基础》中将民间童话分为七类：人与自然做斗争的故事，社会制度转化中人间社会关系的转化的故事，阶级社会里劳动人民反抗的故事，善良的人们靠神奇力量战胜邪恶势力的故事，爱情故事，表现劳动人民高尚思想情操、道德观念的故事，传播生活经验的故事。[5]

6. 刘守华在《中国民间故事类型研究》中将民间童话分为五类：神仙与人的故事，神奇婚姻故事，鬼狐精怪故事，神奇儿女故事，魔法和宝物故事。[6]

以上说法，各执一词，分类标准看似模糊，但大多都是按照故事题材和主要形象来划分的，有一定合理性，但因为欠缺系统性和实证性，难免给人印象式分类的感觉，基本属于模糊分类法。其中钟敬文、刘守华、陶立璠的分类方法体现出母题分类的基本想法，体现出20世纪初兴起的"故事分类学"的分类方法，

[1]钟敬文.中国民谭型式[J].开展月刊.1932(11-12).

[2]刘守华.中国民间童话概说[M].四川民族出版社,1985:10-11.

[3]朱易初,李子贤.少数民族民间文学概论[M].云南人民出版社,1983:94-95.

[4]陶立璠.民族民间文学基础理论[M].广西民族出版社,1985:242-247.

[5]李景江,李文焕.中国各民族民间文学基础[M].吉林大学出版社,1986:217-222.

[6]刘守华.中国民间故事类型研究[M].华中师范大学出版社,2002:38.

即 AT 分类法的印记，这在某种程度上可以说明，中国的民间童话类型研究与世界民间童话类型研究已经开始接轨，尤其是钟敬文和刘守华两位学者的研究，充分体现了故事类型研究的实证品格。当然，因故事母题多如繁星，根本无法做到条分缕析和体系完备，所以故事类型研究永远没有最好，只有向系统性不断地趋近。

一、蒙古族民间童话的主要类型

AT 故事分类法的普及为民间童话研究带来了春天，很多学者以一种全新的故事研究姿态投入民间童话的故事分类研究中，如德国学者艾伯华的《中国民间故事类型》[1]、美国学者汤普森出版的《世界民间故事分类学》[2]、美籍华人丁乃通的《中国民间故事类型索引》[3]、中国台湾学者金荣华的《中国民间故事集成类型索引》[4] 等。这些故事分类中都分别列出了幻想故事的类型，只是名称有一些不同，有的叫神奇故事，有的叫魔法故事。

以 AT 故事分类法为主要参照，结合蒙古族民间童话自身特点进行分类是一种既能体现故事研究学术规范性，同时又能兼顾蒙古族故事自身特点的研究视角。运用这种视角来关照蒙古族民间童话故事的类型较为合适。但是由于蒙古族民间童话故事多为复合型故事，分类的时候只能以故事的主体框架为主要参照，按照这样的思路，笔者对蒙古族民间童话的主体类型进行了划分，下面做概括介绍。

第一类：神奇的对手

这类故事多是歌咏英雄的故事，善与恶的正面交锋是故事叙事的基础，善必然战胜恶是其中蕴含的永恒定律。恶的出场侵害了个体乃至整体的利益，甚至威胁到生命的安全、族群的存亡，英雄挺身而出，化险为夷，彻底击溃恶势力。善与恶的交锋多数时候是勇敢和力量角逐，有的时候也表现为智慧的较量。按照故事的情节类型可以将这类故事具体划分为：

1. 平魔（杀死蟒古斯、杀死其他精怪）故事；

2. 寻找遇难公主故事；

3. 救兄妹故事；

4. 孝子寻父故事；

5. 和魔鬼捉迷藏（比智慧）故事；

[1]艾伯华.中国民间故事类型[M].王燕生，周祖生译.商务印书馆,1999.
[2]汤普森.世界民间故事分类学[M].郑海等译.上海文艺出版社,1991.
[3]丁乃通.中国民间故事类型索引[M].孟惠英，董晓萍，李扬译.春风文艺出版社,1983.
[4]金荣华.中国民间故事集成类型索引[M].中国口传文学学会,2000.

6. 恶鬼、食人魔、毛姨、野人的故事；

7. 其他故事。

第二类：神奇的亲属

这类故事的题目在不同的学者那里称谓不同，在艾伯华的分类中被称为"动物或精灵跟男人或女人结婚"、在汤普森的分类中被称为"超自然的或中了魔的丈夫（妻子）或其他亲属"，在金荣华和丁乃通的分类中则被称作"神奇的亲属"。不管称谓如何，这类故事多数是关于神奇婚姻的故事，亦即人类与超自然力量的结合，可能是动物，也可能是植物。这类故事是早期神话故事的残留，一方面反映了人类对自身起源的猜测，另一方面也反映了人类希望通过与超自然力量结合进而掌握世界的内在渴望。以往专家在这一类故事中列出的多为神奇的妻子和神奇的丈夫的故事，我们在整理蒙古族民间童话故事的过程中，还发现有大量的神奇的孩子的故事，它们有的同神奇婚姻故事有交叉，如青蛙儿故事，有的自成一类，它们包括神力儿、拇指儿、蛋娃儿等。我们把这一类故事也放到了神奇的亲属中。按照故事的情节类型可以将这类故事具体划分为：

1. 动物或精灵跟男人或女人结婚的故事；

2. 超自然的或中了魔的丈夫（妻子）或其他亲属的故事；

3. 怪孩子故事；

4. 其他故事。

第三类：神奇的助手

这一类故事在分类过程中是最令人纠结的，因为它与其他故事交叉得最多，尤其是与神奇的对手类型的故事。主人公在与对手交战时往往都会得到神奇的助手的协助，他们或者是神仙（有时化身为老奶奶或老爷爷）、或者是野人或动物精怪，或者是感恩的动物、或者是超凡的好汉弟兄（或妹妹）。考察其他学者的类型研究，结合蒙古族民间童话故事的具体情况，我们将与其他已列出的故事类型交叉部分尽量去除，剩余的故事主要类型包括：

1. 野人和精怪助人的故事；

2. 忠义动物的故事；

3. 感恩的动物忘恩的人的故事；

4. 超凡的好汉兄弟的故事；

5. 人心不足蛇吞象的故事；

6. 其他故事。

第四类：神奇的宝物和法术（技能）

宝物和法术（技能）有时是分离的，有时又很难划分出严格的界线。已有分类研究中只有丁乃通对宝物和法术做了严格的区分，汤普森虽然也将其分为两类（魔术器物、超自然的力量和知识），但并非按照宝物和技法（技能）来区分的。应该说民间童话故事绝大多数都与宝物有关，但不能将其都放入这一类，我们这里主要选取的是故事主题情节围绕宝物展开的这一类故事。根据蒙古族民间童话的具体情况，宝物和法术类故事主要类型包括：

1. 得宝故事；

2. 得宝失宝故事；

3. 鸟言兽语故事；

4. 吐金吐银故事；

5. 其他故事。

在蒙古族民间童话中出现频率较高的宝物有宝石、银杯或金盅、仙磨、金蛋等。宝物本身蕴含着诸多不确定因素和无限的遐想，它不仅给予了人类对异界的虔诚信仰，同时也体现了远古人类朴素的奖惩智慧。技法类的故事在蒙古族民间童话中数量最多的是鸟言兽语类，这与蒙古族长期狩猎游牧有关。

第五类：神奇的难题

参考金荣华和丁乃通的分类，结合蒙古族民间童话自身特点，神奇的难题故事主要类型包括：

1. 寻找奇花异草故事；

2. 寻找幸福（好运）故事；

3. 难题求婚故事；

4. 妻子惠美，丈夫遭殃故事；

5. 捉迷藏故事；

6. 其他故事。

第六类：宗教故事

在蒙古族聚居区流传着很多宗教故事，这些故事也充满了神幻色彩，体现着民间对于与宗教相连的神或者人的神力的想象，如玉皇大帝、王母娘娘、绿祖母、喇嘛、上帝等，以及想要借助高级神权实现奖惩的生存智慧，当然也有一部分是讽刺宗教的执行者滥用职权、蒙骗百姓的故事，如个别关于喇嘛的故事。其主要类型包括：

1. 神的恩赐与奖赏；

2. 喇嘛助人的故事；

3. 讽刺喇嘛的故事；

4. 修道成仙故事；

5. 其他故事。

第七类：其他神奇故事

在蒙古族民间童话中还有很多故事类型无法归入以上六大类，我们将其单独列出：

1. 无手公主；

2. 金胸银臀儿子；

3. 卖香屁；

4. 梦 ；

5. 欺负亲母变为驴；

6. 其他故事。

以上呈现的是蒙古族民间童话最主要的故事类型，一定还有无法关照到的故事，因占有材料的有限性，只能期待在今后的研究中继续补足了。下面选择两类故事进行介绍，以此来呈现蒙古族民间童话故事类型的基本发展情况。

二、蒙古族民间童话中的蟒古斯故事

"蟒古斯"（Mongus，亦汉译为"芒古斯""蟒古思""毛古斯"等），蟒古斯故事是英雄文化时期的文学产物。镇压蟒古斯故事又叫平魔故事，这类故事的基本情节是：蟒古斯侵犯草原—少年（或者可汗）受命与蟒古斯作战—少年战胜蟒古斯成为英雄。故事中的反角—蟒古斯也称蟒古思、蟒盖、蟒嘎特害等，是蒙古族民间文学中对恶魔形象的统称，它是一种多头的蟒蛇，穷凶极恶，变化无常。这一形象源自蒙古族神话，经过蒙古族英雄史诗、民间童话的丰富和充盈，逐渐凝固成典型的恶魔原型。在神话中蟒古斯作为恶神出场，其与善神的征战及其最终被征服，反映着早期人类关于善与恶的二元思考。当其进入民间童话以后，由于人代替神成了故事主角，这类故事表现的重点开始向人位移，人与自然的冲突、人与社会的冲突、人的内心冲突逐渐上升为主导，于是蟒古斯的象征蕴意变得多元起来。蟒古斯的象征意蕴在学界基本达成共识，仁钦·道尔吉、赵永铣、陈岗龙等都一致认为它是自然灾害和社会恶势力的象征。如在《蒙古族文学史》中就有这样的概述：蟒古斯"既象征了草原上使人类和牲畜面临灭顶之灾的瘟疫、虫蝥及变化无常的恶劣气候等自然灾害，又是对嗜杀、掠夺成性，使草原惨象环生的奴隶主及一切邪恶形象的比喻"。[1]

作为构成蟒古斯这一形象最基本的动物原型，"蛇妖"在中外民间文学中相

[1]郝苏赫，赵永铣等.蒙古族文学史[M].内蒙古人民出版社，2000:325.

当常见，这些故事在不同程度上体现着原始人关于蛇的图腾。有两方面因素构成了蛇崇拜的主线条：一是死亡，它的毒液是致命的，被毒蛇咬伤，短时间内就会死亡，正因为此，蛇妖被看作是邪恶的化身，在故事中常常扮演"吞食者""劫持者""冥国的守护者"等与死亡密切相关的角色；二是生殖，它的外形与男性的生殖器十分相似，而且它能够交配长达几个小时，充分显现了男性强大的繁殖力。在各国民间故事中都有女子遇见蛇或梦见蛇以后就有了身孕的说法。尤其是多头蟒蛇，更以其强大的生殖力量招摇于世，无数的蛇头将男性的力量强化到了极致。流传于世界各地以头生育的神话在一定程度上回应了这种"以上易下"的神秘对应。如果单纯地将蟒古斯理解为外在的自然灾害或社会恶势力的象征，很可能只关注了死亡这一主线。事实上在平魔故事中，很多故事都会强调蟒古斯强大的生殖力，它到处劫掠美女，占为己有，据《征服蟒古斯》故事中讲，母蟒古斯马鲁勒一下能生出9999个小蟒古斯，这些蟒古斯一离开母体就可以参加战斗，其繁殖力之强可见一斑。在很多蒙古族民间故事中，对于男性恶魔和女性恶魔的称呼也有区别，男性称为魔，即蟒古斯，女性称为妖，即姆斯。只是后来进入阶级社会以后，蟒古斯故事的社会性不断加强，蟒古斯有了亲属和部下，于是蟒古斯妻子、蟒古斯女儿以及蟒古斯喇嘛的形象才逐渐多起来。[1] 在讲故事时也逐渐形成了一种思维定式：当提到"蟒古斯"时，它多指向公的；如果是母的，一般都会冠之以"母蟒古斯"或"蟒古斯妖婆"；当提到它们的女儿时，会直接称之为"蟒古斯女儿"。

镇压蟒古斯的故事是蒙古族民间童话最古老的故事之一。关于它的起源民间有两种说法：一种说法是与神话相关，英雄神话向着韵文体发展成了英雄史诗，向着散文体发展便成了魔法故事，与蟒古斯征战的故事是其主体故事形态；另一种说法是与宗教相关，蒙古地区佛教寺院护法神殿中被佛和天神收复的"凶神"传说故事逐渐衍生出镇压蟒古斯的故事，而喇嘛们抄录《甘珠尔》《丹珠尔》《大藏经》等佛经过程中的编纂起了推波助澜的作用。[2] 虽然蟒古斯故事流传地域十分广泛，但基本集中于北亚地区，在我国，从林海莽莽的东北雪原到游牧文化发源地之一的内蒙古草原，从交错着戈壁与绿洲的新疆到世界屋脊青藏高原，都有蟒古斯类型的故事流传。无论是故事所展现的自然景观还是人文特质，都具有鲜明的北方民族文化特色。德国人类学家格雷布内尔认为："世界上凡是相同的文化现象，无论在什么地方出现，都必定属于一个文化圈， 因而也就起源于某个

---

[1]陈岗龙.蒙古民间文学[M].宁夏人民出版社,2003:142.

[2]陈岗龙.蟒古思故事论[M].北京师范大学出版社,2003:5.

中心。"[1] 蒙古族的蟒古斯故事在世界民间故事中带有原生性特质，是典型的北方文化圈的文化现象。

按照情节模式，可以将蟒古斯故事分为镇压蟒古斯故事、躲避蟒古斯故事、智斗蟒古斯故事和其他蟒古斯故事。

（一）镇压蟒古斯故事

镇压蟒古斯故事也叫英雄平魔故事，是蒙古族蟒古斯故事的早期形态，"其特征与原始人的精灵信仰和部落征战时代的膂力崇拜相关，这类故事既有神话影响下的魔幻色彩，也有崇尚勇力的历史观照。"[2]

早期的平魔故事，蟒古斯常常是自然恶魔形象的化身，代表着烈火、洪水、飓风、黄沙、虫灾等。所谓打败蟒古斯，往往是将其赶向远方或者使其葬身大海，这是一种空间意义上的胜利，英雄与蟒古斯的作战代表了人类向不可抗拒的自然灾害宣战的姿态。这种故事还保留着那种人与自然混沌不清和把大自然作为主要斗争对象的神话时代的特质，打败蟒古斯的情节具有禳灾的蕴意。最典型的当属故事《征服蟒古斯》，旱海蟒古斯主旱灾，洪水蟒古斯主洪灾，阿鲁扎黑蟒古斯专事放毒、撒瘟疫等灾害。英雄森德尔用两座山压住旱海蟒古斯致其变成骆驼永远在沙漠里做苦役，用九座山压住洪水蟒古斯致其肚子里的水变成山间细泉，在女神阿喜玛的协助下，将两座大山合成巨大的石磨磨碎了阿鲁扎黑蟒古斯，并用银盆扣住蟒古斯身体碎末变成的蚊子、虱子等毒虫。从此，蒙古族人民就有这么一个风俗，就是每逢干旱、风雪年景或是洪水泛滥、畜群闹瘟的时候，就要请朝尔沁艺人演唱和讲述征服蟒古斯的史诗或故事。随着阶级的出现和部落兼并的激烈化，蟒古斯形象逐渐由自然恶魔向社会恶魔转化，成为侵略者、剥削者、迫害者的化身。如《阿勒坦·沙盖父子怎样战胜多头恶魔》，蟒古斯的特质主要就是抢人劫物，与蟒古斯的斗争就包含了保护妻子和财产的动因。由于这种转化更能适应由神向人的专注点的转换，更适合表现英雄征战时代的社会尖锐矛盾，更适合承载人们努力摆脱被奴役的命运求得生存的美好梦想，所以比早期的平魔故事更受人们的喜爱，故事的丰富性和广泛性也得到了迅猛的发展。但是，在故事传播过程中，这两种情形常常纠缠在一起，很多蟒古斯形象都是两种恶势力的复合，如《兄弟战蟒古斯》中的蟒古斯，既是瘟疫的象征，"蛇爬过的草全黄了""牛羊吃了蛇'熏'过的草，都死了"，同时也是侵略者的象征，"每天都要吃到几头牛、几只羊，还要抓去漂亮女人陪他过夜"。

---

[1]夏建中. 文化人类学理论学派[M]. 中国人民大学出版社,1997:58.
[2]郝苏赫等.蒙古族文学史[M].内蒙古人民出版社,2000:314-315.

平魔故事从故事结构来看可以分为单纯型平魔故事和复合型平魔故事，单纯型主线较为分明，情节发展也较单纯，斗争目标直指蟒古斯，一般不节外生枝。主要情节包括入侵或劫掠、受命作战、凯旋。"作战"的形式主要在于变身与斗法，有时也有神奇助手的助力。复合型蟒古斯故事受蒙古族英雄史诗影响较大，一般会围绕出生、成长、征战、复仇、婚姻、凯旋展开故事情节，情节线索较为复杂，出现的母题也与英雄史诗互为呼应，除了前面所涉及的6个母题，还常常有"妻子的噩梦""结安达""惩治背叛的亲人""扯下马尾变骏马""难题考验""寻找蟒古斯灵魂""救出被吞噬的人""杀死蟒古斯妻子与孩子"等。笔者选取了一些有代表性的故事进行比较，可以看出平魔故事在情节模式上的规律（如表4-1所示）。表中共选择了23个故事进行分析，根据所涉及的母题可以看出，其中《少年英雄战妖怪》《阿能莫日根汗》《那布沁青格勒镇魔记》《格斯尔可汗铲除十五颗头颅的蟒古思昂得勒玛》《英雄当德巴特尔》《诚实的真肯巴图》《柯勒太亥的两个儿子》基本可以划归单纯型平魔故事，剩下的《射臀神手》《镇魔记》《汗青格勒巴特尔》《额日勒岱莫日根汗》《阿勒坦·沙盖夫子怎样战胜多头恶魔》《麦尔根和他的勇敢的妹妹阿芭哈》《沙扎嘎莫日更哈那》《觅踪大王——莫日根》《有九十九个儿子的汗王》《八腿花马和乌兰巴特尔》《猎人与公主》《兄弟战蟒古斯》《阿拉腾嘎鲁海可汗》《面团勇士》《好汉库库勒代和他的朋友》《香牛皮靴子》皆属于复合型平魔故事。从总量上看，复合型平魔故事明显多于单纯型的。

（二）躲避蟒古斯故事

躲避蟒古斯故事也是一个较为古老的故事类型，主要情节包括追捕、魔法逃遁、动物协助、得救。在蒙古族民间童话中该类型故事较多存在于女性逃遁故事中，蟒古斯抓到姑娘或者年轻的母亲，女性会抛下梳子、石磨、镜子等有魔力的物件来阻挠蟒古斯的追捕，梳子变成森林、石磨变成崇山峻岭、镜子变成汪洋大海。最后蟒古斯被抛出的神物困住，女性得以逃脱。最具代表性的当属《阿拉坦吉米丝的故事》，通过胁迫老妇人，蟒古斯知晓了阿拉坦吉米丝的喜好，然后变身来参加竞赛，阿拉坦吉米丝按照父母的承诺，嫁给变身的蟒古斯。黄骠马知情后提醒阿拉坦吉米丝带上木梳、镜子和磨刀石赶快逃跑。蟒古斯开始追捕，姑娘抛出木梳变成森林，抛出磨刀石变成崇山峻岭，抛出镜子变成浩瀚的大海，但是都没能阻挡蟒古斯的追捕。黄骠马筋疲力尽，临死前交代阿拉坦吉米丝将它的身躯埋在沙滩上，它会长出一棵树；四肢埋在身躯四周，它们能够保卫姑娘的安康；尾巴埋在前方，它能够传递消息。阿拉坦吉米丝按照黄骠马的嘱咐埋葬了它，果然长出了一棵巨树，她刚爬上树顶，蟒古斯就追踪到此。黄骠马的四肢分别变成老虎、野狼、狐狸、兔子，骗走了蟒古斯砍树的工具。黄骠马的头发变成喜鹊，将阿拉坦吉米丝的消息通知了她的家人。阿拉坦吉米丝的猎狗和凤凰从天而降，将蟒古斯追得筋疲力尽，阿拉坦吉米丝从怀中掏出金沙克和银沙克扔向蟒古斯的头部，最终打死了蟒古斯。汤普森的《世界民间故事分类学》在介绍"超自然的妻子"时提到"设障逃亡"故事（D672），两个年轻人准备逃亡，扔下有魔力的物件阻挡或者缠住妖怪，但是这个诡计并不能使妖怪迟滞太久，很快又开始新的追捕，之后再扔另外的有魔力的物件，直到脱险。[1] 同时在介绍"帮助人的马"时也提到此类情节，一匹有魔力的马带着青年人逃亡，按照马的忠告青年人携带了一块石头、一把梳子、一块燧石，相继抛出后变成高山、森林和火海，最终年轻人逃脱。《求子的老两口》是在《阿拉坦吉米丝的故事》的基础上发展而来的故事，故事增加了神奇的出生、可汗夫人辨人、结婚生子、蟒古斯阻挠通信等情节，情节更加曲折，故事内涵也更为丰富。

普罗普在《神奇故事的历史根源》中用"魔法逃遁"一词来概括此情节，按照普氏理论，女子携带的物件并不是在躲避追捕时能救她的东西，而是能创造出火、森林、河流、山峦的东西，女性往身后一抛，这些大自然的存在就出现了，于是女性被赋予了创世者的特性，具有统治自然界的权利。由此也可以看出此情节是从创世神话中演变而来的。从阿拉坦吉米丝的身上，我们确实能够看出女神的影子，她所拥有的物件皆为神物，她豢养的动物也都拥有神性力量。故事的后半段应该是与"动物的帮助"故事相类，是两种故事类型嫁接的结果。有意思的是其中有一个生命死后能长出树，主人公上树后获救的情节。这一母题大概与萨满教信奉灵魂游历有关。

（三）智斗蟒古斯故事

随着部落征战的深入与斗争手段的多样化，由魔法与武力格斗的形式逐渐过渡到智力的较量，于是出现了智斗蟒古斯故事。如《七兄弟大战蟒古斯》，整个故事就是一个连环套，吃肉—找锋利的刀—找石磨磨刀—找能拉动石磨的牛—找能捉住牛的花骏马—找能驾驭马的足智多谋的大哥—找放在深水潭的智谋，蟒古斯从老七一直找到老大，最后被骗到深水潭永远消失。《胖子马扎耶和恶魔蟒嘎特害》是《七兄弟大战蟒古斯》的异文，只不过主人公换成了名叫扎马耶的大胖子，另外的人物换成了图洛乃、哈留乃、科洛乃，人物减少了，情节也缩减了，仅保

---

[1]汤普森.世界民间故事分类学[M].郑海等译.上海文艺出版社,1991:110.

表4-1 蟒古斯故事母题示意图

故事	核心情节													
	诞生	领养	噩梦	蟒古斯侵犯草原，或劫掠英雄的父母兄妹或公主	蟒古斯胁迫英雄的父母	英雄有奇特的技能	初试锋芒	救助与报恩	神奇的助手	获得宝物	结安达	变身藏匿或隐身	斗法	智斗
少年英雄战妖怪		✓											✓	
射臀神手						✓		✓	✓				✓	
阿能莫日根汗			✓										✓	
那布沁青格勒镇魔记	✓					✓							✓	
镇魔记				✓										✓
汗青格勒巴特尔			✓	✓					✓		✓		✓	
额日勒岱莫日根汗				✓			✓					✓		
阿勒坦·沙盖夫子怎样战胜多头恶魔						✓						✓		
麦尔根和他的勇敢的妹妹阿芭哈				✓					✓					
沙扎嘎莫日更哈那				✓										
觅踪大王——莫日根					✓	✓								

核心情节															
难题考验	女子协助	与蟒古斯比赛	与蟒古厮杀英雄失败	弟弟妹妹或子复仇	天神协助	杀死蟒古斯	让蟒古斯当奴隶	他人残害	拯救被劫掠或吞吃的人	寻找或死蟒古斯魂魄	死而复生	娶亲	被赏赐或登上皇位	凯旋回故乡	杀死蟒古斯母亲、妻子和孩子
		√				√						√			
√						√						√	√		
						√								√	
							√								
				√		√			√					√	
									√		√	√			√
	√					√			√					√	√
		√	√	√	√				√		√	√		√	
			√	√	√						√	√			
	√					√		√				√			
	√					√		√				√			

续表

故事	核心情节											
	诞生	领养	噩梦	蟒古斯侵犯草原，或劫掠英雄的父母兄妹或公主	蟒古斯胁迫英雄的父母	英雄有奇特的技能	初试锋芒	救助与报恩	神奇的助手	获得宝物	结安达	变身藏匿或隐身	斗法	智斗
格斯尔可汗铲除十五颗头颅的蟒古思昂得勒玛				✓								
英雄当德巴特尔				✓								✓
有九十九个儿子的汗王				✓	✓	✓				✓	✓	
八腿花马和乌兰巴特尔		✓		✓			✓			✓		
猎人与公主				✓		✓						
兄弟战蟒古斯				✓						✓		
阿拉腾嘎鲁海可汗			✓							✓		
面团勇士	✓										✓	
诚实的真肯巴图				✓			✓			✓		
好汉库库勒代和他的朋友				✓					✓	✓	✓	
香牛皮靴子				✓								
柯勒太亥的两个儿子							✓		✓			

续表

核心情节															
难题考验	女子协助	与蟒古斯比赛	与蟒古斯英雄失败	弟弟妹妹或子复仇	天神协助	杀死蟒古斯	让蟒古斯当奴隶	他人残害	拯救被劫或被吞食的	寻找或杀死蟒古斯魂魄	死而复生	娶亲	被赏赐或登上皇位	凯旋回故乡	杀死蟒古斯母、妻和子孩子
		✓			✓				✓						✓
		✓				✓						✓		✓	✓
	✓	✓				✓		✓		✓			✓		
					✓										✓
	✓					✓		✓		✓		✓			
				✓		✓									
	✓					✓		✓							
						✓		✓				✓			
						✓			✓						
						✓					✓	✓			
	✓			✓		✓		✓							
						✓									✓

留了吃肉—找锋利的刀—找石磨磨刀—找能拉动石磨的牛，结尾改为牛在海里，蟒古斯为了寻牛沉入海底。《镇魔记》中的老三也是靠设置连环陷阱斗败蟒古斯的，蟒古斯喝了放了毒蛇的水肚子绞痛，躺下后又被铺在床上的尖针扎，想点火看个究竟，又被提前放进炉膛中的一群麻雀惊吓，跑去佛龛前磕头，被提前布局在佛龛前的刀子刺进了脑门，慌忙往外跑，正好踩在预置的山羊瘤胃气球上摔了大跟头，崩裂肚子气绝而死。《胡子五拃长的孞老汉》故事情节相对复杂，一波三折，竞赛、打赌、诈骗的手段在该故事中完美融合。故事的第一部分是孞老汉与摩斯竞赛。老汉发现一个经常来偷他的山羊的摩斯，巧用激将法将其引来，于是两人开始竞赛，并且下了一口袋黄金的赌注。第一项赛事是吃掉一头肥壮的牛，同时喝掉煮肉汤。老汉力不从心，诱骗摩斯往大锅填满了水，背来柴火又生了火。肉煮熟以后找各种理由支走摩斯，一边偷偷倒掉了肉和汤，一边吃肉喝汤表演给摩斯看。第二项赛事是到黑土岗将地的脑浆踩出来，第三项赛事是到黄土岗把地的五脏六腑踩出来。老汉提前在黑土岗倒了一桶酸奶，上面撒了一些沙子，做了记号，又到黄土岗把黑山羊的五脏六腑埋起来，做了记号。第二天老汉如愿赢了摩斯，最终赢了一袋黄金。故事的第二部分是孞老汉躲避摩斯的谋杀。孞老汉跟随摩斯去家里取金子，他料到摩斯定不会将金子给他，自己的生命也会有危险。于是睡觉时找了块跟自己身材差不多的石头放进被窝，靴子放在脚头，帽子放在枕头，自己躲到羊群中睡了。夜里摩斯果然提刀对着被子猛砍，然后回屋命令老婆去看看老汉是否已经死了。孞老汉急忙扔了石头自己躺回被窝假装打鼾，摩斯和老婆吓坏了，自知老汉是神人，杀不死，就心甘情愿地交出了金子。故事的第三部分是孞老汉诱骗摩斯将金子搬回自己家。孞老汉知道已经震慑住了摩斯，就顺势想要将一袋金子从摩斯家的天窗扔出去，目的地是自己的天窗，摩斯怕他真的开始扔，弄坏自己的天窗，于是决定自己将金子背到孞老汉家。故事本来可以到这里就结束了，但是说故事的人还意犹未尽，加了一个尾声，即故事的第四部分，孞老汉编瞎话吓跑摩斯。被吓破胆的摩斯拼命往家跑，路上遇到了一只狼，狼询问他惊慌的缘由，摩斯如实相告。狼经常偷吃孞老汉家的羊，所以不信摩斯的话，要与他回去求证，并许诺帮他把金子要回来。摩斯不同意，担心遇到危险后狼会先跑，自己小命不保。狼就拿绳子将自己和摩斯的脖子捆在一起。孞老汉看见后灵机一动，说："喂，灰狼，你祖父欠了我一个女摩斯的债，你父亲欠了我一个男摩斯的债，你自己欠了我两个摩斯的债，你现在拿这个摩斯来还债来了吗？好，好，快拿来吧。"摩斯一听，以为狼是骗子，回来求证就是圈套，赶紧掉头就跑，奔跑中拽死了灰狼，从今以后再不敢来侵犯。

在这类故事中，"对手"是恶魔蟒古斯，但蟒古斯形象已经逐渐被"去妖魔化"了，成了"对手""傻瓜""祸害"等的代名词。学者李丽丹认为，"蟒古思形象的聚合性是蒙古族民间文化交流的结果，其选择和形成的过程有待进一步研究。"[1] 笔者认为，这种研究应从两个角度入手：一是不同故事类型之间的交流，即蟒古斯故事与机智故事的交流，该故事类型的主要情节包括捉迷藏、欺诈、竞赛、与蟒古斯打赌，情节与汤普森《世界民间故事类型学》中提到的"靠诡计赢得比赛"相类，显然是两类故事在流传过程中逐渐整合的结果。丁乃通在《中国民间故事类型索引》中"愚蠢妖魔的故事"涉及的母题，如"1074 长跑竞赛，欺诈获胜""1008 比吃""1064 顿足起火"等在智斗蟒古斯故事也多有出现。金荣华的《中国民间故事集成类型索引》恶地主恶霸愚笨魔的故事（1000～1199）也与之很类似。第二个角度是不同民族之间的故事交流，如印度佛经故事中的机智故事，汉民族"尚智重文"的文化取向，应该都对蒙古族智斗蟒古斯故事的形成产生过影响。

这类故事中的英雄形象以老头儿、小孩儿居多，他们出身卑微，地位低下，但富有正义感，因为自身的孱弱，无法与蟒古斯力战，所以只能选择智斗。智斗的形式看起来就是欺骗，但所谓"欺骗性"的实质是他们谙熟对手的弱点，乘隙而入，给对手以打击和嘲弄。因其斗争对象有着鲜明的恶的本质，所以他们的斗争表达了人民的爱憎和愿望，是具有人民性的正义的斗争，在他们身上，"不仅显示了善于斗争的喜剧美，而且还表现了坚持真理，敢于斗争，敢于胜利的崇高美"。[2] 他们的人格美主要表现为：心胸开朗、乐观自信是他们喜剧性格的基础，足智多谋和玩笑的心态是他们喜剧性格的核心，能言善辩、幽默风趣是他们性格的表现形式。

（四）其他蟒古斯故事

其他蟒古斯故事是以上三类蟒古斯故事的延伸变形，其形态主要有两种：一种是蟒古斯形象逐渐被与之类似的恶魔形象代替，故事中恶魔的称谓变为"魔怪""黑魔怪""老妖婆""食人魔"等，但外形特征和侵略特征与蟒古斯如出一辙；另一种是涉及与蟒古斯争斗，但不一定构成故事主线，如在"死而复活故事""异类婚配故事""孤儿故事"等中穿插与蟒古斯斗争的情节。

三、蒙古族民间童话中的神奇妻子故事

神奇的亲属故事类型中，有很多亚类型，其中最多的应属神奇的妻子。妻子

[1]李丽丹.蟒古思：蒙古族民间故事中的妖怪[J].贵州民族大学学报（哲学社会科学版），2017(4).

[2]蒙书翰.试论机智人物故事的喜剧美学特征[J].民族文学研究,1996(3).

形象主要以天鹅仙女、狐仙、龙女居多，此外还有一些蟒古斯女儿、田螺姑娘和其他具有奇异能力的女性。

（一）天鹅处女型

以天鹅妻子作为主人公的故事，一般称为"天鹅处女型"故事、"羽衣仙女型"故事。它广泛流传于蒙古巴尔虎布里亚特、郭尔罗斯、卡尔梅克和杜尔伯特部及其他蒙古族聚居地区。代表作品有《豁里布里亚特》《豁里嘎台巴图尔的传说》《豁里土默特与豁里岱墨尔根》《白天鹅传说》《豁里多伊》《天鹅报恩》《天女之惠》等。这类故事的核心情节是天鹅（天女）脱下羽衣变成人间女子；青年男子藏匿羽衣迫天女与之结婚；成婚后生下若干儿女；天女得到羽衣以后变成天鹅返回天宫。

作为民间童话，这类故事同时兼具传说的性质，很多故事都有族源传说的痕迹，如《天女之惠》在故事结束时明确提到天女的孩子成了绰罗斯家族的祖先；《天鹅报恩》故事结尾也交代天女的三个孩子成了弘吉勒惕、亦乞勒思、郭尔罗斯三个部落的祖先。同时个别故事也有动物阐释传说的痕迹，如在《豁里土默特与豁里岱墨尔根》和《豁里布里亚特》中都有天女起飞的瞬间，猎人抓住天鹅的脚，后来脱手的情节记述，用以阐释天鹅的脚何以是黑色的这一特征。绝大多数故事都有青年诱骗、强迫天女成婚的特质，天女的离去也都是自身的主动选择，对于天女来说，婚恋关系本身并不是出于自愿，其对仙界的眷恋远大于对人间情爱的眷恋，亲情和爱情都阻挡不了她离去的脚步，但当故事和人与动物相互救助母题相遇时，这一情节就发生了变化，如《天鹅报恩》中就是天女自愿留下来嫁给青年，返回天庭也是迫于玉帝的淫威。《豁里嘎台巴图尔的传说》故事的结局也与其他故事不同，天女没有离去，而是一直留在了人间。

在不同的异文中，围绕核心情节还有一些情节的差异。具体情况参见下表：

故事名称	青年打猎	青年湖畔漫游	救助	褪羽衣洗浴	天女自褪羽衣嫁给青年	青年藏匿羽衣	合欢怀孕	结婚生子	索要羽衣	返还羽衣	抓天鹅脚	给孩子起名字	返回天庭	玉帝召回公主，王母救下孩子返还	返还孩子	孩子成为祖先
《豁里布里亚特》	√			√		√		√	√	√	√	√	√			√

续表

故事名称	青年打猎	青年湖畔漫游	救助	褪羽衣洗浴	天女褪羽衣嫁给青年	青年藏匿羽衣	合欢怀孕	结婚生子	索要羽衣	返还羽衣	抓天鹅脚	给孩子起名字	返回天庭	玉帝召公主，王母救下孩子返还	返还孩子	孩子成为祖先
《豁里嘎台巴图尔的传说》	√			√		√		√	√	√						√
《豁里土默特与豁里岱墨尔根》		√				√		√		√	√					
《白天鹅传说》				√		√							√			
《豁里多伊》		√				√					√					
《天鹅报恩》			√		√									√		√
《天女之惠》		√					√						√		√	

对于这类故事的出现，有人认为是佛教东传时一同传入蒙古的，也有人认为它有可能是本土文化的产物，是狩猎文化和游牧文化过渡时期的产物，[1] 因为考证古代蒙古人的民俗事项可以发现，古代蒙古人确实存在过"天鹅"崇拜，贝加尔湖沿岸和蒙古高原群山中的岩画中，就有许多天鹅、雄鹰及飞鸟的形象，布里亚特蒙古萨满在举行宗教仪式时也有"天鹅祖先、桦树神杆"的颂词。

（二）龙女型

龙女为妻的故事在蒙古族民间童话中数量也不少，但分布相对分散，在蒙古、俄罗斯等地的故事集中都可以找到它们的身影。刘守华认为，这类故事"从佛经中走出来，逐渐世俗化与中国化"，[2] 故事类型在丁乃通《中国民间故事类型索引》都有列出，分别是 555 型"感恩的龙子和龙女"、592A 型"乐人与龙王"、592A1 型"煮海宝"和"465 妻子惠美，丈夫遭殃"。在故事中，男主人公一般是牧人、樵夫或者猎人，他们都是家徒四壁的穷人，都具有善良的品质、悲悯的情怀，或者具有艺术天分，因演奏而受到人们的青睐。女主人公（龙女）形象相对多元，有的直呼龙女，有的是以金鱼、小蛇、小猫儿、叭儿狗形象出现的，但在故事中都明确交代是龙王的女儿。而作为对手的歹人一般有国王、皇帝、可汗、

[1]包海青.蒙古族族源传说比较研究[D].中央民族大学博士论文，2007:82.
[2]刘守华.中国民间故事史[M].湖北教育出版社，1999:667.

王爷、县太爷，都具有统治者、剥削者的身份。有代表性的有《好做梦的小伙儿》《龙王的女婿》《孤儿、黄狗和龙女》《演奏家达丁木》《金鱼呼恨》《王小铲兵》《龙女》《桑布和龙女》等。

这类故事情节一般包括六个模块：

"引子"：青年救助遇难的龙子或龙女或青年获得演奏才能，青年得到一块石头或小圆球（镇海石）。

"青年下龙宫"：被邀请进入龙宫演奏；被邀请进入龙宫索宝。

"青年领回龙女结亲"：龙王答应青年任意选宝，青年只选了龙王的女儿（有时是看到龙女漂亮所以要了龙女；有时要了猫儿、叭儿狗，回家后变身漂亮女子）。

"被歹人发现，想霸占龙女"：歹人本人发现了美丽的龙女；歹人的爪牙发现了龙女，告知歹人；青年随身带的龙女画像被风吹走，吹到了歹人那里。

"歹人为难青年，妻子相助"：毒打青年，龙女救助，龙女找龙王借方匣子，放水淹死了歹人及其爪牙；要求和青年竞赛，先比赛捉迷藏，妻子相助，然后要求占有龙女，龙女找龙王借匣子，放水淹死了歹人及其爪牙；要求青年做饭或献出大量的动物，动物要有趣或好玩儿，龙女用剪刀剪出变成活物，龙女剪出乌龟里面放上炸药，炸死歹人。

"歹人遭殃，夫妻团聚"：夫妻团聚；夫妻团聚，并且拥有了歹人的房屋和资产。

在蒙古族的这类故事中，"歹人为难青年，妻子相助"往往成为故事讲述的重点，各种神奇的难题及其解决以其瑰丽的幻想赢得听众的青睐。在不同的异文中，捉迷藏、用剪刀剪出某物、向龙王借匣子是一些故事共有的情节，这在一定程度上显示了蒙古族的宗教观念在故事情节的选择与强化中的力量，因为蒙古族在很长的历史中都是信奉萨满教的，对于万物有灵和巫术力量的信仰成为普通民众的集体无意识，这在故事情节的选择与创造中都会得到很好的体现。

歹人为了得到青年的妻子往往要与青年比赛"捉迷藏"，妻子一般会将青年藏在顶针里、笤帚里、茶壶里，同时预测对方会藏在弓里、帽子里、白桦树里。青年在妻子的帮助下大胜歹人。关于"捉迷藏"，它还有另外一种说法，叫"隐身游戏"，在世界各地的难题求婚故事里多有出现，多用来考验求婚者是否具有隐身能力，普罗普将这种考验认定为是成长仪式中的"假定死亡与复活"，通过考验的青年可以迎娶公主。[1] 后来这种隐身游戏被迁移到龙女为妻的故事中，其目的在于强化龙女出神入化的巫术能力。她既可以看到"死亡"的人的身影，同时又可以让人起"死"回生。

[1]普洛普. 神奇故事的历史根源[M]. 贾放译. 中华书局,2006:422-425.

在歹人为难青年的难题中，经常要求一天准备数量极大的动物或其他物品，依照青年的力量根本无法实现，于是妻子用剪刀剪出某物，剪完以后立刻变为活物。这一情节也是用来塑造妻子神奇的巫术能力的，这里所说的巫术指的是顺势或模拟巫术。它遵照的原则是"相似的东西产生相似的东西"，所以人们相信通过角色扮演、假造某物等方法，可以实现获得真实的愿望。按照弗雷泽在《金枝》中的解释，"'顺势'或'模拟'巫术通常是利用偶像为达到将可憎的人赶出世界这一充满仇恨的目的而施行，但是，它也曾被利用于善良的愿望，帮助另外一些人来到这个世界。"[1]

最终消灭歹人的办法多数是发洪水，淹死歹人及其爪牙，这就需要向龙王借匣子。这一情节在不同的异文中保留得非常好。"魔盒"在世界各地的童话中都是较多出现的宝物形象，有人说其原型应该是"潘多拉魔盒"，打开它，里面有无数的灾难，当然也有希望，后来逐渐演化为瓶子、密封的口袋等，总之是一个黑暗的、神秘的、密封的物品。关于索要匣子的情节，其实在蒙古族龙女故事中有时还会出现在"下龙宫"的情节中，龙王为了报答救命之恩答应青年赠送大量的金银财宝和牛羊牲畜，但是青年在某个旁人的指点下会索要黑盒或金银盒作为谢礼。笔者认为对这一情节的青睐包含了蒙古先民对萨满的崇拜和信仰，据说萨满就可以在黑暗界自由游荡，在游荡中与在此界的祖先神灵会面，以收集各种信息，进而达到帮助人们消病除灾的目的。所以蒙古族作为一个长期信仰萨满教的民族，在故事中创造、选择、强化被封闭的黑色魔盒这种宝物形象是可以理解的，因为它与神奇的巫术能力密切相关。

（三）狐仙妻子型

这类故事较多地出现在《喀左·东蒙民间故事》集中，主要代表作品有：《狐儿》《扎西和狐狸呼恨》《猎人与小狐仙》《打柴人的狐狸媳妇》《影匠和狐狸媳妇》和《狐狸女》等。由于该地区蒙汉交流非常活跃，这类故事与汉族的狐仙故事较为相似，表现出明显的汉化特质。

这类故事的情节前半部分较为相似，救助和报恩是主要的母题，或者是青年直接救了被追杀的狐狸，或者是青年将喝醉酒的狐狸背回家，狐狸为了报恩嫁给了青年，有的故事还有生子的情节。但是后面的情节就有较大的不同了，一般会按照三个情节线路发展，具体情况见下图：

---

[1]弗雷泽. 金枝[M]. 徐育新, 汪培基, 张泽石译. 大众文艺出版社, 1998:14.

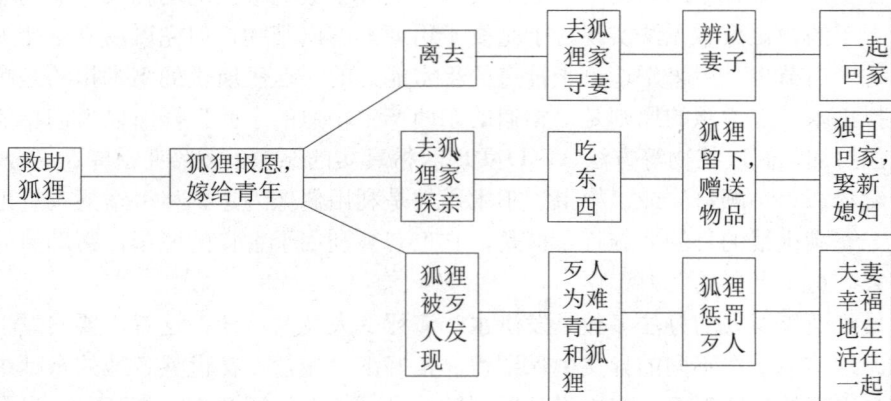

图4-1　狐仙妻子型故事情节

《扎西和狐狸呼恨》是比较典型的按照第一条故事线路讲述的故事，其中最有辨识性的情节是"辨认妻子"，老丈人会让一模一样的女儿们来迷惑青年，青年无法识别，于是开始哭（或者让孩子哭），狐狸妻子因为心疼青年和孩子开始流泪，青年于是辨认出了妻子。"辨认所寻之人"是萨满活动中的仪式，它同时还作为婚礼仪式出现，萨姆特尔在《诞生、婚姻、死亡》一书中就收集了非常多的材料来介绍这种仪式。卡加罗夫在其论婚姻仪式的论著里也记述了一些文献。关于这一情节的解读，卡加罗夫将其列入狂欢和隐匿仪式系列，称之为"骗神的花招"，但对于这一仪式的起源及其生成的土壤未能给出解释。这一仪式在民间童话中得以流传，被辨认的主人公并非孤身一人，而是几个人相伴，他们长得都一样，声音也一样，服饰也一样，总之是失去自己的个性特征和标志，变得无法辨认。普罗普在《神奇故事的历史根源》一书中认为，"这种相似使我们想到林中的兄弟结拜，在那里大家都一样，或者都无形，因为是出于假定的死亡状态"。[1]这里，普罗普假定了神奇故事都与成人仪式相关，而假定死亡是其中重要的仪式，很多民间童话的情节都可以用假定死亡来解释。按照这种解释，"辨认所寻之人"就有了成人仪式的象征，原来的女性（狐女）只有通过一个庄严的仪式才能成为真正意义的妻子。在故事里男子（或孩子）的哭泣成了召唤"死去"女性的仪式，由此可知，故事和现实是一样的，没有什么比真情的力量更能推动一个人的真正成长。

《打柴人的狐狸媳妇》是典型的按照第二条线路讲述的故事。其中辨识度较高的情节是"吃东西"，在故事里吃的东西一般是小孩儿、蛇、活小猪、人参娃

[1]普罗普.神奇故事的历史根源[M].贾放译.中华书局2006:426-427.

娃等，老丈人、连襟们都会抢着吃，而青年因为恐惧选择放弃。这里"吃东西"（与某人一起吃喝）的情节安排其实是一种亲属身份的确认仪式，是对其伙伴关系和相互义务的象征与确认。它源自一种非常古老的观念，在原始族群的献祭性盛宴活动中就有共同吃喝的仪式，表明神和其崇拜者是"共餐者"。早在1889年威廉·罗伯逊·史密斯就在《闪米特人的宗教》一书中提出了这种被称为"图腾餐"的奇特仪式即是确认亲属关系和族群成员彼此认同的大胆假设。按照这种逻辑，所谓亲属关系即指对一个共同实体的分享，它"不仅仅建立在一个人曾是其母亲身体的一部分，她把他生下来并用自己的乳汁哺育他这样的事实之上，而且因为他的身体可以通过后来所吃的食物而获得成长和强化从而使之不断地更新。如果一个人和他的神共享一份食物，那他就是表达这样的确信，即他们是同属某一实体的；而且他从来不会和一个被视为陌生者的人共餐"。[1] 在故事中，青年因不能与狐狸家族共餐，因此不能成为真正的亲属，这导致了青年和狐狸的分离结局。从这样的情节中我们可以充分地感受到原始仪式在民间童话中的残留，也可以因为在不同地域流传的故事中共有这样的"吃东西"情节而发现，不同地域的原始仪式其实具有一定的相似性。

《狐狸女》是典型的按照第三条路径讲述的故事。这一路径与前文论及的"妻子惠美，丈夫遭殃"的故事有些雷同，官老爷要求狐狸妻子一天内擀出一千人的面条、让金鸡叫、让松树遮上天，狐女都做到了。但官老爷还不满足，直接提出要霸占狐女的要求。狐女惩处了官老爷，最终让松树栽倒砸死了他。

在这些故事中，也有一些复合型的，情节相对复杂，是将三条线路共同黏合在一个故事中。如《猎人与小狐仙》，救助报恩之后狐狸离去，猎人开始走上寻妻之路，这里融入了"神奇的助手"母题，助手们协助猎人嚼核桃汁液补充力量、斧子劈山搭路、驾船过水帘洞、编织孩子头绳上天，最终通过辨人环节找到妻子。接下来进入第二条线路，连襟请客吃饭，老丈人教绘画，开始卖画求生。接下来进入第三条故事线路，绘着妻子的画像让他的一个朋友得到，来家里占便宜，狐仙惩处了他，夫妻从此幸福地生活在一起。

（四）其他故事

在神奇的妻子故事中，还有一些故事类型，但流传下来的故事和异文相对较少，有植物变为的妻子，如《人参呼恨》《柴哥和绿柳姑娘》《江涛和绿柳》《白莲花》《葫芦女与扎鲁》等；有书中或者画中的媳妇，如《打柴的王小和画中美人》《画中人》《书中的媳妇》《画里的媳妇》等；还有直接称呼为仙或魔的女

---

[1]弗洛伊德.图腾与禁忌[M].上海人民出版社,2005:162-163.

儿，如《神儿魔女》《乌兰嘎鲁》《无辜周仓，飞来横祸》等。这些故事在情节上与前三类有很多相似之处，基本是救助报恩、仙妻做饭、结婚（生子）、仙妻离去、妻子惠美，丈夫遭殃等情节的不同组合。只是在一些细节上发生了变化，如"画中人"型故事，妻子从画（书）中走出做饭，基本都有因为之前有孤身青年对画（书）倾诉的情节，这与前三类妻子出现的形式略有不同；为了不让妻子离开，都有烧画（书）的情节，这又与"羽衣仙女"中藏匿羽衣有了不同。考察这些故事的出处，绝大部分流传在东蒙喀左地区，故事情节与中原地区的同类故事也较为相似，故事里主人公甚至还保留着汉族名字，由此可以推断，这些故事很可能是在蒙汉交流过程中流传到这里的，后来逐渐成为蒙古族人民喜爱的故事，并一代代流传开来。

神奇的妻子属于"异类婚"故事，这类故事产生于人类童年时期并融合于神话之中，后来在传说、童话中都有流传，它与人类的图腾信仰、祖先崇拜和灵魂信仰密切相关。对于这类故事的文化阐释非常多元，主要有以下几种：

1. 寻求异界力量

人类在自身进化的过程中受到诸多因素的威胁，自身也有诸多的发展局限，人类与其恐惧和崇拜的神仙、魔怪、动物、植物结婚，通过通婚建立亲缘关系而获得庇佑，通过生子，使其后代同时拥有人与神的力量，进而使人变得更强大，能够抵御强大的生存压力而繁衍发展。

2. 女神崇拜

故事中的女主人公不仅外表美丽动人，而且内心善良多情，同时还拥有出神入化的神奇本领，能够解救人间男子于困境之中，并使其获得新生。这种对于女性的认识源于先民集体潜意识中的女神崇拜观念，是对母系氏族社会中女性的崇高地位和神秘的生育功能的怀想，随着人类逐步从母系社会过渡到父系社会，母神分化为职能各异的女神，神奇的女性形象也发展成为少女原型与母亲原型的复合体。

3. 禁忌

20 世纪 20 年代，赵景深先生就提出 "天鹅处女的童话是表现禁忌的"。[1]万建中后来进一步挖掘了这一文化内涵，他认为"天鹅处女型故事隐含两个禁忌母题，它们共同建构了此型故事第二代异文的基本框架，对故事的形态结构起着举足轻重的作用。禁忌母题演示出来的设禁—违禁—惩罚的情节序列，其实为人

---

[1]赵景深. 童话学ABC[M]. 世界书局，1929:90.

与自然的矛盾、对立关系的民间隐喻"。[1]20 世纪 90 年代以后，随着生态文艺批评在中国文艺学中的兴起，天鹅处女型故事作为一个非常具有生态意味的个案再次得到了学界的关注，彭松乔认为，"这一故事类型通过人与自然、男性与女性'二元对立'的结构模式，以禁忌主题的方式形象地呈现了人与自然之间既相互对立又相互依存的关系，包孕了人类应该善待自然的生态诉求"。[2]

4. 因果报应思想

善良的、具有同情心的人都会得到最好的妻子，心存歹意的人，尤其是贪婪的统治者最终都会因为对女色的贪欲而自取灭亡。

5. 民间普遍存在的性爱饥渴及性爱幻想

因为在现实中民间男子难以像上层贵族那样拥有三妻四妾，婚姻也很难按照自身的理想获得圆满，于是在民间童话中对不完美的现实进行改造，现实生活中最美的女子都难以媲美的仙女们便纷纷下嫁平民男子，正所谓从"与现实相反的幻觉"中感受到了"替换性满足"。

---

[1]万建中. 一场关于人与自然关系的深刻对话[J]. 北京师范大学学报（人文社会科学版），2000(6).

[2]彭松乔. 禁忌藏"天机"——中国天鹅处女型故事意蕴的生态解读[J]. 民族文学研究，2004(6).

第五章　蒙古族民间童话的人物形象研究

在蒙古族民间童话流传过程中，有很多艺术形象给人留下了极其深刻的印象，如蟒古斯形象、英雄形象、女性形象、怪孩子形象、狠心的父亲形象、神仙形象、动物精怪形象等等，这些形象鲜明生动，神采各异，共同形成了蒙古族民间童话人物画廊。本章以女性形象、父亲形象、怪孩子形象为例，探讨蒙古族民间童话的独特个性。

一、"觉醒"的睡美人的叙事学阐释

民间童话故事是叙事文学的一种初级形态，由于其集体创作性、流动性、变异性特质让研究者很难从确定的叙事人角度进行研究，但其背后的叙事人群却是显在而稳定的，研究这些故事能够让我们发现一个文化群体的声音和愿望，以及支撑这种声音的精神理想和背后隐藏的危机。

在口头传媒时代，蒙古族民间童话的传播主要依靠两股力量：一股力量是说唱艺人，蒙古族人称之为乌力格尔艺人；另一股力量是家庭中承担着教育子女任务的妇女。乌力格尔艺人是从事特定职业的小众，而家庭中的妇女则是绝对的大众。在数量上占绝对优势的蒙古族女性对于叙事的参与，对于民间童话的精神走向有着重要作用，同时蒙古族女性的乌托邦梦想和精神困境及其引发的叙事危机在故事中也清晰可见。

（一）蒙古族民间童话的女性理想

很多女性主义研究者都认为，女性思维与男性思维是有本质区别的，女性关于月经、生育和哺乳等生理体验，孕育了女性特有的重复、中断意识，她们的思维往往表现为明显的核心意识：从一个定点出发然后返回，再出发，再返回。她们认为很多东西都是在一个人的控制力之外的，因此她们看中保存更高于获得。罗狄克称之为"保留（holding）的态度"，拉布兹称之为"等待模式"。[1] 于是

---

[1]约瑟芬多诺万.迈向妇女诗学[M]//柏棣.西方女性主义文学理论.广西师范大学出版社,2007:36.

我们看到的女性文学的主体情节会迥异于男性文学的"探索模式"，它会执着于描述在静态等待中的成长，或者在网状循环中的轮回。对于前者，我们称之为"睡美人模式"，这里的"睡美人"即文学作品中的女性主人公，她们美丽而柔弱，善良而天真，她们缺失掌控自己命运的能力，常常会陷入险境，只能被动地等待男性的救助，当她们醒来的时候，幸福已经悄然降临。这样的女性叙事遍布世界各地，反映出世界各地不同时期女性的生存境遇以及男权拯救的文化理念。纵览蒙古族民间童话，这样的女性形象自然也是有的，但少而又少，绝大多数女性都表现出非凡勇敢和卓绝智慧，她们或者积极展开自救，或者参与斩杀恶魔的战争，甚至还能够反过来救助自己的心上人。她们更像是觉醒了的"睡美人"，或者根本就未曾睡去。

1. 参与战斗，积极自救

《牧羊姑娘与沙漠赤兽》中的斯庆姑娘，"窈窕而不失丰满，娇媚而不失健壮"，女性的娇媚和男性的力量集于一身。当被魔兽劫掠后，她先主动示好，打消魔兽的敌意和戒备，然后寻找时机出逃，同时探寻魔兽的致命之处，临危不惧，步步为营，利用魔兽贪婪的色欲将其引入危险之境，用自己的智慧完成了自我拯救。《有九十九个儿子的汗王》中的娜仁汗王公主也是依靠智慧使自己免于被蟒古斯霸占的。小公子为从蟒古斯手里夺回宝刀，答应为蟒古斯完成三项任务，其中一项就是娶回娜仁汗王的女儿。当小公子告诉娜仁汗王公主要把她送给蟒古斯时，公主不仅没有惊慌失措，反而表现得泰然自若，俨然激战中的军师坐镇军帐，她先让小公子收集破旧毡片，为他做了一件衣裳，然后再让小公子假扮潦倒，并以公主被滞留在半路为由骗取蟒古斯的花斑马，之后命令小公子将马宰杀并取出马腹中的金箱子，灭掉箱子中蟒古斯的魂魄，然后自己顺理成章地嫁给了心爱的小公子。在这类故事中，女性不再处于无语的境地，她们是完全独立的主体，她们的镇静，她们的智慧，她们的决断，成为战胜邪恶和强暴最耀眼的强光，而站在故事最前沿的男性则略显稚嫩，他们的战绩完全是在女性的强光照耀下而取得的。

2. 重情重义，拯救情郎

按照传统的童话故事模式，当男主角斗败魔兽之后，故事就应完美结束了，但对于有些蒙古族民间童话来说，这里往往只是一个"中转站"，在悲壮的"男救女"模式之后还会继续上演一部"女救男"的好戏。以《猎人与公主》为例，国王的女儿哈森娜布琪公主被九头鸟魔王劫走，国王下令能救公主的青年即招为驸马。阿古拉奉命去救公主。杀死魔王后，阿古拉被情敌阿木吉乐陷害，困在洞中。后被精灵所救，返回寻找公主，但被阿木吉乐所杀。阿木吉乐被当作英雄即将成为未来的驸马。公主因思念阿古拉，将婚期一拖再拖，终于在阿木吉乐家找到了阿古拉的尸体，并请求仙人使阿古拉死而复生，有情人终成眷属。故事《虎王衣》也包含从"男救女"到"女救男"的情节变化。可汗想得到一件虎王衣，命令勇士古南去杀死虎王，如不能完成任务就是死罪。古南历尽艰辛杀死虎王，救出被虎王劫掠的牧羊女，并与之成婚。可汗极尽刁难，要求把虎王身上的皮毛一丝不落地缝在虎王衣上，至于牧羊女是如何完成这件衣服的，故事并未展开，但奇妙的是，汗王穿上这件衣服后竟然变成了一只老虎，最终被打死。这更给牧羊女制作虎王衣的过程染上了神幻色彩，莫非牧羊女原本就是拥有神力的生命？那为何她会落入虎王手中？莫非她是专门在等待古南的到来，暗中帮助他完成任务，进而挽救他的生命？那女性的存在是否已不再停留于等待男性的救助，而上升为救助男性？

　　3. 放弃等待，积极争取

　　前面提到的这两类故事，女性的遇难往往是故事发展的动因，等待救助的姿态昭然若现，也有一些蒙古族民间童话，女性的"等待"表现为一种守候，但这种守候不是被动地听从于命运的安排，而是主动地抛出一枚"棋子"，引领男主人公来寻。如三公主木兰放出鸿雁牵引心上人来寻找自己（《哈斯鲁英雄》）；龙女将自己的衣裳故意丢在猎人乌力吉能捡到的地方，用以结识猎人（《猎人乌力吉和海龙王的女儿》）。在两性的交往中，女性首先充当了引领者，这样积极的姿态，与其说是等待，毋宁说是出击，为了争取爱情而含蓄地出击。当然，还有一些女性的表达方式更为勇敢：龙王的三女儿暗中喜欢放羊娃道鲁台，就悄悄进入他的毡包为他烧火做饭（《坎坎坷坷》）；乌兰嘎鲁被琴声感染，主动向心爱的人大胆表白："你的马头琴拉得太好了，我非常喜欢你的马头琴，也喜欢你，你能够让我永远在你的身旁，分享你的快乐吗？"（《乌兰嘎鲁》）即使在今天，这样的女性仍然值得我们为之赞叹，她们懂得尊重自己的内心，勇敢地卸下精神的枷锁，放弃"沉睡"的等待，在爱情面前积极大胆，勇做命运的主人。正因为她们的试探和勇敢，才有了"永远幸福地生活在一起"的美好结局。

　　我们知道，民间童话的诞生来源于人类的乌托邦冲动，民间童话的氛围即在于昭示这种乌托邦愿望实现的可能。选择了民间童话这一体裁形式，即意味着可以借助魔法超越各种限制，突破各种束缚，找到一种可能的、完满的女性生命形态。女性自身的参与，又使这一倾向得到很大程度的强化。正如刘守华教授所言：

"这一方面反映出为传统观念所忽视的女性潜在力量的存在。另一方面恐怕也是女性自我陶醉、自我扩张心理的自然流露。"[1] 于是一个古老游牧民族女性生命意识的理想形态在蒙古族民间童话中得以延展：族群的女神记忆、蒙古族刚性的审美品格以及现实生活中女性至关重要的社会功能汇聚成一种理想形态的女性存在，在这种女性的生命形态中，独立性和创造力成为其中最强劲的音符。正是因为这种独立性和创造性，让女性进一步确认了自身的性别力量，让生命不再执迷于"沉睡"和等待，女性作为独立的生命形式决定自我生命的构建，进而参与历史的创造。一代代的蒙古族女性对于这种理想形态的着力构建，汇成了女性争取自身地位和权利的强大文化诉求，这一文化诉求不仅反映了女性对于现实人生男权侵略强烈不满的集群意识，同时昭示了渴望改变现状，进而实现主流文化"替换性结构"[2] 的强烈愿望。

（二）蒙古族民间童话构建女性理想的叙事危机

按照詹姆斯·费伦的说法，叙事是女性弱者的最佳武器或最佳防御。[3] 那么蒙古族女性在民间童话中的这种叙事是否恰如其分地激发了女性意识的自觉？是否唤回了女性生命中最原始的力量和确认自我价值的智慧？是否让女性更趋于团结，更一致地期待改变现实的可能性？如果回答是肯定的，那么女性叙事的意义将昭然若现；反之，叙事将陷入一种危机，初始愿望与实际的价值功能发生背离。

我们知道，民间童话的本质在于通过对一种占主导地位的社会规范和观念的批判性和富有想象力的反映形成一种替换性结构，进而激发人类的解放性潜能。[4] 对于蒙古族女性来说，这种占主导地位的社会规范和观念首先应该是对她们影响至深的男权意识。蒙古族女性受到压抑和束缚的程度虽然较汉族女性略有不及，但是她们仍然是处于被强大的男权欺压的状态。蒙古族的家庭最早见于记载的即为以男子为中心的父系家庭，据《蒙古秘史》记载，古代蒙古人至少在 9 世纪时就以男性祖先的名字来给氏族命名。不管是在王室贵族家庭里，还是平民家庭里，男女的地位同样的不对等，丈夫是一家之长，是经济的支配者，妻子不过是丈夫的附属，地位是卑下的，常常称"妇人是狗面皮""妇人所见之短"。[5] 在时

[1]刘守华. 中国民间故事类型研究[M]. 华中师范大学出版社, 2002:38.
[2]杰克·齐普斯. 冲破魔法符咒：探索民间故事和童话故事的激进理论[M]. 舒伟主译. 安徽少年儿童出版社, 2010:22.
[3]詹姆斯·费伦. 作为修辞的叙事：技巧、读者、伦理、意识形态[M]. 陈永国译. 北京大学出版社, 2002:23.
[4]杰克·齐普斯. 冲破魔法符咒：探索民间故事和童话故事的激进理论[M]. 舒伟主译. 安徽少年儿童出版社, 2010:22.
[5]蔡志纯, 洪用斌, 王龙耿. 蒙古族文化[M]. 中国社会科学出版社, 1993:297-298.

代的长河里，女性声音的喑哑使女性长期处于服从甚至依附男性的局面。透过蒙古族民间童话，我们可以清晰地看到分别代表着现实世界和精神世界的男权统治的父与魔对女性的控制与践踏，这构成了女性意识中男权侵略的主体形态，也折射出男权侵略给女性带来的严重精神危机。如果说，叙事真的可以成为弱者的武器或防御，那么民间童话中的这种女性叙事应该算是一种反抗叙事，这种叙事的终结在于一种"替换性结构"的诞生，一种全新的女性生命形态的诞生。然而蒙古族民间童话中的这个"替换性结构"——理想的女性生命形态是否能够算是真正意义的女性理想？它是否给予了蒙古族女性通往独立自由的精神出路，唤醒了女性内在的解放性潜能？为了回答这个问题，我们有必要结合蒙古族民间童话构建女性理想所依托的文化基础来谈一谈。

任何理想形式的建构都离不开现实文化基础，民间童话作为幻想文学的一种，其想象的展开也是建立在一定的历史和现实基础上的。蒙古族自身的宗教以及审美形态在其中起到了重要的支撑作用。

首先，原始地母观念推动了蒙古族民间童话女性理想的神化倾向。

"从原始信仰来说，女性有大地的属性——她们有权支配土地和收获物，这种权力是宗教和法律的双重肯定。女人和土地之间的联系，比女人同所有权的联系更密切，这就是母系制的关键特点：女人如同大地一样被象征地神化。生命的延绵不断——也就是生殖力崇拜，在女人和大地那里，以生殖的个体和化身得以具体体现。"[1] 神话中的女神是这种信仰最直接的呈现，尽管在父权制取代母权制的过程中，很多神都被男性取代，但男性霸权意识最终也未能将女性崇拜观念彻底泯灭，有时甚至还有被利用和张扬之嫌疑。在漫长的父权制社会及其大型宗教之中，母权制宇宙观被保持下来，尤其是在社会底层和民众之中。

蒙古族原始初民在很长的一个阶段中都笃信萨满教，萨满教作为一种受到平民百姓特殊保护的宗教亚文化，女性崇拜观念的保存是最为顽强的。其狂热的生殖崇拜即发轫于女性，从萨满巫师使用的椭圆形单面鼓和"奥麦"（意为洞、穴、巢）崇拜表现出的对女性生殖器的崇尚，到女性敖包祭礼仪式上的求育舞蹈，再到再生仪式上"倒置三歧木"与"三杈活柳树"的神秘程式对女性生育的再现，都能够看到女性作为人类的创造者在原始初民中的精神意义。[2] 最早的萨满即为女性，她们差不多都是氏族领袖或者酋长，主持各类宗教仪式和祭祀，她们能够观察事物的发展，预测未来，敢预言吉凶，而且能够拯救病痛的人，甚至具备死而复生术。她们就是氏族中萨满之神的代理人和化身。

[1]西蒙·波伏娃. 第二性[M]. 李强选译. 西苑出版社, 2004:33.
[2]乌兰杰. 萨满教文化中的生殖崇拜观念[J]. 民族文学研究, 1995(1).

于是，我们在蒙古族民间童话中看到了一段女性拥有统治力的绵长记忆，不仅仙女和女妖掌握神奇的法力，老婆婆也常常知晓天意和精通解决难题的秘诀，年轻的女性虽然无法直接与对手抗衡，但是她们往往会睿智地指引男性，进而通往掌握世界的路。正如有的学者所言："虽然聪明的男人早就决定着我们的经济和政治，但是在我们的神话中女性仍然在统治，因为在这些神话中，主宰命运、居于统治地位的势力是仙女和聪明的女性。"[1] 女性的神奇法力成为主宰事件走向的决定性力量，她不仅仅是男人的助手，更成为男人力量的源泉。英雄在她们怀里复活。这样的女性带有济世和救助人的宗教力量。在神话中女性以女神的形象出现尽在情理之中，但当神话向民间故事流动，当故事的世俗性、人性被逐渐强化，女性仍然被神化为女神，就令人匪夷所思了。我们不禁要问：是谁将女性推向了神坛？是男性还是女性自己？要知道将女性推向神坛，即意味着女性本体的现实存在被悬置，意味着彻底抛弃了女性作为人的最基本的生命欲求和渴望。这样看来，民间童话中所谓的女性的"觉醒"其实不过是一种幻象，是一种对于曾经的女权时代的迷恋与倾其全力的挽留。

其次，蒙古族传统刚性审美固化了民间童话女性形象的刚性特质。

蒙古族审美观念的主流是对刚性之美的崇尚。何为刚性之美？"对于蒙古族来说，即是适应于蒙古族原始初民的审美思维习惯，集中反映蒙古族崇尚刚性的审美理想，它贯穿古今，渗透于社会生活、风俗习惯和文化思想各个方面。"[2] 它与汉民族审美范畴的"阳刚"有所不同，它更突出"以原始生命力冲动为核心的人类占有欲、攻击欲和征服欲等本能"。[3]

从原始图腾崇拜的原力与遒劲，到现实生活服饰歌舞的朴野与硬朗；从远古神话史诗的壮伟与力量，到后代文学作品的浪漫与疏狂，蒙古族无不将自然与原力的刚性之美作为一种不懈的执着与追求。这种审美倾向自然会在民间童话的女性形象塑造中得以呈现，那来自原始生命的冲动构成了强大的勇气和力量，支持她们在困境中永不退缩，敦促她们将自己的生命同男性捆绑在一起去战胜各种艰险，激励她们勇敢地去追逐生命的亮丽。于是，她们站立起来，像巨人又像智者，擎着火炬照亮前行的路。因为是女性，所以对于她们的审美理想必然会存在二重性：一方面是美丽与温柔的统一，另一方面是健美与力量的统一。但不可否认的是，地理环境、游牧迁徙的生活方式以及长期的征战生活，使作为后者的女性特质在文学中被有效地放大开来，进而成为一种独特的蒙古族女性的标签被凝固。

[1]E. M. 温德尔. 女性主义神学景观：那片流淌着奶和蜜的土地[M]. 刁文俊译. 生活·读书·新知三联书店, 1995：46.
[2]杨晶. 刚性之美和审美文化反思[J]. 文艺理论研究, 2011(1).
[3]方克强. 文学人类学批评[M]. 上海社会科学院出版社, 1992：49.

能否将蒙古族民间童话中女性身上表现出的这种刚性力量理解为女性生命的自觉，笔者认为这是值得商榷的。因为这种刚性是一种族性，它属于男性，也属于女性，甚至属于一切审美形态的山川河流，正像人性中的某些基本特质，你不能因为女性具有了人性中的基本特质，就推断女性属于"第一性"，女性是意识自觉的生命力量。事实上在女性身上注入刚性特质是蒙古族文学对传统审美的一种回应，是蒙古族文学对民族创造的一种积极选择，而非女性意识觉醒在女性叙事中的表现。

很多学者都认为，当女性拥有了独立性和创造力时，就表明女性摆脱了"第二性"而成为"主体"。这些全新的理论对于早期蒙古族的女性来说是不可能知晓的，她们也不可能作为一个或一群女性意识自觉的叙事人来建构女性理想，她们只有依靠现实的情状以及沉淀在精神中的女性梦幻来展开幻想，在这个过程中，女性作为母亲或者作为女神形象的气质不断强化，女性作为人类的孕育者以及人类情感的保护者的身份渐趋凝固。但有意味的是，这种意在唤醒女性主体意识、解放女性创造性潜能的叙事最终却没能逃脱男性意识形态的笼罩，并顺势掉进了男性的叙事圈套。毫无疑问，地母观念和刚性审美都是蒙古族主流的意识形态和观念之一，它是蒙古族男性文化中的一个重要组成部分。依托于这两种文化背景建构起来的女性理想想要走出自己独立的风景可谓难矣。"女人没有自己的宗教和诗歌，而是通过男人的想象来想象。男人创造的众神就是她们的众神。"[1]蒙古族民间童话的女性想象也始终依顺着男性对于女性想象的二重性——神或妖展开，而非有着生命欲求和生命张力的真实的人。看似觉醒的睡美人故事其实仍然是"睡美人模式"的一种变体。而"睡美人模式"的存在和绵延，从另一种意义上讲，是男权叙事的一种表征，因为唤醒睡美人的故事，实现了男性作为恩赐者、解放者和救世主的白日梦。

·   于是一种显在的叙事危机诞生了：原本是信誓旦旦的突围，却遭遇了令人绝望的围困，最重要的是女性自身充当了这种围困的巨大推手。当意识到这一点，不仅最初的女性精神危机无法得到缓解，一种更深刻的精神危机顺势入侵，女性最初的童话梦境在这种新的危机中迅速碎裂，甚至灰飞烟灭。女性将怎样存在？最终将走向哪里？这个命题仍然处于悬疑状态，民间童话本应促发的现实"行动力"也在这种悖论的叙事中被消解。

其实，真正的女性觉醒应该首先是作为人的觉醒，"女人所需要的，不是作为女人去行动或占上风，而是像一个自然人那样得到成长，像智者一样去分辨一

---

[1]西蒙·波伏娃.第二性[M].李强选译.西苑出版社,2004:68.

切，像灵魂一样自由自在地生活，展示她的各种才能。"[1] 而蒙古族民间童话始终没能找到女性作为人的主体价值，那些"睡美人"们其实始终没有真正醒来。最终促使蒙古族女性意识觉醒的是现代思想的不断入侵，在蒙汉融合、中西融合的进程中，蒙古族女性才真正找到了女性成为真正的人的精神路径。

（三）结论

童话是人类的精神梦想，然而就蒙古族民间童话而言，女性叙事却在构建梦想的进程中陷入了深深的悖论：一面是激情地吟咏女性的反抗与辉煌，另一面却不得不面对男性叙事圈套的蛊惑。正因为此，民间童话的革命性力量被一定程度地消解，我们终究无从在历史的痕迹中找到它对于蒙古族女性解放运动的实质性的推动与激发。

二、"狠心的父亲"形象的双重阐释

自从人类走入父权社会，父亲就成为直接影响和干预儿童成长的最重要的因素之一，父与子的关系被看作是解开儿童成长之谜的神秘咒语，同时也是学者研究成长母题的核心要素之一。民间童话因其极强的隐喻功能，为我们探寻原始初民的欲望与恐惧，以及人类的潜意识提供了极大可能性。"狠心的父亲"作为蒙古族民间童话故事的典型形象之一，为我们探寻父与子之间的神秘情愫提供了一扇窗口。

（一）蒙古族民间童话中的"狠心的父亲"

我们这里探讨的"父亲"，既包括生理意义上的父亲，也包括文化意义上的父亲。将"父亲"上升为一个文化概念以后，其外延就产生了相应的扩大：它包括有着血缘联系的父亲；与父亲有着同样文化背景的父辈；一个族群或国家的统治者，即一国之父；被人们推崇为神的父神。纵观蒙古族民间童话故事，"狠心的父亲"形象是一种比较普遍的存在，这种"狠心"主要表现为以下三种情况：

一是失父现象。这是指在主人公成长过程中本应起到关键推动作用的父亲缺席，这种缺席可以理解为"不在场"或者"在别处"。在故事中，主人公要么是异类所生，如在《虎王衣》中穷人阿日特的妻子以前生下的孩子都死了，最后出生的男孩奇迹般地活下来，这个孩子不到一天就长得比成人还高，而且一天要吃一只羊，这样的孩子显然不属于正常孩子范畴，很有异类借腹生子的意味；要么

---

[1]富勒.十九世纪的妇女[M]//约瑟芬·多诺万.女权主义的知识分子传统.赵育春译.江苏人民出版社,2003:48.

是独自一人生活，如在《云青马》中，开篇就交代主人公"一贫如洗，家中除了他，没有一个喘气的动物"；要么和母亲或者兄弟姐妹一起生活，如《七兄弟大战蟒古斯》《骑粉红马的小伙子》。所谓父亲只是故事之外的一种存在，作为为主人公提供生命种子的抽象所在。即使故事开篇主人公的父亲出现，也很快会被恶魔蟒古斯劫掠，或者惨死。如《八腿花马和乌兰巴特尔》《青格勒太子》。早有学者关注过民间童话中的"失父现象"，认为这与人类早期母系社会子从母姓的习俗有关。早期人类社会群婚和乱伦行为导致孩子只知其母不知其父，母亲成为血缘链条中最重要的角色，是氏族中的核心角色。初民们尤其不能解释生育的奥秘，以为孩子的出生与男性关系不大。于是"父亲"成了一个符号，在故事中扮演着只提供生命的种子却不承担应有责任的角色，"狠心"地抛下年幼的孩子，任其在成长的岁月独自飘零。

二是虐子现象。有的故事，父亲是一直"在场"的，但故事并非要在父亲对儿子的呵护和教育这一线条上展开叙事，相反，它是朝着父亲虐杀儿子的情节延伸：自私的父亲为了保全自己，狠心地将儿子献给恶魔蟒古斯，迫使主人公开始了梦魇之旅。如在《金踝骨和银踝骨》中，蟒古斯捉住老头并让其选择："你把自己的命交给我，还是把八百匹马交给我？或是把八岁儿子交给我？"老头义无反顾地选择了把儿子交给蟒古斯。在《有九十九个儿子的汗王》中也有类似的情节，汗王被蟒古斯抓住，为了活命，汗王同蟒古斯做交易，但蟒古斯不相信汗王，要求汗王将小儿子送来做人质，汗王虽然很无奈，但还是将儿子交给了蟒古斯。在很多故事中，国王或者可汗形象也往往被塑造成狡猾、贪婪、残忍的"父亲"。《乌林库恩》中的国王"又残暴又自高自大"，得知乌林库恩乐善好施很受牧民们爱戴，就想方设法害死他；《山的儿子》中的可汗在阴毒的皇后的唆使下，设置种种陷阱想要置山的儿子于死地。在这些故事中，不管是一家之主还是一国之主，不管是主动的还是被动的，作为最具权威的"父亲"的做法无疑都是将"儿子"推上了一条通往死亡的险途，在这背后所隐藏的父亲对于儿子成长和逐渐强大的恐惧可见一斑。

三是设置成长障碍的父亲。在婚恋类的童话故事中，还有一类父亲形象，他是主人公未来的岳父，为了阻挠求婚，他总是千方百计地设置难题。他虽然不是主人公血缘的父亲，但作为父辈的代名词仍然值得我们关注。《有九十九个儿子的汗王》中的那仁汗王就是这样的角色，他设置了五项竞赛（赛马、辨认公主、射箭、捉迷藏、摔跤）为难小公子，小公子都胜出了，但那仁汗王还是不情愿把姑娘嫁给他，继而又采取往食物里投毒和放火的手段来杀死小公子。《乌兰嘎鲁》

中的岳父也是一个面善心狠的家伙，他一面同意捷尔柯勒和乌兰嘎鲁的婚事，一面却想着法儿为难准女婿，一次次将捷尔柯勒骗入恶魔的领地。很多学者对难题求婚母题进行过研究，他们认为无论是未来的岳父、岳母，还是未来的妻子设置的难题，都是指向对青年男子的考验，希望通过难题考验来选择最优的女婿或丈夫。也有学者认为这是古代劳役婚习俗的残留，即以男方到女家服劳役一段时期作为结婚条件。还有学者认为是原始部落外婚制的残留，这个未来的女婿其实就是未来这个族群的王位继承人，因此这种考验其实与权力交接密切相关。然而在蒙古族难题求婚型故事中，岳父对未来女婿的考验竟然是要将其置于死地，这就与单纯的择婿目的有了质的区别，转而与第二类型"虐子现象"有了质的一致性。

（二）"狠心的父亲"的双重阐释

通过以上对蒙古族民间童话"父亲"形象的分析，我们不禁要问：那些令我们亲近的父亲哪里去了？如果说文学是现实的反映，那么现实中父与子之间的情状是否也令人如此心悸？抑或文学只是一个"第二世界"，它关乎着人类的恐惧和梦想，身为父亲的心事尽在其中？要想回答以上问题，我们必须结合人类学、社会学、心理学，尤其是有关原始献祭行为和少年成人仪式的习俗，才能做到较符合实际的阐释。

1. 恐惧的父亲与疯狂的虐杀

是什么原因导致"父亲"如此惧怕"儿子"的成人，而心生弃子甚至杀子之意呢？

据弗雷泽所讲，原始部落中一直存在着"杀死神王"的风俗。人按照自己的形象创造了神，人是会死的，神自然也会有死的一天。神的灵魂具有护佑原始部落的功能，但灵魂一旦衰弱，部落就随之受到殃及，无法再得以兴盛。为了避免这种危险，最好在神王的灵魂还未衰弱之前就处死神王，然后把他的灵魂转给一个精力充沛的继承者。国王亦如此，有的原始部落国王统治得久了，就会传出话来说"国王病了"。这就像一个公式，部落里的人都会心知肚明，到了该处死国王的时候了。对于整个部落来说，这是一种庄严的献祭行为，是整个族群的节日，是用死亡来迎接新的复活的重要时刻。[1] 但对于部落的"父亲"来说，对必将来临的献祭行为的恐惧势必超越一切金钱、地位、荣誉带来的兴奋，种种恐惧成为

[1]詹姆斯·乔治·弗雷泽.金枝（上册）[M].徐育新，汪培基，张泽石译.中国民间文艺出版社,1987:391-415.

深埋于灵魂深处的梦魇挥之不去。如何实现自我拯救？最好的办法就是找一个可以代替他献祭的人，当然这个人也一定应该赋有神性，他的牺牲一定要完全同国王本人的死能够达到同样的目的。显然，没有人能比国王的儿子更合适了，"以王子献祭"的风俗随之出现。为了对抗父亲的杀戮，王子们团结起来奋起反抗，这种反抗在神话故事中以咬掉或者砍掉父亲的生殖器得以呈现，或者打败父亲并取代他。赫梯神话中就有儿子咬掉父亲阳具的情节；克洛诺斯用石刀阉割了自己的父亲乌兰诺斯，成为第二代天神；宙斯打败了父亲克洛诺斯；又有预言说，宙斯将被他与一位女子所生的儿子打败并被取代。

很多思维定式都是在人类发展历程中经历"生理—心理—文化"发展模式凝固而成的，父与子之间的紧张关系亦然。对"儿子"的谋杀实际上是"父亲"对死亡恐惧的一种极端反抗，是"父亲"证明自己强大神力的最后挣扎。而来自子辈的极端反抗更加剧了这种父与子的对立，强化了"父亲"对"儿子"的敌意。"杀死神王"和"王子献祭"的仪式和风俗随着时代的发展渐行渐远，甚至不能再找到一丝痕迹，但父与子之间的疏离和敌意却作为一种文化心理在后来的故事里流传下来。弗洛伊德著名的弑父理论，运用心理分析的策略对少年的恋母情结以及由此带来的一系列心理活动和现实行为进行了详尽论述。我们不同意其将这一理论作为解释人类一切活动的思想起点，但其中涉及的父与子之间神秘的情感对立却是值得我们关注的历史现象。在家庭生活中，它表现为父与子的对立；在政治生活中，它则表现为子辈男性对于王权的反抗与冲击。叶舒宪在《阉割与狂狷》一书中详尽地论述了人类历史上父辈与子辈之间关于性政治的实施与反抗。从身体阉割到心理阉割，父辈为了消解子辈叛逆的原初动力和行动效力，向子辈举起了阉割的屠刀，而子辈的奋力反抗则是长期降服于来自父亲的杀戮恐吓的爆发与宣泄。

文学世界对于父亲的呈现是指向人类心理和文化层面的，或者说是存在于子辈潜意识中对于父亲的想象，它关乎着少年的恐惧和梦想。蒙古族民间童话中父亲"疯狂的虐杀"是父与子之间神秘情愫的文化心理折射，它"充分显示了人类学家和生物学家所共同关注的雄性之间以性为中心的代际冲突"。[1]

2. 苛责的父亲与深沉的爱

在孩子的成长过程中，父亲和母亲分别扮演着不同的角色，中国的"严父慈母"之说很好地反映了这一传统。父亲作为一家之主的绝对权威对孩子的约束和压制成为少年对父亲形象的定格。从幼年到行成人礼之前的时间里，孩子一般都

---

[1]叶舒宪.阉割与狂狷[M].上海文艺出版社,1999:37.

由母亲负责，与父亲相处和沟通时间的有限导致少年与父亲情感纽带的相对脆弱和精神世界的相对疏离。来自母亲的温馨和柔软与来自父亲的严厉和苛责形成了鲜明对照。

尤其在行成人礼的日子，"父亲"对少年的"折磨"到达了极致。在早期社会，这一仪式一般都是由父辈来主持完成的，女性被排斥在与少年成人仪式相关联的场合之外。期间往往会采用一些"残体"仪式加附于受礼者，如拔牙、放血、割礼等。曾经有学者将世界各地的原始成人仪式进程划分为四个环节：分离、考验、互渗、再生。对于少年来说，这四个环节都与恐惧和苦难紧密纠缠，是人生中最难通过的坎儿，同时又是人生中最重要的经历，推动这一进程的往往都是父亲或父性代表。从蒙古族平魔故事中我们可以看出：故事开端往往是"父亲"将孩子叫到跟前，然后交代任务派孩子远行，如《八腿花马和乌兰巴特尔》；设置障碍提供考验的也往往是"父亲"，如《乌兰嘎鲁》《有九十九个儿子的汗王》。"互渗"是成人仪式中非常重要的环节，因为少年如果想被部落真正接纳，必须在宗教信仰上与成年男子达到合一，因此通过与神秘力量的交汇窥见，参与公共集团的图腾活动，是成人仪式的核心环节。蟒古斯作为恶神形象是蒙古族精神信仰的重要组成部分，少年的成人必须要经历与蟒古斯或者作为蟒古斯替代品的邪恶猛兽的相遇。相信它的存在、它的强大魔力并且在精神上战胜它，是成人仪式在蒙古族民间童话故事中反映少年与神秘世界"互渗"的最常见的母题。在《金踝骨和银踝骨》和《有九十九个儿子的汗王》中，父亲被迫将儿子送到蟒古斯恶魔的身边，从表面上看，父亲的自私与狠心将少年推入惊恐的深渊、死亡的边缘，但客观上却促成了少年与神秘世界的互渗。灾难的最终解除，使少年欢欣地迎来新生。对于男孩来说，"成人礼就是用来解决跨性别认同的心理冲突……打断前青春期的认同……灌输给男孩男性的认同"。[1] 男孩必须离开甜蜜温馨的母权世界进入竞争激烈的父权世界，在此过程中获得男性的特质，从心理上及社会上将自己置于父亲们的群体中。这一过程是由男性主导的少年的"第二次诞生"。[2] 在蒙古族民间童话中与父亲的"狠心"相生相伴的，是少年与父亲千丝万缕的精神联系。父亲的嘱咐和祝福、父亲赠与的物件、父亲的替代形象成为出行少年战胜磨难的礼物。临死的父亲让小儿子吾图洪点燃自己的一根头发，于是天上下来一匹灰青马，父亲嘱咐吾图洪骑上马走几个来回，从马尾上拔下几根毛，再把自己的衣服系在鞍鞯上，然后把马放回天上去。父亲告诉吾图洪今后有什么困难就

---

[1]马文·哈里斯. 文化人类学[M]. 李培茱, 高地译. 东方出版社,1988:409.

[2]罗勃·布莱. 铁约翰：一本关于男性启蒙的书[M].谭智华译.张老师文化视野股份有限公司，1999:36.

点上一根马毛，神马就会立刻出现。故事后来的发展一一兑现了父亲临终的嘱咐（《乔尼·乔伦和吾图洪》）。汗王将儿子献给蟒古斯恶魔，同时又让儿子拿上家里祖传的宝绳（《有九十九个儿子的汗王》）。据人类学家考察，在原始巫术仪式中，绳子与小棍儿、树条子、芦苇同属于一类，是富有魔力的标志性物件。这种观念起源于植物崇拜，从活的植物上折下来的枝条同样具有繁殖力、富足和生命等奇妙特性，这种具有魔力的物件加之于人，按照顺势巫术的思维，人便可以获得繁殖力、富足和生命等。有些故事并没有设计"父亲的赠与"，那么在儿子上路以后往往会安排男性的"相助者"，他们是在父亲缺席的背景下作为父亲的替身完成父亲的保护与援助职责的角色。失去父亲的特古斯在白胡子老爷爷的提示下踏上寻找宝钥匙的征途（《宝钥匙》）；很小就失去父亲的浩斯巴雅尔收到一个老爷爷送给他的苇子，他拿这棵苇子做成一个魔笛（《龙泉》）；孤儿布希在遭到国王陷害的时候，是一个白发银须的老爷爷挽救了他的生命（《孤儿布希》）。

　　通过以上分析可以发现，如果单纯从"疯狂的虐杀"的角度来阐释父亲的狠心，难免会堕入极端的套路，事实上，任何父亲在少年成长的过程中都扮演着极其重要的角色，他是推动少年从个体化向社会化过渡的重要力量。只不过父亲情感的表达与母亲的有所不同，它们更隐蔽、更深沉、更富有经验传承的力量，正如弗洛姆所言："固然父亲代表不了自然世界，可是他代表人类生存的另一个不同的方面，那就是思想的世界、人造物的世界、治安的世界、戒律的世界、走东闯西与冒险的世界。父亲是儿女的教育者，是儿女走向世界的指路人。"[1] 只不过来自父亲的"道德心"与来自母亲的"良心"比较，表现得较为苛刻，不通人情而已。

　　（三）结论与思考

　　邓迪斯曾经有一个观点："童话（幻想故事）总是从一个孩子的角度讲述的。童话从来不是从父母的角度讲述的。"[2] 这样看来，少年叙事的特定立场决定了蒙古族民间童话中的"父亲"具有了存在的双重可能性：一面是作为现实中的真实存在，另一面是作为少年的精神幻想存在。蒙古族从狩猎、采集为主的时代逐渐进入游牧时代，男子在劳动中乃至在家庭中的作用逐渐占据了中心，据《蒙古秘史》记载，古代蒙古人至少在 9 世纪就以男性祖先的名字来给氏族命名。"父亲"的称呼与尊严、权威、最高意志等紧紧地黏合在一起。在儿子的内心世界，父亲

[1]艾·弗洛姆. 爱的艺术[M]. 李健鸣译. 安徽文艺出版社, 1986:37.
[2]邓迪斯. 民俗解析[M]. 户晓辉译. 广西师范大学出版社, 2005:250.

想象更多的是与"狠心"密切相连。蒙古族的学校教育兴起较晚，在学校教育还未兴起的时代，蒙古族儿童的早期教育基本都是由母亲来完成，孩子对母亲的依赖心理非常强烈。游牧生活的不稳定性，进一步加剧了父亲与孩子的时空距离，使父与子之间疏于情感交流。这又使父亲在少年成长中的"不在场"成为印刻在少年记忆中的父亲想象。当父亲想象上升为故事叙述，其必然经历情感的辗转徘徊，渲染强化，和最终的固化。但每一个少年又不得不承认，是父亲传授着游牧、狩猎的重要技能，是父亲引领着少年进入蒙古族人精神宗教的领域，这是少年进入成人社会的关键一步。民间童话这种体裁反映生活的方式是"魔镜式"的，它总是穿透现实生活的表层进入深层的文化心理结构。它的出现和传承更注重的"是其文化的意义，而并非其艺术的意义"。[1]　"狠心的父亲"形象不仅反映了"父亲"这一文化概念所承载的民俗学和心理学内蕴，更揭示出作为叙事主体的少年内心对于父亲的双重情感：一面是排斥和恐惧，另一面是期待和依恋。无论是疯狂的父亲还是苛责的父亲，他带给孩子的心理体验远不及来自母亲的甜蜜与温暖。童话作为前喻文化的一种文体，其特有的简单化、类型化、象征化的叙事策略进一步强化了这种"狠心"。然而在"狠心"背后揭示出来的父亲的恐惧和关爱，也许才是父亲最真实，也是最复杂的精神世界。

三、"怪孩子"形象的文化学阐释

怪孩子故事，是世界民间童话故事中的一个独特类型，如枣娃、葫芦娃、蛋娃、蛤蟆儿、拇指儿、神力儿等。林继富曾对其进行过界定，认为怪孩子故事主要表现出"三怪"现象：出生怪、形体怪和行为怪。[2]因故事鲜明的幻想特质，汤普森和丁乃通都将其归入神奇故事（或者魔术故事、幻想故事、魔幻故事）进行过研究。蒙古族的这类故事也很丰富，对其进行研究，一方面可以丰富世界民间怪孩子型故事的整体研究，另一方面也可以在比较研究中发现民族与地域对于怪孩子故事传播的影响。

（一）蒙古族怪孩子故事的主要类型

蒙古族民间怪孩子型故事非常多，前文所列的类型多有涉及，但最为丰富的应属神力儿、蛤蟆儿和拇指儿三种类型。

---

[1]周晓波.现代童话美学[M].未来出版社,2001:55.
[2]林继富.源于怪的力和美——中国怪孩子故事的审美艺术[J].西北民族研究,2003(6).

1. 神力儿

这类故事中的小主人公都是在出生以后几天就长大成人，并且具有特殊的能力，这种能力有时表现为具有神力，有时表现为具有特殊的技能，如捕猎、打鱼，他们往往被派去与魔怪作战，最后胜利而归。这类故事在国内外的故事类型索引中找不到相对应的类型，属于蒙古族特有的故事类型，它很像蒙古族英雄史诗故事的精简版，基本的故事元素包括：神奇的诞生、上路、神奇的相助者、与魔怪战斗，也有的故事会包括神奇婚姻。之前有学者将其称之为英雄故事，笔者认为用英雄故事来概括范围过大，几乎涵盖了蒙古族民间童话三分之一的故事，采用林继富的神力儿的提法更为稳妥。较有代表性的有《虎王衣》《巴尔·乌兰》《八腿花马和乌兰巴特尔》《神箭手》《只有一根头发的小英雄》等。

2. 蛤蟆儿

这类故事也叫青蛙儿子、青蛙丈夫故事，属于神奇丈夫或神奇婚姻类别，主要情节是：久婚不孕的夫妇祈求生育，没想到却生下一只青蛙，但这只青蛙具有人的情感和超人能力。青蛙长大以后想要娶亲，女方家庭会设置许多难题，青蛙借助神奇力量解决了难题，最终娶到姑娘。青蛙有时会变成英俊的青年参加各种活动，被妻子发现后，青蛙或生或死，或走或留。美国学者斯蒂·汤普森在《民间故事类型》中将其定为 440A 型，并命名为"蛙王或铁亨利"。丁乃通《中国民间故事类型索引》在"神奇故事"中也专门列出了"神蛙丈夫"，定为类型440A。德国学者艾伯华在《中国民间故事类型》中，将此类型故事划分到第四大类"动物或精灵跟男人或女人结婚"当中，将其命名为"青蛙皇帝"和"蛤蟆儿子"，定为 42、43 型。较有代表性的有《青蛙儿子》《青蛙王子》《蛙仔的故事》《蛙仔的故事（变体）》等。

3. 拇指儿

这类故事专指出生的孩子只有拇指大小却具有神奇力量或超人智慧的故事类型。美国学者斯蒂·汤普森在《民间故事类型索引》中将其命名为"拇指汤姆"，并编成第 700 型。丁乃通先生在其《中国民间故事类型索引》中照用了 AT700 型"拇指汤姆"的命名。在蒙古族的这类故事中以"羊尾巴儿子"的故事居多，故事的主要组成部分包括"诞生"和"神奇冒险"。冒险部分的情节会有不同变体，但"被吞噬""帮小偷（或被逼）偷窃""从某人嘴里偷宝物"母题在很多故事中会保留。较有代表性的作品有《耳朵一样大的孩子》《拇指般大的儿子》《山羊尾巴儿子》《尾巴儿子》《拇指勇士》。

（二）蒙古族文化对民间怪孩子故事的影响

民间文学的流动性和变异性，一方面使得世界各地的故事都表现得极其相似，另一方面又使同一个故事会存在很多异文。但是一个民族或者地域的故事总有一些自己独特的、相对稳定的元素，我们称之为民族的或者地域的文化呈现。笔者认为，早期蒙古族的原始狩猎—游牧文化对于蒙古族民间怪孩子故事形态的生成起到非常重要的作用，使其呈现出与受农耕文化影响的怪孩子故事非常不同的文化特质，主要表现为：动物崇拜、尚力美学追求、神秘宗教色彩。

1. 动物崇拜

关于怪孩子的外貌形体，林继富认为主要包括三类：植物型孩子、动物型孩子和蛋类怪孩子[1]。但笔者认为分为植物型和动物型两类即可，蛋类属于动物型中的分支，动物型分支还应该包括人类，如神力儿故事。蒙古族民间怪孩子故事绝大多数都属于动物型。"蛤蟆儿"自不用说，男主角的形体是在蛤蟆（青蛙）和美少年之间转换。在蒙古族中广为流传的"拇指儿"的诞生多与羊直接相关，或是羊尾巴掉下来直接变成孩子，或是在羊的耳朵里放土得到孩子。至于"神力儿"，其本身就属于广义的动物型范畴。

蒙古族民间童话故事是阿尔泰语系和汉藏语系故事融合的产物，汉藏语系的怪孩子故事中有很多植物型的，尤其以葫芦娃和枣娃故事居多，如果尊重故事传播史的话，相信这些故事一定同动物型的故事一同被传到过蒙古高原，但何以动物型故事会以其顽强的生命力蔓延到蒙古族的各个角落，而植物型的怪孩子故事却呈逐渐衰减之势？在文化的反复淘洗中，是什么因素导致了怪孩子故事动物形态的逐渐扩大化和主流化？笔者以为蒙古族游牧—狩猎文化中的动物崇拜是其中非常重要的因素。

一直到蒙元时期，北方狩猎-游牧文化与南方农耕文化实现了前所未有的大碰撞、大融合，农耕文化才逐渐渗透进入蒙古族生活。在此前漫长的狩猎-游牧文化时期，动物崇拜在蒙古族人心中始终占据非常重要的位置，猎物和畜群很多都成为蒙古族初民崇拜的对象。这种崇拜与天崇拜、家畜保护神崇拜、佛教信仰、经济民俗交织于一体，世世代代绵延，同时在文学叙述中被丰富、润泽，甚至神化。学者崔斯琴曾经对蒙古族动物故事进行过分类研究，仅她收集整理的蒙文版有 1957 个，汉文版和日文版的有 352 个[2]，动物以对手、伙伴、食物，甚至是精神的力量源泉等不同的形象被讲述和书写。相反，植物型的故事却很少，这与

[1]林继富.源于怪的力和美—中国怪孩子故事的审美艺术[J].西北民族研究,2003(6).
[2]崔斯琴.蒙古族动物故事研究[D].内蒙古大学博士论文,2011.

农耕文化开始较晚有很直接的关系。当然在蒙古族中也存在着植物崇拜，但主要集中于树崇拜，以柏树、榆树、桦树、柳树崇拜居多，与生殖崇拜密切相关。而以农耕文化为主的民族则不同，植物崇拜不仅包含树崇拜，还有五谷崇拜、茶崇拜、各类草药材崇拜。

动物型的怪孩子故事何以以青蛙儿子和羊尾巴儿子形象居多？羊尾巴儿子形象是很好理解的，因为羊是蒙古族游牧文化中最重要的放养牲畜，世世代代陪伴蒙古族人，是蒙古族人生活富裕的象征，在五畜崇拜中马和绵羊是最重要的崇拜对象。这类故事也可能是原生的，也可能是在传播过程中为了顺应民族心理而发生了动物形象的替换。很多学者认为青蛙儿子形象应该来源于南方水乡，是农耕文化的代表形象之一，对青蛙儿子故事的原发地域也进行过考证，但是考察蒙古族最早的宗教信仰——萨满教常用的器具图案，蛙是最古老、最稳定的形象之一，萨满在施法时手持的神鼓，其图案就是青蛙。可以断定，蛙崇拜在北方游牧民族中，尤其在信奉萨满教的古老民族中是存在的。我们不能由此妄言，青蛙儿子故事的原发地域是在蒙古高原，但至少可以说明，在怪孩子故事传播过程中，当动物形象与蒙古族自身的动物崇拜一致时，这些形象就被完全保留了下来。由此可见，动物形象在故事的传承过程中，还是发生了自觉的选择与变更，这种选择与变更的土壤即是狩猎—游牧文化在蒙古族人内心世界的潜移默化，他们按照自己的心愿选择和改造着故事的形象，并世世代代地传播下去，丰富并壮大，形成了今天我们看到的蒙古族民间怪孩子故事群。

2. 尚力美学追求

《韩非子》（卷六）中有"上古竟于道德，中世逐于智谋，当今争于气力"的说法，"争于气力"在战国时期就被认为是个体生命存在和强大，乃至一个集体、国家存在和强大的制胜法宝。考察蒙古族民间怪孩子故事，不管是降妖除魔型，还是难题求婚型，这些孩子在完成使命的过程中多表现出力大无比、勇武过人、法力神奇的普遍特点，是典型的"争于气力"的生命形态。

神力儿故事中的怪孩子都会在很短的时间内获得可以与魔怪抗衡的形体和力量。神力儿古南不是一天一天地长大，而是一个时辰一个时辰往上长。出生头一天就吃了一只整羊，第三天就能吃下一头母牛，并且打死一只老虎。他的"力量"传到可汗那里，可汗都为之震惊、恐惧。（《虎王衣》）只有一根头发的小英雄，出生第一天，一张羊皮做的皮袄就小得穿不下了；第三天，连三张羊皮做的皮袄都显得小了。他力大无比，徒手可以拧断马的脖子，还可以将马撕成两半，连蟒古斯恶魔也被他吓得魂不附体、屁滚尿流。（《只有一根头发的小英雄》）在蛤蟆儿型故事中，常常穿插难题求婚情节，蛤蟆儿往往通过哭、笑、叫、跳来显示自身强大的控制自然界的能力用以征服对方。如《青蛙儿子》中的青蛙儿笑得树木枯萎、绿草燃烧；哭得惊雷闪电，大地颤抖，暴雨倾盆，洪水泛滥；吼得狂风大作，天地黑暗，大树也连根拔起。也有的故事在蛤蟆儿变成英俊小伙子以后会参加摔跤和赛马比赛，最终的结果都是获得冠军，如蒙古族巴尔虎地区的青蛙儿故事。其实在怪孩子故事中普遍存在着与他人争斗的情节，或者是与魔怪，或者是与国王，或者是与贪官污吏，在斗智斗勇中成就了孩子之"怪"。由于文化的不同，不同民族在斗志还是斗勇这一情节的叙述中或有所侧重，蒙古族怪孩子故事更重视以力赢人。

尚力文化作为两大人类文化基本模式之一，它与汉民族尚礼文化不同，尚礼文化重视道德教化、伦理秩序和社会理想，讲求恩泽海内、以德服人，具有内省性与内敛性。它更倾向于遵循物竞天择、适者生存、弱肉强食的自然法则，倚仗实力进行征服与扩张，具有扩张性与侵略性。法国地理学家白吕纳认为："一地的位置、地形、地质构造和气候都可以解释一个民族的历史。"[1] 蒙古族生活在蒙古高原，这里气候条件相对恶劣，生活资源相对匮乏，为了争夺仅有的资源，游牧部落之间征战不断，无论是部落还是个体，为了活下去，必须要自我强大，而这种强大一定是指向勇气和力量，所谓英雄即为具有可以对抗恶魔、天灾或者敌对的个体或部落的神力的人。蒙古族是一个崇拜英雄的民族，这种崇拜即包含着"争于气力"的原始生命观，正是这种原始生命观孕育了一代天骄成吉思汗这样的传奇人物，也成为一代代蒙古族人骨血中深藏的生命的激情与好争斗的人格特质。

3. 原始宗教色彩

并不是所有怪孩子故事都保留着原始宗教的神秘色彩，汉族的怪孩子故事就更侧重世俗生活的现实性和轻松诙谐，但在蒙古族民间怪孩子故事中却始终萦绕着神圣的宗教仪式感。生命的诞生与转换、灵魂的出壳与复归在故事中占据着重要的位置。在蒙古族怪孩子故事中会普遍涉及"神奇的诞生""变形"和"死而复生"母题，这类母题所反映的生命观即是北方狩猎—游牧部落信奉的原始萨满观念的移植和再现。

"神奇的诞生"母题在世界各地几乎所有的怪孩子故事中都保留着，从现存的文本看，"祈神而孕"和"突然怀孕"的情节相对普遍，不同物种间生命互相转换的情节相对较少。"祈神而孕"和"突然怀孕"的提法可能是原始思维观念的退化或对情节的一种简化。而不同物种间生命互相转换的情节更古老，则更接

---

[1]陶克涛.毡乡春秋·柔然篇[M].内蒙古人民出版社,1997:221.

近原始萨满观念对生命的认识，正像卡希尔所言："有一种基本的不可磨灭的生命一体化（solidarity）沟通了多种多样形形色色的个别生命形式。"[1] 在原始人的观念里，生命被看成是一个不中断的连续整体，容不得任何泾渭分明的区别。各领域间的界限并不是不可逾越的栅栏，而是流动不定的。在蒙古族民间怪孩子故事中，不同物种间生命互相转换的情节保留得非常完好，有的是因吃了某种植物而孕；有的是山羊尾巴掉下来成为孩子；有的是往山羊耳朵里放土得到孩子；也有的是肚子上长了肉瘤，割掉后变成小孩儿；还有的是从身体的某个部分中跳出来一个孩子，如蒙古族故事中的很多蛤蟆儿都是从老婆婆的大拇指或膝盖中生出的。

"变形"母题是民间童话最常见的母题，万建中《中国民间散文叙事文学的主题学研究》中对变形进行了界定，它"是指人与物、物与人、物与物之间因某种特殊原因，按照某种途径而发生的变化，这种变化不包括仙人因自身的法力而发生的种种自我变化"。[2] 笔者认为还应补充人与人之间的变化，比如此人变彼人、大人变小人等。"变形"几乎是童话人物克服一切艰难险阻的精神武器，对于这种精神武器的崇拜，是建立在原始初民混沌的、综合的、非分析的、非科学的生命观基础上的，其背后暗含着对灵魂不死观念的绝对信仰。生命的形体可以死亡，但灵魂却可以在不同的物种间迁移，静止的生命变为流动，有限的生命成为无限。羊尾巴落地会变成小男孩，青蛙儿子也会变成美男子，狐狸能变成美少女，小孩儿也可以变成小伙子。磨盘可以变崇山峻岭，梳子可以变重重密林，镜子可以变汪洋大海，马的各个部位都可以变形，变成什么完全看主人的需要。

"死而复生"是盛行于萨满教地区怪孩子故事中的一种独特母题，这可能与萨满教治病驱疫的法术有直接关系。只要身体各个部位及骨骼完备，并且各个部位一一就位，施以法术便可以获得重生。蒙古族蛤蟆儿故事就有通过起死回生的方式向皇帝讨婚的情节，如新疆蒙古族《青蛙儿子》，这在汉族的蛤蟆儿故事中是没有的。有的故事在青蛙皮被烧掉以后，青蛙会死去，然后紧随着妻子用金扇子再使青蛙丈夫复活的情节，如新疆地区的《蛇身儿子的故事》。"吞噬"母题是死而复生母题的一种古老形式，吞入魔兽肚中表明死亡，吐出则复活。如《沙扎嘎莫日更哈那》就有这样的描写："把黑母魔打翻在地并立即抽剑把它的嘴巴劈成两半。这时从黑母魔的肚子里飞出来许多鸟儿，跑出很多野兽和人。"[3]，又如《巴尔·乌兰》中凤凰妈妈误以为巴尔·乌兰是伤害自己孩子的人，于是将

---

[1]恩斯特·卡希尔.人论[M].甘阳译.上海译文出版社,1985:105.

[2]万建中.中国民间散文叙事文学的主题学研究[M].北京大学出版社,2009:248.

[3]彤格勒.鄂尔多斯蒙古族民间故事[M].内蒙古人民出版社,2006:17-21.

其吞入，孩子解释清楚之后又将巴尔·乌兰吐出。

"神奇的诞生""变形"和"死而复生"母题在故事中的贯穿和渗透，使蒙古族民间怪孩子故事充满神秘的宗教色彩，灵魂不死观念是其核心，变形是灵魂转换的重要通道，怪孩子的成长是灵魂的延续。

（三）结论

民间故事是一条河，它或从西方流向东方，或从东方流向西方，在流动的过程中，将不同地域和不同民族的文化融汇一体。按照语言的语系归属，蒙古族应属于阿尔泰语系，但由于长期受到藏传佛教的文化影响，这使民间童话故事兼具阿尔泰语系和汉藏语系的文化特质，在复合形态的故事中，以上所谈到的蒙古族民间怪孩子故事的三种特质，只是一种相对的文化表达，在蒙古族与汉族故事的对照中所呈现的相对稳定的存在形式。这种存在是民间童话故事对蒙古族文化的呈现与传承，更是一代代蒙古族人对文化血脉的坚守。这种坚守让蒙古族民间童话故事成为"这一个"，在民间文学的璀璨星河中始终保持自身的亮色。

下篇：蒙古族民间童话的跨学科研究

第六章　蒙古族民间童话与原始仪俗

　　所谓仪俗是仪式和风俗的合成，是一个民族传统性的、重复的、集体的和程式的行为和活动。原始仪俗即为一个民族在早期的生产、生活过程中的重复的、集体的和程式的行为和活动。

　　"仪俗"这个提法在国内虽然不如"仪式""民俗""风俗""仪典"等术语普遍，但之前也有一些学者使用过，如钟敬文先生《中国礼仪全书》、周锡保《中国古代服饰史》就使用过这一术语，皆指"仪礼"和"风俗"之意。本文所说的"仪俗"与两位学者的提法略有不同，是指"仪式"和"风俗"。"仪"主要指"仪式"，而非"仪礼"。"仪式"一词最早出自《诗·周颂·我将》："仪式刑文王之典，日靖四方。"后来便被广泛使用，如汉代的王粲《玛瑙勒赋》中有"御世嗣之骏服兮，表骁骥之仪则"，唐代韩愈的《南海神庙碑》中有"水陆之品，狼藉笾豆；荐裸兴俯，不中仪式"，南朝范晔的《后汉书·律历志中》中有"及用《四分》，亦于建武，施于元和，讫于永元，七十余年，然后仪式备立，司候有准"。究其含义，已从最早的"法度"，辐射为"仪态""典礼的秩序形式""测定历日的法式制度"。在西方，"仪式"一词译自英语和德语的"ritual"，其含义包括宗教意义上的仪式、礼俗，也包括日常生活中的仪规、礼俗、程序。与其同义的还有"ritus""rite"，这是一种老式的说法，它专指宗教意义上的仪式和礼规。由此可见，"仪式"的意义在中西方都呈现出广泛的特质，它是人们基本的社会行为，既包含重大性事务的形态，如为了国王和部落祈福的行为，又包含人类社会生活的平常形态，如驱病、祈子等形态。美国社会学家贝格森曾把仪式行为划分为微、中、大型三个层次。微型仪式是指一个人类群体的语言符码，也就是经过统一规范后的仪式化用语，比如见面时说"你好"，离别时要说"再见"等；中型层次的仪式相当于集团内部的个人在日常生活中所必须遵守的行为规范，比如中国人见面要握手、旧式英国绅士要遵循"女士先行"的规则等；大型仪式便是需与日常生活区别开来的集体的庆典仪式。[1] 虽然这种理解某种程度存在对"仪式"泛化的倾向，但有一点必须承认，"仪式"所涉猎的范畴较为广泛，不

---

[1] Albert Bergesen. Die ritulle Ordnung[M]. David J. Krieger & Andréa Belliger. Ritualtheorien. West-denutscher Verlag,2003：49-76.

能单纯地理解为大型的、集体性的庆典仪式。"仪礼"一词源于儒家经典"三礼"之《仪礼》,按其书所记叙的士冠礼、士婚礼、聘礼、觐礼等,"仪礼"中的"礼"主要指人生礼仪。在西方,"仪礼"主要用"rite"指称,通称"通过仪礼"(ritesde passage)。由此可见,"仪礼"只是"仪式"的一个范畴,仪式尚包括巫术、庆典、节日、宗教祭祀等等。

"风俗"一词最早出自《毛诗序》,"先王以是经夫妇,成孝敬,厚人伦,美教化,移风俗",是特定区域、特定人群沿革下来的风气、礼节、习惯等的总和。"风俗"在英语中用"custom"指称,意为习惯、风俗、惯例。中西在该词语的理解上较为一致。

"仪式"和"风俗"是人类学、民俗学中的重要概念,两者在意义上也呈现相互交融交叉之势。如巫术、祭祀、成年礼、婚礼、丧礼等风俗都是处于仪式的环绕之中,两者的行为都颇似一场令人心旷神怡的游戏,即勾连着活生生的世界,同时又关涉着想象的世界,行为本身非常纯净,并不能导致直接的结果,而在心理层面其目的性是非常明确而迫切的。所以将两者合并表述是合情合理的。

不同民族的原始仪俗不尽相同,但其特征都指向集体性、民间性、动态性、地域性、传承性和整体性,它不属于某个个人,不是僵死的图片和记录,不是分裂而独立的组成,而是整个民族共同遵守的集体行为,包括官方也包括民众,它是活生生动态的传承,每项行为之间多有联系,形成一套完整的、有机的民族仪俗。它是不成文的"法",是群体的黏合剂、向心力,是民族特征的徽号。正因为有了仪俗的存在,个人成其为个人,社会成其为社会,国家成其为国家,这种文化、心理认同的力量在个人和共同体的建构中起着至关重要的作用。

一、原始仪俗与口头文学

(一)原始仪俗与口头文学的关系

原始仪俗与口头文学同属上层建筑领域范畴,共同反映着人们的思想、感情和愿望,两者关系密切,互相渗透,你中有我,我中有你。但就其本质和主要特征来看,它们又各具异彩。仪俗是一种看得见、可以仿效、可以观察的物质形态,民俗学对于仪俗的记录基本是图示的、僵化的程序;而文学是艺术创造,作为表现生活的形式,它更适合表现人类隐秘的精神世界,文学中的仪俗表现是活态的,是与人物的命运血脉相关的。

原始仪俗和口头文学都是将现实生活"历史化"的形式,是寻找和延续一个民族的文化记忆的有效途径。所谓文化记忆，就是一个民族或国家的集体记忆力。这个概念由德国学者扬·阿斯曼在 20 世纪 90 年代首次提出，所要问答的是"我们是谁"和"我们从哪里来、要到哪里去"的文化认同性问题。[1] 我们知道，人的记忆能力不是与生俱来的，而是后天训练的结果，语言的习得和思维的训练能够帮助记忆形成。与个人记忆相对应的是集体记忆，集体记忆获得的基础是在成长的过程中养成了回忆和记忆的能力。对于一个民族来说，集体的记忆即为民族的历史。在交流形式上，文化记忆所依靠的是有组织的、公共性的集体交流，其传承方式可分为"与仪式相关的"和"与文字相关的"两大类别。也就是说文化记忆得以传承的载体包括文字和仪式这两个部分，前者包括书面文本和书籍，后者包括语言和口头文学。仪式是文化记忆得以传承的重要载体，在以氏族或部族为基本社会组织单位的社会形态中，文化记忆的形式主要以集体的庆典仪式为主，在这些仪式中，部族的历史和神话故事被重复上演，人们在歌舞、咏颂、祭拜等仪式活动中集体唤醒沉睡中的历史，复苏文化记忆。进入封建社会以后，民族的文化记忆往往与宗教和政治权力结合在一起，主持和行使仪式的身份也逐渐由君王和祭师向多元化发展。文化记忆理论中的"文本"所包含的不仅有书面的文本，还有口头的文本，即口传文学。

"大量的民间文学与民俗有关，它依附在民俗上，它与风俗习惯、节日活动、宗教仪式等结合在一起，它随着风俗的形成、发展、变化而流传、演变。民俗的发展、变化会推动民间文学的发展，民间文学对民俗也不是只作消极的适应，民间文学也会影响到民俗的变化，二者往往相互作用，相互推动。"[2] 这是学者朱宜初在论述民间文学与民俗的关系时的一段话，它对于我们思考原始仪俗和口头文学的关系同样适用。图腾仪俗和图腾故事常常是同时产生的，包括植物图腾、动物图腾等。有些故事是在仪俗产生之后，这种故事就成了后来关于仪俗阐释的故事，如很多民族早期都有祭祖的由来、人为什么要祭天、人为什么要祭山神、土地等传说故事。而有些仪俗则是受到故事的影响才产生的，最典型的要数端午节划龙舟、吃粽子的仪俗，有了屈原的故事之后才有了相关的仪俗，此外《梁山伯与祝英台》的故事也影响了出嫁新娘坐花轿的仪俗，据说此前新娘坐花轿是不上锁的，在《梁山伯与祝英台》故事中，祝英台坐花轿经过梁山伯的坟墓时下来祭拜，结果导致坟墓裂开，梁祝双双化蝶，此后新娘的轿子就开始上锁，以免此类事情再发生。

---

[1] 扬·阿斯曼. 什么是"文化记忆"[J]. 陈国战译. 外国理论动态, 2016（6）.
[2] 朱宜初. 民俗与民间文学[J]. 西南民族大学学报（人文社科版），1984(3).

（二）口头文学中的原始仪俗

口头文学的产生和存在是以反映生活为基础的，不是以记录原始仪俗为目的的，所以涉及仪俗描写时往往是零敲碎打的、片段的，而不是像民俗志那样详尽细致的描述。在作品中可以清晰地看到创作人对原始仪俗的选择和剪裁，这种片段可能是仪俗的一个场景，如蒙古族那达慕仪式之一中的赛马；可能是仪俗的一个空间，如原始成人仪式中的"黑屋子"；也可能是仪俗的一个物象，如萨满施法时使用的神鼓；还可能是仪俗形式的语言部分，如蒙古族祭天时要唱的 "劝奶歌"。

文学是客观化的，更是主观化的。正如詹森所言："故事的本体主要是一种想象与幻想。故事所描述的也主要是人们的一种心理状态，是一种社会或家庭生活环境、条件产生的心态、精神的表述。"[1] 原始仪俗在口头文学中的表现常常是隐晦的，看似指向现实生活，其实是指向人们的思维方式和观念形态，是与信仰观念、民间伦理、社会组织等精神或制度紧密相连的。况且随着口头文学的流传，地域、民族、传播人会发生变化，原始仪俗也会随之而变，有时甚至面目全非。

普罗普在《神奇故事的历史根源》中提到，故事与仪式之间存在三种关系：直接对应、重解和反用。[2] 一是"直接对应"，这是最简单的情况，仪式、习俗与故事完全对应。如蒙古族招待朋友常常用奶茶或者奶酒，在民间童话故事中就完好地保留了这种仪俗。更常遇到的情况是第二种"重解"，即仪式的某个因素（或某些因素）由于历史的变迁而变得无用或费解，被故事以另外的一些东西、一些更容易理解的东西所替代。如蒙古族民间童话难题求婚故事中常常出现赛马、摔跤、射箭的比赛是蒙古族传统节日"那达慕"的核心环节，每年七、八月牲畜肥壮的季节举行的"那达慕"大会，是人们为了庆祝丰收而举行的文体娱乐大会，"那达慕"在蒙语中的意思是娱乐或游戏。难题求婚故事保留了竞赛环节，但竞赛的动因和环境已经完全被替换了。第三种情况是"反用"，即赋予仪式以相反涵义或意义、以相反解释的方式保留下来的仪式形式。如在古时为了作物生长，有将姑娘投入河中献祭的仪俗，这在当时是神圣的行为，有时姑娘会主动充当祭品。随着社会发展，人们对于这种仪俗的认识发生了改变，认为它不仅是无用的，甚至是令人厌恶的，于是故事里就有了英雄阻挠献祭的行为，英雄成了渎神者。再如在蒙古族民间故事中的吞食母题，恶魔蟒古斯的特性中很重要的一项即为"吞食"，它能将人整个吞下，肚子大得可以同时装下很多人，当划开其肚皮以后，

---

[1]R·D·詹森. 一个外国人眼中的中国民俗[M]. 田小杭，阎苹译. 上海文艺出版社,1995:100.
[2]普罗普. 神奇故事的历史根源[M]. 贾放译. 中华书局,2006:11-15.

出来的人便立即复活。它成为英雄斩杀恶魔的代表性情节。据说，吞食最初是一种在授礼时举行的仪式，这个仪式赋予青年人或未来的萨满以神力。在很多地方授礼仪式是让被授礼者钻过一座怪兽形状的建筑物，被授礼者似乎是被恶魔吃掉，接着再被吐出来，吞进去的是一个男孩，吐出来的是一个男青年。在"野兽"腹中的逗留赋予从那儿返回的人以魔力，包括对野兽的统治权。至于在怪兽形状的建筑物内会举行怎样的仪式，不同的地域或民族会有所不同，有的是吃一种东西或喝一种东西，有的是学某种动物的样子，或者完成某项制作工作，当然，有的民族专门制造这个建筑物就是用于举行割礼仪式（成人仪式）的。而故事中吞食母题经历了漫长的衍化和变异：先是主人公进入蛇的身体获取宝石，并掌握动物的语言后被吐出；逐渐变为主人公在蛇腹中割下蛇的心或肝等实用的东西，蛇因为痛苦不得不吐出主人公；后来又增加了第二个人物，充当援助者来杀死蛇妖解救主人公；再后来主人公也不用进入蛇腹，直接从外部砍杀它。从外部斩杀蛇妖成了后来流传最广、最稳定的故事情节，而这一情节与仪俗最初的目的和基本情节已经完全相反了。

　　正因为口头文学中的原始仪俗具有主观性，常常会受到民俗研究者的质疑，认为口头文学中的仪俗是伪仪俗，笔者认为，这样判断是有失公允的，研究口头文学中的原始仪俗时一定要考虑"载体"本身的特征，文学表现自身的主观性和隐晦性要求研究者拨开语言表层的迷雾，做更深入的探索。这种探索对于研究人类发展中精神层面的变化发展更有价值，是真正活态的"历史"。

二、原始仪俗在蒙古族民间童话中的表现形态

　　前文已经提到，原始仪俗涉及的范围非常广泛，它既包括精神信仰中的万物有灵、图腾崇拜、宗教法规、原始禁忌等，也包括社会法规中的国家形式、婚姻制度、家庭关系等。下面就列举几种在蒙古族民间童话中有着突出表现的原始仪俗。

（一）巫术与图腾崇拜

　　按照弗雷泽的提法，人类认识自然经历了三个阶段：巫术阶段、宗教阶段和科学阶段。民间童话所反映的正是从巫术阶段逐渐走向巫术和宗教相结合的阶段。巫术思维所依赖的思想原则一是相似律，即同类相生或者果必同因；二是接触律，即物体一经互相接触，在中断实体接触之后还会延续远距离的互相作用。前者叫模仿巫术，后者叫顺势巫术。巫术行为的目的即在于按照人的意志影响与控制事物的发生、发展和变化。"图腾"为印第安语 totem 的音译，源自北美阿耳贡金

人奥季布瓦族方言 ototeman，意为他的亲族，即指一个氏族的标记或图徽。图腾多是动物（无论是可食、无害还是危险、可怕的），有时也会是植物，或者自然现象。它是一个氏族公认的共同祖先，同时又是这个氏族的守护神和相助者。巫术与图腾崇拜是紧密地纠缠在一起的，举行图腾祭拜时往往要运用巫术行为，而巫师所使用的器具及模仿的动作往往又与这个民族的图腾相关。民间童话无法完整地重现这些仪式，只能取其片段以象征的形式得以呈现，或者以角色的形式演绎原始人类内心的精神信仰。

1. 神奇婚姻故事中的主人公

在神奇亲属故事类型中，活跃着很多异类婚的故事，从故事中的非人类形象，都可以找到原始图腾崇拜的影子。如在前文中已经介绍过的"天鹅处女故事"中可以看到内蒙古东部地区蒙古族对天鹅的崇拜，在贝加尔湖沿岸和蒙古高原群山中的岩画中，就有许多天鹅、雄鹰及飞鸟的形象，布里亚特蒙古萨满在举行宗教仪式时也有"天鹅祖先、桦树神杆"的颂词。再如之前介绍过的"青蛙丈夫故事"中也能发现蒙古族对蛙的原始崇拜，在蒙古族最早的宗教信仰——萨满教常用的器具图案中，蛙是最古老、最稳定的形象之一，萨满在施法时手持的神鼓，其图案就是青蛙。至于"狐狸女"的故事，它广泛地活跃于东部林区的狩猎民族中，蒙古族、满族、汉族的民间童话故事中都有这类故事。汉族人崇拜狐狸众所周知，在《山海经》就有青丘之国，有狐九尾的传说。据史书记载，锡伯族[1]也信奉狐崇拜，锡伯人认为，狐狸具有超人的智慧和灵敏感，无论谁惹她或害她，都会受其报复，轻则得不治之症，重则送命。在锡伯族中一直流传着一个传说，相传锡伯人在大兴安岭脚下生活时，曾经受到别的民族的残暴统治，民不聊生。有一年部落要向统治者上交千年人参，交不出就惩处全部落。部落里的猎手们都进深山老林去采人参，但都一去不回。后来一名青年挺身而出进了深山，他经历重重困难终于采到了一只千年人参，但因天黑不能返回，就住在一个山洞里。各种妖魔鬼怪嗅到了人的味道纷纷赶来，多亏一只狐狸救了这个青年，青年人才得以返回，救了全部落的人。从此，锡伯人便不再猎狐，并将它视为图腾。如果有人无意猎获它，而捕获者或其直系亲属中的某一个突然得重病，就会认为是狐狸的精灵在作怪，小则杀山羊，大则宰羊举行谢罪仪式。由此可见，锡伯族对狐狸的崇拜是出于一种感激或恐惧相杂的心理。

[1]清崇德、顺治年间科尔沁蒙古编旗时，其所属锡伯族也被编入科尔沁蒙古旗。康熙三十一年（1692年），清政府将科尔沁蒙古旗内的锡伯族全部抽出，编入满洲八旗，分驻齐齐哈尔、伯都讷（今吉林省扶余市）和乌拉（又称乌拉吉林或吉林乌拉，即今吉林市）三城，归黑龙江将军和宁古塔将军管辖。

2. 作为功能角色的助手

在蒙古族民间童话中，作为英雄的助手形象出现频次较高的应属马、龙、凤凰。马崇拜观念是蒙古族自然崇拜的一个重要内容，渗透着蒙古族信仰、崇拜、畏惧、感恩等各种心理，并充分体现在他们的风俗习惯、禁忌和日常行为之中。在蒙古族人心里，常常赋予马以神性，视马为神灵和保护神，是天神赐予人间的礼物。在鄂尔多斯草原一直流传着一个美丽的传说：从前草原水草肥美，牛羊成群，但就是没有马。天上的仙女用宝钗将天空划出一道缝隙，于是一种天界的神奇动物成群地降落草滩，它们体态高大，奔跑如云，人们称这种神奇的动物为马。于是，美丽的草原就出现了"追风马""千里马""流云马"等各种各样的马。这则传说解释了马的来源，证明了在蒙古族人心里一直视马为天上神物。在蒙古族的传统意识中，人死后的灵魂要到达想象中的另外一个世界，而马因具有神性，正好承担帮助人们完成"渡越"的任务。在蒙古族民间童话中，马的角色功能正是"神奇的助手"，它可以驮着主人跨越大海、飞上天空，它也可以将自己的身体部位变成各种神奇之物，帮助主人渡过难关。更离奇的是，它失掉双腿仍然可以奔跑，失掉身体仍然可以前行，它死去还可以复生，它的出现就意味着神力的存在，它是帮助英雄战胜所有困境的至宝。至于凤凰图腾和龙图腾可能是受到汉文化的影响使然，在长期蒙汉文化交流融合的过程中，这种图腾崇拜进入了蒙古族的故事当中，也开始担任"神奇的助手"这一角色。

（二）原始禁忌

禁忌与图腾崇拜在心理特征上如出一辙，都是康德所说的"绝对律令"，都是以一种强迫性的方式发挥作用并排斥任何有意识的动机，只不过禁忌是以否定的形式表现出来。"在原始人的生活中，所谓'禁忌'（tabu）这种东西，至少和在我们所谓'文明人'的生活中的道德、法律等，有着同样重要的意义。"[1]禁忌是一切社会规范中最古老的社会规范，越是处在人类社会的早期，它的威力越强，对人的制约作用越大。蒙古族民间童话如实地呈现了这些禁忌主题，其基本叙事模式是不要做什么，否则就要受到惩罚，后来人们将其归纳为"禁令—违禁—惩罚"。禁忌故事类型众多，蒙古族民间童话中比较常见的有羽衣型禁忌、密室型禁忌、表达型禁忌。

所谓"羽衣型禁忌"，是指只主人公有一件外衣（皮、壳及羽毛），穿上或者脱去，主人公的身份会有所变化，能够实现兽、人、神的转化。"外衣"成为一种象征，是不同界别转换的媒介。这类故事一般是异类之间的爱情故事，它是

---

[1]钟敬文.钟敬文民间文学论集（下）[M].上海文艺出版社,1985:357.

原始人神兽型神话传说的变体，只不过兽已部分转换了其本来面目，拥有较大成分的人性而已，这是神话和民间故事分道扬镳的地方。它在一定程度上沿袭了神话的主题，反映了早期人类动物图腾的信仰和通过与神兽通婚获得异界力量的渴望。这类故事的情节模式一般为：

禁令	违禁	惩罚
外衣不得被异界人触摸、藏匿、毁掉	异界异性藏匿或者毁掉了外衣	失去异界转换能力，永远留在了人间

天鹅处女故事和青蛙丈夫故事应该都属于这一类，天鹅女披上羽衣即为神女，褪去即为凡女，当她来到凡间洗澡时，男青年有意藏匿了她的羽衣，她无法回到天庭，于是与青年结婚生子。青蛙丈夫披上青蛙皮即为青蛙，褪去即为凡间美男子。女子不愿与青蛙结婚，后来发现青蛙褪去青蛙皮后变成美男子，于是将青蛙皮藏匿或者烧毁，变成美男子的青蛙最终与女子永远生活在一起。当然也有一些故事变体，后来两人生子之后外衣意外被找到，或者来自异界的异性主动奉还，兽（神）离开了人间。钟敬文认为"鸟兽脱弃羽毛或外皮而变成为人的原始思维，或许由虫类脱蜕的事实作为根据。"[1] 褪去羽毛代表一种生命形式向另一种生命形式的转换，隐匿或毁掉外衣，即阻断了他们恢复"本体"的路径。无独有偶，萨满在施展法术时往往也会披挂某种外衣，这种装饰是否隐喻其具有在不同生命形式之间转化的能力？外衣即成为象征物，故事的优势即是将其事件化、事实化。

"密室型禁忌"属世界范畴的故事，英国学者哈特兰德《童话学》（1898 年）和赵景琛《童话学 ABC》（1929 年）都提到过这一类型，这一类型的故事亚类型众多，在蒙古族民间童话故事中尤属"不得开启的箱子"最多，汤普森将其定为 537 这一故事类型，其基本故事情节即为主人公得到（捡到或是接受赠予）一个盒子，捡到的盒子本身就带着不得开启的魔咒，主人公在不知情的情况下打开，灾难降临；如果盒子是被赠予的，赠予人会嘱咐主人公在回家之前不得打开，主人公因为好奇打开，于是盒子里的东西飞走。在蒙古族民间童话故事中保留较好的为接受赠予的类型，多数出现在与龙宫相关的故事中，如年轻人救了龙女（龙子）获得馈赠，或者年轻人因为会演奏被邀请到龙宫，离开时接受赠予。

所谓"表达型禁忌"，是指该故事类型的核心情节即为主人公说出了不该说的话继而受到惩罚。刘守华在谈到"动物的语言"这类型故事时曾将其分为"违禁型"和"守约型"，其中的"违禁型"即为表达型禁忌故事，获得听懂鸟言兽语的能力的禁忌就是不能告诉任何人自己拥有这种能力，一旦告知就会失去此功

[1]钟敬文.钟敬文民间文学论集（下）[M].上海文艺出版社,1985:36.

能，甚至死亡。蒙古族流传的海力布的故事即为此类，故事中的海力布救了一条小蛇，小蛇为了报恩赋予海力布能够听懂鸟言兽语的能力，并设下一旦将此能力告知他人就将石化的禁令，海力布从动物口中得知大洪水要来了，为了挽救草原上的人民，海力布违禁并付出了生命。再如在《玉辫娃当可汗》中也有这样的情节，玉辫娃嘱咐妻子，在救哥哥时一定不能出声，但前两次妻子都没有忍住，每次一出声，哥哥就变得无影无踪了，第三次遵守了这一禁忌，才救出了哥哥。由语言带来灾祸的恐惧心理源于原始初民对于超自然力的恐惧与敬畏的信念，人类笃信"言语中有魔力的影响，因此对待言语必须小心谨慎"[1] "未开化的民族对于语言和事物不能明确分开"。[2] 于是，祸从口出的故事就流传开来。

还有一些禁忌散见于蒙古族民间童话含有禁忌母题的故事中，但这些故事并非表现违禁的过程，不能成为故事的核心母题，如在很多蒙古族民间童话中总是有女子生孩子必须到远离居住地的地方这样的情节，它的存在方式比较隐蔽，需要细心地发现。

（三）婚姻与家庭制度

1. 外婚制

外婚制也叫族外婚，是指信仰同一图腾的氏族成员之间禁止发生性关系，并进而禁止通婚。外婚制的产生据说是因为早期人类的乱伦恐惧，所以成年男子在长到一定年龄时一定要离开氏族，到另外的地方去娶妻生活。蒙古族民间童话爱情婚姻故事的主要类型有四种，一种是源自神话、传说的异类婚故事，一种是保留着外婚制印记的英雄故事，一种是在一个地域范围内的难题求婚或英雄故事（故事的结局是英雄娶到国王的女儿），还有一种是表现青年男女青梅竹马捍卫爱情的故事。其中前两种是较为古老的故事形态，较好地保留了蒙古族原始的婚姻形态。第一种与巫术和图腾崇拜有关，第二种则直指外婚制的原始仪俗。如《博罗胡尔根》，在故事开端就交代孤儿博罗胡尔根失去父母，四处流浪，来到了另外一个汗国，给一个巴音当牧羊人。因为虔诚信奉龙王爷，后来获得能够听懂鸟言兽语的能力，在动物的帮助下救活了公主，最后获得了汗位，娶了公主。再如《每天早晨说梦的父子》，故事开端也是离家，老夫妻的儿子做了好梦，因为要恪守"好梦不说，噩梦说破"的风俗，向父母隐瞒了梦情，父母误解他不诚实，于是将他赶出了家门。小伙子走了很远的路，然后来到了一个很大的城市，正好赶上汗王的女儿选女婿，于是就参加了那达慕大会，小伙子通过了三道难关的考验，

---

[1]泰勒. 原始文化[M]. 蔡江浓编译. 浙江人民出版社, 1988:17.
[2]弗雷泽. 金枝（上）[M]. 中国民间文艺出版社, 1987:362.

最终娶了国王的两个女儿。在这些故事中，离家的少年要么救助了公主或公主的家人，要么帮助其他汗王或人民解决了难题，或者通过了求婚考验，结婚是对少年英勇和智慧的奖赏。这类异地联姻的故事是古代外婚制的历史印记。

2. 抢婚制和聘婚制

蒙古族有抢婚和聘婚两种婚姻制度，抢婚是奴隶制社会的一种婚姻形式，公元13世纪以前，蒙古族社会多半是抢婚制。公元13世纪以后，蒙古族进入封建社会，即普遍实行聘婚制，在部落间的战争中，抢婚或劫掠婚屡见不鲜。抢婚，又被称为抢劫婚、劫掠婚，是人类历史上古老的一种婚姻形式，相对原始和野蛮。在蒙古族民间童话中就有很多抢婚情节，只不过抢婚的主角被替换成蟒古斯、各种精怪、国王、恶霸等形象，这种文学的变形从心理学意义上去考证，大概是因为人们在进入文明社会以后，开始对这种野蛮的婚姻形式产生不舒服甚至憎恶的情感，于是在故事中进行了角色替换。故事中绝大多数青年男女的婚姻还是聘婚制，婚姻是对年轻男子勇气和智慧的奖赏，难题求婚故事是最典型的故事类型。

3. 幼子继承制

所谓幼子继承制度是指诸子年长后先后分居另立家庭，父母通常由幼子赡养，故幼子享有较多的财产继承权的制度，它是人类社会从对偶婚向一夫一妻制过渡阶段的必然产物。这一制度据说是为确保父系的直系血亲的继承关系确立的，由于受群婚残余的影响，男女婚前性生活较为自由，最小的儿子的血统纯正性最有保障，因此获得了继承权。这种制度一般在北方游牧民族中比较盛行，蒙古族的传统惯例即是在其父在世时，长子成人结婚，分得一部分财产和牲畜出去另住，女儿出嫁也会带着自己的陪嫁离开母家，父亲死后，由正妻所生的最小的儿子（蒙古语叫"斡赤斤"，意为守灶者，或者火的主人）继承财产。在很多史料中都有相关记载，如《史集》中就有"因为幼子常在家里，而火又是家庭的中心，幼子便被称为斡惕赤斤（火的主人）[1]"。再如《世界征服者史》中记录，窝阔台在推辞汗位时就说过，弟弟拖雷汗比他更配授予大权和担当这件事，因为按照蒙古人的规矩和习俗，幼子乃是家中之长，幼子代替父亲并掌管他的营地和家室，而兀鲁黑那颜乃是大斡耳朵中的幼子。蒙古族民间童话如实记录了这一制度，如在蒙古流传着一个《只有一根头发的小英雄》的故事，故事的结局就是哥哥获得了战胜国的王位，弟弟继承了父亲的王位，两兄弟各自治理自己的国家。又如在新疆地区的蒙古族中流传的《有九十九个儿子的汗王》就是讲述汗王的小儿子历尽千难万险最终夺回自己的王权的故事。再如在青海地区流传的《小儿子的故事》，

[1]拉施特. 史集第一卷第一分册，[M]. 余大钧, 周建奇译. 商务印书馆，1983:317.

八个哥哥全部分家离开了，留下的小儿子因着自己的慈悲救人获得了龙王护身符，最终让父母过上了富裕的生活。最典型的反映幼子继承制的故事应该是"三兄弟的故事"，三个兄弟同时去做一件事，最终小的获胜。如流传于内蒙古地区的《兴如布巴彦和他的三个儿子》，有一天父亲对三个儿子说："现在你们兄弟三人都已经成年了，我要给你们每人三只骆驼驼子，让你们出去做生意。如果谁能把一个元宝变作两个，两个元宝变作四个，四个元宝变作八个，那么他就是咱们家的管家户主。"于是三兄弟分道扬镳，各自去做生意了。老大、老二边买边卖，生意火爆。老三见人就帮，很快用完了本钱，但是因为乐善好施、慈悲救人，最终龙王送给了他一个宝葫芦，宝葫芦可以实现他的一切愿望。发迹的老大、老二大摆宴席，一副财主架势，见了穷酸的老三，却待搭不理。父亲分别委任了老大、老二为自己的侍卫官和侍卫副官，将乞丐般的老三赶出家门。老三带着妻子安了家，宝葫芦给他们变出了楼台殿阁、金银珠宝和牛马羊驼。母亲记挂儿子和儿媳，拿着粮食来看望，老三以最高的礼遇款待母亲。知道情况的父亲和老大、老二惊讶不已，强迫老三和他们置换，老三回到了自己家里和母亲一起生活，新家则交给父亲和大哥、二哥，但很快宝葫芦就收回了之前变出的楼台殿阁、金银珠宝和牛马羊驼，哥哥们只能在破旧的草屋度日，而老三则和母亲一起过上了安宁的生活。叶舒宪在其《英雄与太阳》一书中就讨论过射日神话与幼子继承制的关系，他认为羿本是太阳神所生的"十日之一"，是最小的太阳，他射其余九日，也即杀死其九个哥哥，独立继承了母亲羲和的太阳神籍，是"末子相续"制，抑或称为"幼嗣继承制"的遗迹表现，而后来流行的关于兄弟相争末子取胜的故事母题，是对逝去已久的末子相续的现实的一种永恒回忆。[1]

4. 一夫多妻制

一夫多妻制始于母权制后期，是生产资料私有制的产物，后来成为父权制婚姻形式的主要性征。最初择妻范围多限于姊妹，进入阶级社会后，择妻的范围被扩大。这一仪俗在蒙古族民间童话婚姻家庭故事中都有痕迹。最典型的应属"金胸银臀"儿子的故事，它反映了国王（汗王）的妻妾为了争权夺利而残害国王的儿子的残酷现实。这类故事中的坏女人一般都是妖精，她蛊惑国王，将其他妻子生下的"金胸银臀"儿子视为不祥之物扔掉或杀死，或者在国王外出的时候，蛊惑群臣，将其他妻子生下的"金胸银臀"的儿子扔掉或杀死，孩子的母亲也因此受到牵连，幸免逃脱的孩子长大成人回到王宫复仇，最终获胜。如《藏不勒赞丁汗》，汗王有九十九个妃子，却都没有生儿育女。直到第一百个妃子才有了身孕。大妃

---

[1]叶舒宪.英雄与太阳：中国上古史诗的原型重构[M].上海社会科学院出版社,1991:78-85.

子担心母凭子贵，趁着汗王外出征战，就召集妃子们和奸臣牙儿格商量对策，决定用一公一母两只小狗换走金胸银臀的龙凤胎，诬陷第一百个妃子生了怪物，并将孩子扔进河里。汗王回来以后因受大妃子的蛊惑将第一百个妃子挖掉眼睛、打断双腿扔出宫门。扔掉的孩子被一对老夫妻救起抚养成人。在这个过程中，大妃子几经加害皆未得逞。后来金胸银臀的儿子求得仙妻过上幸福的生活。汗王一次出游发现了儿子的仙妻，朝思暮想，想要得到该女子，仙妻利用汗王的心思带着兄妹返回故乡，救治了母亲，并将兄妹被害的故事演唱给汗王，汗王听后惩治了大妃子和奸臣，一家人团聚。该故事与汉族"狸猫换太子"的故事颇为相似，但增加了很多神幻的元素：如老夫妻的黑帐篷自从住进了金胸银臀的双胞胎后就出现了日夜闪光的金银色彩虹；如神鸟鹦鹉公主救活了被毒针刺死的双胞胎；又如仙妻的出现，使金胸银臀的双胞胎的人生开始了大反转；再如故事结尾，九十九个妃子被变成了黑母猪，奸臣牙儿格也被变成了棕色公猪，被发落到幽谷沼泽了。

当然还有一些故事也能反映出这一仪俗，如有些英雄故事，英雄在成长路上遇到帮助过自己的女子，多数会娶为妻子，拥有三妻四妾是寻常事；再如很多汗王的故事，家庭背景都是多个妻子，数十个儿子。它们以碎片化的方式映射出古代蒙古族贵族男子可以娶多个妻子的这一仪俗。

三、成人仪式与蒙古族平魔故事

前文从宏观角度扫描了原始仪俗在蒙古族民间童话的呈现方式，下面以成人仪式为例，从微观入手探讨仪俗在进入蒙古族民间童话故事时经历了怎样的"变身"。

成人仪式，又叫启蒙仪式、入社仪式、成丁仪式、成人礼、青春礼等。是许多古老民族在其童年时代存在过的一种从儿童走向成年、从自然存在的人转变为具有宗教理想的人的标志性仪式。举行仪式期间，儿童被部落中的长老或专职的巫师带到远离社会的隐秘之地，如旷野、山洞或森林中的小屋，接受种种折磨和考验，如割礼、拔牙、鞭笞、放血等，同时习得本部落的神话、历史、习俗和道德观念。仪式结束返回原地，被部族作为一个真正意义的成员正式接纳。

成人仪式作为一种古老的仪式，随着社会的进步、科学的发展已经逐渐衰微，但作为一种文化原型，它已然成为一种集体无意识深埋于人们的记忆，并在后来的文学故事中遗存下来。在这种遗存中"直接对应"的并不多，更多的是"重解"，甚至"反用"。发生"重解"或者"反用"的原因可能有很多，但笔者认为作为受礼者的少年心理体验是其中重要的原因之一。因为文学不是仪式，它虽然可以重现仪式，但更关注人的精神世界，尤其是民间童话，它是解决人格冲突并赋予经验以意义的抽象的梦。作为反映非现实本质的艺术形式，它"关心的不是有关外部世界的有用信息，而是发生在个人心中的内在变化过程"。[1]邓迪斯关于童话曾经得出过一个基本公理："童话（幻想故事）总是从一个孩子的角度讲述的。童话从来不是从父母的角度讲述的。"[2]可见"个人心中的内在变化过程"其实指的是孩子，而非成人的心理体验。这种心理体验的表达一方面来自成年视角的关注与体恤，另一方面也可能是民间叙事中叙事者和接受者身份合一所带来的结果。曾经作为故事接受者的少年可能又会变成故事叙事者，在这种身份叠合的再创作中，成人仪式中的少年心理体验被渗入、凝固下来，并开始作为活跃的因素影响故事的走向。蒙古族平魔故事又叫镇压蟒古斯（多头蟒蛇）故事，属于蒙古族民间童话的一种，前文已经做过重点介绍。按照普罗普的说法，"与蛇妖作战的母题产生于吞食的母题并且是积累而成的"，[3]"吞食最初是一种在授礼时举行的仪式，这个仪式赋予青年人或未来的萨满以神力。"[4]以其为例进行成人仪式在故事中的嬗变研究是具有典型性的。

（一）接受与期待：成人仪式的审美化

成人礼作为早期人类社会的重要仪式，它直接影响着受礼者人生的各个重要方面，如命名权、选举权、婚姻权、宗教权、遗产继承权、参政权等。它不仅给予少年一种成人的庄严感、责任感以及族群的荣誉感，更重要的是标志着少年将从一个自然人成为一个具有宗教精神的自然人与社会人合一的、真正意义上的部落分子。在成人仪式中最核心的环节就是"互渗"，即使个体与集体表象之间达到神秘统一的行动过程。[5]集体表象是部落的本质，它关涉部族的图腾崇拜和精神信仰，所以"互渗"的目的是解决作为精神现象的原始文化的积累与传承，使部族成员与部族的历史、祖先、习俗、自然环境中生命与非生命的存在建立联系，尤其是与灵魂居所之间建立联系。对于这一仪式，受礼者首先产生的当然是顺向的接受心理。在蒙古族平魔故事中，每一个少年在准备上路时都是跃跃欲试和信

---

[1]布鲁诺·贝特尔海姆. 永恒的魅力:童话世界与童心世界[M]. 舒伟，樊高月，丁素萍译. 西南师范大学出版社，1991:5.

[2]邓迪斯. 民俗解析[M]. 户晓辉译. 广西师范大学出版社，2005:250.

[3]普罗普. 神奇故事的历史根源[M]. 贾放. 中华书局，2006:289.

[4]普罗普. 神奇故事的历史根源[M]. 贾放. 中华书局，2006:313.

[5]"集体表象"是列维·布留尔在《原始思维》中提到的一个概念，认为它是在集体中世代相传的、印在集体中每个成员身上的深刻烙印，它根据不同情况，会引起该集体中每个成员对有关客体产生尊敬、恐惧、崇拜等情感。见列维·布留尔. 原始思维[M]. 丁由译. 商务印书馆，1997:5-6.

心满满的。这种顺向的接受与期待心理在故事中直接以理想化和审美化的趋向干预了成人仪式的表达，而民间童话自身的乌托邦精神又强化了这种趋势。故事对仪式的"重解"便自然而然地发生了。

1. 分离动因的主动化与多元化

因为成人仪式具有与世隔绝的隐秘性，它的最初阶段往往是将受礼者隔离于既定的区域之内，如旷野、深山的洞穴、森林中的棚屋，四周设有严格的屏障，甚至派人专门驻守，以防止外人入内亵渎。这一环节被研究者称为"分离"，意指少年脱离此前熟悉的生活环境，即将进入人生的转折时期。这种隔绝在平魔故事中被独自远行所取代，远行的目的各不相同，有的是为拯救被蟒古斯欺凌的百姓，如《八腿花马和乌兰巴特尔》《草原英雄巴特尔》；有的是为解救被蟒古斯劫掠的公主或者寻找自己所爱的姑娘，如《神儿魔女》《乌兰嘎鲁》；有的是为寻找一种宝物，如《宝钥匙》《虎王衣》；也有的是为寻找外出的父亲或兄弟，或者为其报仇，如《勇士巴雅尔》《只有一根头发的小英雄》。分离的动因从被动转向主动，从单一转向多元，举行仪式的环境从封闭转向开放。作为故事的开端，这样的转化更符合人们的审美期待，因为在开放自由的氛围中更适合审美活动的展开。

2. 考验形式的故事化与趣味化

在成人仪式中，施礼者往往会采用一些极端的手段加附于受礼者，如饥饿、杖击、拔牙、放血、割礼等，我们暂且不去细化其各自的神秘意义，单从客观效果来看，这种"残体"仪式就足以让少年望而却步，惊悸万分。研究者将这一环节称之为"考验"。由于这些仪式与原始巫术密切相关，随着巫术思想从历史舞台的逐渐淡出，这些仪式也变得让人费解，它在进入平魔故事的过程中发生了较大变化，从肉体考验逐渐向肉体、勇气和智慧等多维考验转型。有的变化还能多少找到原始仪式的痕迹，但仪式本身的价值指向已经面目全非，比如"放血"仪式，目的是通过放血以净化受礼者的血液。在故事中则多表现为少年在战斗中负伤流血，肉体考验的成分遮盖了原始巫术思维，少年英勇的壮举取代了令人恐惧的"残体"仪式。绝大多数的"互渗"仪式再难找到痕迹，取而代之的是故事性极强的三重考验：去恐怖的地方、斩妖除魔、取宝。这三重考验是死而复生仪式的变形，恐怖的地方意指阴间，取来的宝物是少年去过阴间的证明，斩妖除魔则是故事向英雄主义演进的结果。值得我们注意的是，有的故事将考验形式替换为一些日常生活中的娱乐竞赛项目，如《有九十九个儿子的汗王》《巴尔·乌兰》

中的骑马、射箭、摔跤、捉迷藏，这固然与故事表现民俗有很大关系，但笔者认为增强考验形式的趣味性也应该是考量发生变化的原因之一，尤其是智慧考验型平魔故事，如《金踝骨和银踝骨》，八岁小孩恰嘎以欺骗的方式让蟒古斯妖婆先弄瞎自己的眼睛，再砍断自己的手脚，然后在自己身上绑两块大石头永远葬身海底。再如《七兄弟大战蟒古斯》，用了"大战"两字作为标题，却完全没有刀光剑影，所谓战斗即是用欺骗的方式让蟒古斯自取灭亡。成人仪式应有的庄严、悲壮已经完全由机智、幽默和游戏所取代。

3. 援助者形象的幻想化与亲近化

"神奇的相助者"是在平魔故事中对故事主人公起着启蒙和引领的作用的人，其原型应为成人仪式中的仪式主持人，原本单一的角色在平魔故事中变得五花八门，常见的主要有两类：神仙和灵异动物。神仙形象有老婆婆、白胡子老头、山神、土地爷等。老婆婆的原型应源自萨满女巫，她作为人神沟通的使者，不仅充当着蒙古族原始初民的保护者，而且能够应对由疾病、灾难所带来的一切危险与痛苦。白胡子老头则可能是受道教仙人形象的影响。土地爷、山神等也是平民百姓信赖的神祇和精神的依托。与成人仪式主持人不同的是，这些形象已经卸掉了所有用来武装身份和提升通神能力的行头，改变了原本庄严而凝重的神情，静静地来，悄悄地走，就像部落中温暖而亲和的老人，与部落老人不同的是他们化日常为神奇的本领，至于这种神奇能力从何而来，在童话世界里没有人会去探寻和质疑。灵异动物比较常见的有马、凤凰、龙等，这些动物都具有通灵的性质，都可以辅助主人公通往另一国度：或者是飞往天国（鸟类），或者是潜入地狱（蛇、龙、鱼等）。马是一种特殊的相助者，在蒙古族平魔故事中较为常见，普罗普认为"以马取代鸟，显然是一种亚欧现象"，[1] 马是古老的游牧民族最常见的动物之一，它不仅作为重要的交通工具被蒙古族人看作是最亲密的伙伴，更为重要的是它曾是原始蒙古人的图腾崇拜，存在着人垂死时给他随身带走一匹马的习俗，尤其是对于男性死者，这匹马承担着负载者或赴圣地引领者的功能。几乎所有的平魔故事中主人公的伙伴都是马，其中很多马的塑造都带有幻想色彩，如《云青马》中年轻牧人就得到了一匹令世人艳羡的能言能飞的神马，据说此马是凡间的马与龙王的马配种生出的。再如《八腿花马和乌兰巴特尔》中的奇特马驹，身长个大，足足可以把母马盘绕七圈，它不仅鬃毛上镶着五光十色的宝石，而且长着八条腿，这匹马也是上天赐予勇士乌兰巴特尔降妖除魔的神奇助手。

研究者一般都将成人仪式的过程概括为分离、考验、互渗、再生四个环节，

---

[1]普罗普. 神奇故事的历史根源[M]. 贾放译. 中华书局, 2006:214.

笔者只是从中选取了几个典型的范例，用以说明顺向心理体验对于成人仪式审美化的影响。其实在平魔故事中，成人仪式的审美化倾向是一种普遍存在的现象，在任何故事中它都不仅仅是一种局部细节的表达，而是以一种整体呈现的方式出现的，少年走在通往"成人"的路上，尽管尝尽艰辛，历尽磨难，但理想主义和英雄主义始终是其中的主旋律，当上国王和结婚是对少年最好的奖赏。

（二）恐惧与对抗：成人仪式的颠覆性

故事对仪式的"反用"，原因多数出于仪式与故事接受者的情感立场发生了冲突，如在成人仪式中举行的"鞭笞"，这里的"鞭子"是小木棍儿、树条子、芦苇条、绳子等的统称，这一仪式是从植物崇拜发展而来的，树条子从活树上折下来，可以按照顺势巫术思维成为和树一样有神力的事物，可以将繁殖力、富足、生命等奇妙的特性转移到接触的人身上，因此它有时也被称作"长命鞭"。然而被鞭子抽打的感觉之于少年来说，无论如何都是很难接受的痛楚，它与父亲责罚孩子的方式又如此的相似，于是鞭子的掌握者在故事里被倒置，少年成了它真正的主人，它成为协助少年战胜恶魔的"助手"。类似这样令人费解的、让人在情感上难于接受的环节，在进入故事时，多数成为被民众颠覆的对象，这是民间文学在自我建构时的睿智选择。依托民众的情感基础，表达民众的心理需求，慰藉民众的精神创伤，这是很多故事叙事的出发点，同时也是归宿点，尤其是民间童话，它之于民众首先是一种愿望的实现、情感的满足。中外很多学者对于成人仪式之于少年的心理冲击有着共识性的认识，一致认为从甜蜜温馨的母权世界过渡到竞争激烈的父权世界必定会造成受礼者的抵触心理，我们称这种心理体验为逆向心理，其表现形式为恐惧和对抗，它是造成平魔故事对成人仪式某些环节进行"反用"现象的重要原因。

1. 女性相助者的频现

据说很多原始部落在举行成人仪式时，所有的参与者，如仪式的主持者、仪式的参与者，甚至隔离环境的看守者，皆为男性，女性是绝对不许参与的，甚至不许观看。所谓的部落秘密都是针对妇孺才成为秘密的。然而在平魔故事中却存在较多数量的女性相助者形象：老婆婆、仙女、雌性动物精怪，这是典型的对仪式的"反用"，它将少年依恋的母性世界仍然保留在少年世界里，使其成为对抗男权世界的助手。如《有九十九个儿子的汗王》中满头银发的老大娘就是这样的角色，"我可爱的孩子啊，你如果要去蟒古斯的领地，我这个老太婆给你说几句话，出几个点子吧！"然后她将小公子可能遇到的危险以及化解的方法逐一告知。她神奇的预见性透露了通神的身份，而提供的化解方法使其成为小公子实质上的精神引领者。平魔与动物报恩的复合母题故事中，最终帮助少年战胜蟒古斯的也总是雌性动物精怪，如《乌林库恩》中的凤妈妈不仅帮助乌林库恩杀死妖怪，夺取金冠，还协助他得到仙女妻子，是乌林库恩成人仪式中最重要的引导者。平魔故事与难题求婚的复合母题故事中，未来的妻子也常常是相助者，是推动婚姻和王位接替的重要动力，如《神儿魔女》中，蟒古斯的女儿乌仁其木格将自己的戒指和梳子送给少年，恶魔和猛禽闻到气味便纷纷退却。母子之间联结的纽带首先是爱，然后是智慧的传递。这是少年在成长过程中已经习惯的温暖的关联方式。成人仪式导致母子分离而给少年带来强烈的孤独感，老婆婆、仙女、雌性动物精怪即是代替母亲履行庇护和指引职能的，这在一定程度上补偿了母子分离的恐惧，抚慰了少年内心的"恋母情结"。

2. 魔怪表演结局的颠覆

在成人仪式中有一类特殊的圣物——面具，它是原始头颅崇拜与神格面具化的产物。头颅崇拜是一种世界性的文化现象，因其"处体高而独尊"和"神所居，上圆像天"而被神化，弗雷泽在《金枝》中多处记载了原始部族的猎头习俗，其信仰依托即在于把头颅当作神灵崇拜。面具的产生与原始的狩猎驱逐有关，模拟渔猎对象的形态和动作，隐蔽自己，麻痹对方，以求捕猎成功率的提高。两者的结合便推动了面具崇拜，认为面具与其原型之间可以建立交感关系，人通过戴面具，可以使自己更快地接近神灵，走入另一个世界。在成人仪式中进行面具表演的皆为男性，而且所佩戴的面具多是魔怪的模拟，獠牙巨口、威严狰狞，是人的形象和动物形象的结合。这些"魔鬼"会象征性地杀死受礼者，并及时地使其复生。每当仪式结束的时候，少年会揭去表演者的面具，然后看到微笑着的自己部落中的父辈。[1] 面具作为灵魂的栖息之所，其存放、使用和供奉都十分庄严肃穆，而且在很多地方使用和保管面具都是男人的事情，女人不能触摸和佩戴面具，包括制作面具。这种习俗大概与男权制有很大关系，男性的至尊地位使他们成为掌握氏族部落宗教秘密的独立群体。面具在成人仪式中所起的作用与其他圣物一样，可以充当人与神交流的角色，获得一种神权和话语权，承担引领和协助少年进入另一个世界的职能。很难解释的是，在平魔故事里模拟魔怪的面具表演被演绎成为恶魔蟒古斯的烧杀劫掠以及少年与蟒古斯的生死大战，"成人仪式的神圣监护者，成为英雄人物殄杀的蛇妖"，[2] 蟒古斯形象成为故事中绝对的反面角色。在成人仪式中"魔怪"象征性地杀死少年，然后再促成其死而复生，在故事里却

[1]J·E·利普斯. 事物的起源[M]. 汪宁生译. 四川民族出版社, 1982:252.
[2]叶莫梅列金斯基. 神话的诗学[M]. 魏庆征译. 商务印书馆, 1990:105.

是少年英勇地砍杀蟒古斯，即使被蟒古斯吞食，也会通过特定的方式重新复活。如《云青马》《格斯尔可汗铲除十五颗头颅的蟒古思昂得勒玛》等故事中都有非常惊心动魄的砍杀蟒古斯的描写，蟒古斯最终的结局都是死亡或者被驱逐。有人说，恐惧什么，什么就成了心中的魔。前文已经对父权世界与面具之间的关系进行了论述，父权世界—面具—魔怪之间的三位一体的神秘对应，让我们对成人仪式中少年的心事有了些许体悟。其实将父亲乃至整个父权世界恶魔化的提法早已有之，在文学作品中也相当常见。在这里，将蟒古斯作为父权世界的象征物置于少年成长的对立面，集中体现了少年对父权世界的恐惧和仇视，而平魔故事中不断复现的砍杀蟒古斯的意象，则是少年弑父情结的最佳实现。

我们知道，民间童话所呈现的是前工业时代具有前喻特性的文化，流行其中的价值观和行为模式一般是较为稳定的，童话人物形象的简单化、类型化、象征化往往使人物之间的关系被平面化，父与子、母与子之间的关系也会在这种思维模式影响下被夸张甚至极端地表现。但是童话的幻想属于荣格所说的"非个人性质"的幻想，它无从归结到个人过去的经历上，因此也就不能作为个人的现象来解释，它与一般人类心理的某些集体无意识相对应。蒙古族平魔故事借用蟒古斯的压迫和被消灭，将少年推翻父权世界走上人生舞台的过程仪式般地呈现在故事中，赋予少年"成为人的伟大希望"，让我们真实地感受到其作为真正意义上的少年童话的神奇魅力。

（三）结论

民间童话故事作为一种上层建筑性质的现象，它与社会法规、宗教祭祀等的关联，很早就被人们发现了，但是仪式在进入不同的故事以后，到底发生了怎样的变化以及变化的原因却是我们一直想要探索的奥秘。成人仪式进入民间童话的过程，即是象征性仪式被心理化和儿童化的过程，其中顺向的心理体验带来了仪式整体的审美化，而逆向的心理体验则导致成人仪式局部的颠覆性。这是一种顺应儿童心理的叙事姿态，是一种不断向激励儿童、娱乐儿童、慰藉儿童趋近的理想，它不仅能够给予儿童战胜生活困境的勇气与力量，更重要的是它以一种极为宽容的态度容纳了少年内心的秘密，给予儿童情感慰藉和心理疏导，哪怕是在幻想世界的宣泄与胜利。

第七章　蒙古族民间童话的教育传承

民族传统文化是一个民族在长期的发展过程中创造、积淀和传承下来的宝贵的精神财富，有着鲜明的民族特色、独特的文化价值和丰富的精神内涵。它是一个民族的灵魂，一个民族存在的根基，一个民族精神的支柱和源泉。正因为此，它常常被作为教育资源纳入儿童教育的内容体系中，在各民族的教育进程中发挥重要作用。

我国的课程长期以来主要是以汉文化为主，尽管我国的有关法律、政策要求体现各民族文化教育的特殊性，各兄弟少数民族有权利把自己民族的文化作为学校教育的内容。如1952年颁布的《中华人民共和国民族区域自治实施纲要》规定："各民族自治区自治机关得采用各民族自己的语言文字，以发展各民族的文化教育事业。"1984年颁布的《中华人民共和国民族区域自治法》第37条规定："招收少数民族学生为主的学校（班级）和其他教育机构，有条件的应当采用少数民族文字的课本，并用少数民族语言讲课；根据情况从小学低年级或者高年级开设语文课程，推广全国通用的普通话和规范字。各级人民政府要在财政方面扶持少数民族文字的教材和出版物的编译和出版工作。"等等。但是，这些都只是在法律和政策上做出的规定和要求，在实践方面做得还很不够。长期以来，我国的课程政策属于中央集权型的课程开发形式，课程开发的主体主要在国家一级，地方和学校很少有机会参与课程开发，特别是学校一级，长期以来只能被动地采用国家和地方开发出来的课程，这样，学校所在地区的地方文化资源就很难进入学校课程。新一轮课程改革提出的三级课程管理模式为地方文化进入学校课程提供了机会，学校有权利开发适合于自己所在地区的课程，于是少数民族文化有了进入学校课程进行传承的机会和权利。

很多地区开始尝试本民族校本课程的开发，相关研究也陆续展开，如李定仁的《西北民族地区校本课程开发研究》[1]详细介绍了西北民族地区校本课程开发的基本理论和开发案例；吴玉玲《宁夏回族乡土文化校本课程的开发与实施》[2]对校本课程的开发与实施过程做了完整的介绍；海路、滕星《文化差异与民族地

---

[1]李定仁.西北民族地区校本课程开发研究[M].民族出版社,2006.
[2]吴玉玲.宁夏回族乡土文化校本课程的开发与实施[D].西北师范大学硕士论文,2006.

区校本课程开发——一种教育人类学的视角》[1]从教育人类学的视角，介绍了地方性校本课程开发项目的成果、经验及反思等。

少数民族民间童话作为非物质文化的一部分，因其对少数民族不同社会历史形态及风俗民情多角度、多方位的反映，对少数民族人民道德伦理、宗教信仰、审美观念等内心世界的生动演绎，也被作为教育资源纳入校本课程，如海南师范大学的杜伟团队，他们以"新课标"为依据，以民族化、本土化为追求，搜集和编纂了一部适合小学生使用的民间童话校本教材。团队在海南的三个小学进行了课程实验，使小学生初步阅读和感受了黎族民间童话，对黎族民间文化、民俗和历史都有了形象理解，同时，通过阅读童话，培养和丰富了孩子们的幻想能力。参加教学实验的教师也受到了锻炼，认识了民族传统文化的重要教育价值和地位。在教育实验的基础上，出版了《黎族民间童话校本课程开发研究》[2]一书，分为上下册，计30万字。上册《黎族民间童话教材选编》，编选了适于小学生阅读学习的、较有代表性的黎族民间童话60余篇，下册《黎族民间童话教学研究》，搜集、整理了相关教学和研究人员的教案、说课稿和教学反思。

通过学人们的探索证明，让民族文化进入校本课程对于传承民族文化、培养儿童的民族情感和民族精神是非常有意义和实效的。将民间童话独立开发教材进入学校也是可行的，这种规避泛文化而走向语言文学教育的教材不仅在客观上传承了民族文化，培育了民族品格，同时也将成为小学语文课程教学很好的巩固与延伸。

一、蒙古族民间童话校本教材的开发

（一）蒙古族民间童话校本教材开发的意义

从普遍意义来看，校本教材的出现突破了传统的"一本书主义"，有效实现了"一纲多本"的教学局面。开发校本教材不仅有助于推动教育科研发展和课堂教学改革以及新课程方案的实施，同时能够促进新教师的成长和教师队伍整体素质的提高，当然终极的意义应该是也必然是促进学生的成长。就蒙古族民间童话校本教材开发而言，其意义主要表现为以下三点：

1. 充分发挥民族地区的资源优势，弥补国家统编教材的不足

受各种因素影响，我国民族地区教育开发相对落后，小学教材过分强调共性

[1]海路，滕星.文化差异与民族地区校本课程开发——一种教育人类学的视角[J].中南民族大学学报（人文社会科学版），2009(2).
[2]杜伟.黎族民间童话校本课程开发研究[M].中国言实出版社,2013.

和统一性，忽视地方性和个性。蒙古族民间童话教材开发，能很好地弥补国家统编教材的不足，因地制宜地寻找语文学习与民族文化学习的最佳契合点，更好地满足文化传承、学校发展、课程改革的需求，同时也有利于循序渐进地建设开放式语文教学系统。

2. 拓宽教师的学术视野，加强教学专项训练，促进教师素质提升

教材开发与教师的专业发展具有内在的统一性。教师在参与校本教材开发的过程中，其专业素养会得到提升，而教师专业素养的提升反过来也会为教材的进一步开发提供保障。蒙古族民间童话教材开发是一项专业性极强的科学研究工作，对于长期滞留于"教书匠"的教师来说，无疑是一次很好的科研唤醒，在收集、整理和分类工作的过程中，教师将进入一个全新的学术领域，而教材的完成将给予教师工作的满足感和成就感，增强教师的责任感和义务感。而校本教材的实践过程，将是童话体裁教学独特性的探索过程，它有利于打破现行的"大散文"教学模式，带领教师逐渐走入文体教学研究的新领域。教材的变革，从某种意义上来说，不仅仅是变革教学内容和方法，同时也是人的变革。

3. 提升学生的文学欣赏能力，培养学生的文化意识，加强学生对民族文化的认同感和自豪感

工具性和人文性是语文教育的两大特性，为了适应应试教育的需求，广大语文教师常常将语文的工具性作为教学的重点，围绕考试范围强化知识的累积和语文能力的培养。蒙古族民间童话校本教材以文学欣赏和文化认同为出发点，倡导文学教育的人文精神，将蒙古族民间儿童文学以及渗透其中的民间文化融入儿童的语文学习中，启发孩子们用"文化眼光"关注身边的世界，加强学生对民族文化的认同感和自豪感。"文化是一种无形的存在。有人能看到，有人看不到，这就需要文化眼光。"[1] 人是文化最核心的要素，每一个人都需要一种文化身份，儿童亦然。

（二）蒙古族民间童话校本教材开发的基本原则

1. 满足儿童精神需要与促进文化传承并存原则

从古至今，教育传承都是民族文化传承的重要形式，通过教师的传授与引导，本民族的图腾信仰、生存智慧、民风民俗、语言文字等得到代代相传，在这个过程中学生既是文化的接受者，同时又将成为未来的文化传播者和创造者。现代教育强调教学内容与教育目标的统一，彰显汉族文化和现代文化成为多数教材的主

---

[1]冯骥才.文化眼光[N].文汇报，1996-02-12.

流倾向，少数民族文化的传承和发扬受到一定程度的抑制。然而，随着各民族文化的高度融合和现代科技的迅猛发展，以及全球化势力对人类社会影响层面的扩张，少数民族文化正面临着濒临消亡的危险，尤其是作为非物质遗产的那一部分，急需保护和传承，将其纳入民族学校教学内容，是一种有效的传承方式。与此同时，童话作为儿童最喜欢的体裁之一，它是最符合儿童思维特质和接受心理的，选择童话，尤其是本民族的童话来开发校本教材，既能满足儿童对于故事、对于幻想、对于民族文化的需求，同时又能满足儿童世界观、人生观、价值观形成的需要。蒙古族民间童话校本教材的开发最终服务的对象是学生，学生是校本教材的最终使用者、评判者和受益者，校本教材开发的核心思想是"一切为了学生，为了学生的一切"，符合学生的心理认知，符合学生的基本需要，在实现民族文化传承的基础上促进学生的全面发展，这是教材开发首要遵循的原则。

2. 倡导趣味性与坚持科学性并存原则

从广义上讲，听故事是儿童游戏的一种形式，选择民间童话进入教材本身就是倡导趣味性教学的一种姿态，与此同时，每一篇文后的"拓展与思考"环节也应力避生字、解词、中心思想的强化与检测，而应尽量采用"我的知识袋""童话游戏设计方案""人物结构图表设计""创造性写作"等儿童喜欢的形式，努力向人性化、情趣化的方向转型。也可以将课程拓展到课外，通过组织各种生动有趣的活动来配合课堂教学。只有这样才能把呆板僵化的知识变为鲜活灵动的知识，进而激发学生参与学习的兴趣，保证教学活动的顺利进行，从而发挥校本教材的最大功能。同时也要注意不能因为过分追求生动性、趣味性，而走向随意性的极端。毕竟教材的主要功能即是传授知识，因此在编写民间童话教材时必须严格按照科学规范的民间童话分类标准来执行，在进行教学时，民间童话的体裁知识介绍和文体教学方法实践也必须尊重客观事实，教师的个性教学应该在遵循民间童话特征的前提下进行。

3. 坚持固态体验与倡导动态生成并存原则

教材只要一经形成，就成为一个操作的模本，潜移默化地规范着教师的教学行为，在同一个相对完整的教学周期内，教师的教学理念、教学目标、教学内容应该具有统一性。也有很多学者主张教材是动态生成的，也即在实际教学使用过程中对教材进行二次开发。校本教材的开发不是一次性完成的，开发的过程应该呈现循环的态势，开发出来的教材质量在这个过程中应该呈现螺旋式上升。更何况，教材的最终使用者是学生，教材只有经过课堂实践活动的检验才能最终完成。

如民间童话的选文，那些不被学生喜爱的在修订教材时就可以考虑替换；如课后的"拓展与思考"的设计方案，在教学实践中执行得好的可以保留下来，一些教师在教学中个性创造的、效果好的也可以添加进去；再如课外活动的开发，这更是一个广阔的天地，在每一周期教学中都可以适度更新。

（三）蒙古族民间童话教材内容的模块设计

1. 教材内容模块

教材的主体内容包括三大模块：第一模块为序言，主要介绍蒙古族民间童话的基本情况，主要包括蒙古族民间童话的产生、发展、价值和特点；第二模块为四个故事单元，是教材的主体部分；第三模块为文体知识，主要介绍民间童话知识，包括童话的内涵与分类、民间童话的内涵、特征、类型，以及民间童话与神话、传说、寓言的区别。教学应以故事教学为主，序言和附录呈现的知识学习为辅。

四个单元的确定主要按照民间童话故事分类学的原则，采用大类切入的办法将神奇的对手、神奇的亲属、神奇的宝物和技能、神奇的难题各分为一个单元，然后再参考 AT 故事分类选择每个类别中适于进入教材的故事组成篇目。每个单元确定 3 篇精读篇目，3～7 篇泛读篇目，第一类为神奇的对手，第二类为神奇的亲属，第三类为神奇的宝物和技能，第四类为神奇的难题。

具体情况如下表：

表7-1　蒙古族民间童话教材内容的模块

模块	单元	篇目
序言	蒙古族民间童话	蒙古族民间童话的产生与发展 蒙古族民间童话的价值 蒙古族民间童话的特点
故事单元	第一单元：神奇的对手	＊征服蟒古斯 七兄弟斗蟒古斯 牧羊姑娘与沙漠赤兽 ＊猎人与公主 只有一根头发的小英雄 草原英雄巴特尔 八腿花马和乌兰巴特尔 神箭手 乌林库恩 ＊宝钥匙

模块	单元	篇目
故事单元	第二单元：神奇的亲属	*驴耳朵皇帝 大姐姐抢蛇郎 *猎人乌力吉和海龙王的女儿 青格乐和白桦少女 狐狸呼恨 青蛙儿子 拇指般大的儿子 *山羊尾巴儿子 蛋娃儿 耳朵一样大的孩子
	第三单元：神奇的宝物和技能	宝葫芦 *神鞭 最好的报答 分家 *吐金吐银 *海力布 嘎勒乌兰国王 白音学技 猎人学到了九种语言
	第四单元：神奇的难题	*黑毛驴皇帝 *森林猎人 古南哈日夫的故事 坎坎坷坷 藏布勒赞丁汗 *画里的媳妇 买梦的小伙子
文体知识	附录	童话的内涵与分类 民间童话的内涵 民间童话的特征 民间童话的类型 民间童话与神话、传说、寓言的区别

2. 故事单元内容模块

故事单元中每篇课文的内容由五个模块组成：导学单 + 故事文本 + 资料袋 + 阅读链接推荐 + 思维拓展训练。

在精读篇目中，学生首先接触的是导学单，导学单制作的基本原则应该是整体性、活动性和趣味性。导学单是由预习作业发展而来的助学工具，目的在于激发学生学习的自主性，促进认知。导学单多以学生活动的形式开展，注重学生的参与，通过实验、活动的形式来增加知识的趣味性，培养学生主动探索知识的能力。资料袋呈现的内容主要以蒙古族文化知识为主，帮助学生建立一种文化场域，在民族传统文化的情境中了解文本，同时建立了解、传承民族传统文化的自觉意识。阅读链接推荐的范围是国内外不同民族同类型的童话故事篇目，如在《山羊尾巴儿子》一课中可推荐德国民间童话《拇指姑娘》、日本民间童话《一寸法师》等；或者该故事在本民族中流传的异文，如《青蛙儿子》，可以推荐在蒙古族不同地区流传的异文，如《蛙仔的故事》《青蛙丈夫》等。思维拓展训练是导学单的延伸，但在宽度和难度上要有所提升。

略读篇目的内容模块与精读篇目基本相同，不同的是资料袋、阅读链接推荐和思维拓展训练全部是空白的，这些内容要由学生通过小组互助学习来生成。这样设计的主要目的是训练学生知识、技能、方法迁移的能力，同时培养探索和合作的品格。

（四）校本教材实施与评价的建议

1. 课程目标确定建议

表7-2 教学目标名称和内涵

目标名称	目标内涵
知识教学目标	以《蒙古族民间童话选编》为载体，掌握必要的字词句和体裁知识
	通过学习蒙古族民间童话，对蒙古族传统文化有一定的了解
能力训练目标	以复述故事、分角色朗读、创造性写作为主要形式，结合其他形式开展听说读写训练，提升对童话的理解能力和鉴赏能力
	参与自主学习、合作学习、探究学习，加强"学语文"、"用语文"的意识，提升语文学习的能力
	提升联想能力和审美创造能力
情感教育目标	通过学习蒙古族民间童话，了解蒙古族传统的道德观、价值观和审美观，增强民族自尊心和自豪感，获得健全人格和高尚情操
	通过学习蒙古族民间童话，获得保护和挽救蒙古族"非物质文化遗产"的意识，进而加入保护和传承民族文化的行列

2. 课程实施建议

（1）教学方法：讲授法、讨论法、表演法、媒体展示法等。

（2）组织形式：以教室班级授课为主，同时辅以其他形式，如手抄报比赛、讲故事比赛、读书报告会等。

（3）课时安排：共36学时，每周2学时。

（4）其他建议：

第一，本课程为文学拓展课程，教学应以文学体验和欣赏为主线，切勿混同于工具型的语文知识积累课和语文技能训练课。

第二，本课程是童话体裁的专题型课程，教师应以文体教学为出发点，逐渐尝试和累积童话教学的经验和策略。

第三，本课程是兴趣型课程，教学形式一定要灵活，建议与学校的课外活动紧密结合，有步骤有计划地开展"故事夜""童话节""蒙古族民间童话绘本创作大赛"等活动。

第四，本课程是民族文化型课程，了解和传承民族文化、增强民族自豪感、促进民族团结是课程的目标之一，教学时应注意民俗文化和民族生存智慧的累积，也可结合民俗知识竞赛、民俗参观展览等形式，将民间童话融入蒙古族文化学习的大课堂。

3. 课程评价建议

（1）评价原则

一是科学性原则：评价需契合校本教材的特点，依据教材不同内容和板块特点，符合学生生理、心理的认知特点和水平。

二是整体性原则：整体包括两部分，一是全面地评价学生，促进学生的发展；二是全方位多角度地评价教学过程，及时合理地调节校本教材实施过程。

三是过程性原则：评价应以学生发展为本，强化过程的监控，及时检查与反馈，用过程性评价取代终结性评价。

四是质性化原则：对学生和教师的评价要由量化评定转为质性评定，评定的功能应由侧重甄别转向侧重发展，不是单纯地在群体中划出优秀、中等、不及格的等次，而是为了促进学生和教师自我认识的形成，提升自我发展的能力。

（2）学生评价量表

表7-3　学生评价量表

考核项目	考核点	分值
参与学习的积极性	是否愿意主动举手回答老师的提问	5
	课堂中注意力是否集中、集中的程度和持久情况如何	5
	是否愿意参与组织的相关活动	5
	参与活动时情绪是否高涨	5

续表

考核项目	考核点	分值
完成童话故事学习任务的情况	是否能够通过查字典的方式，学习故事中不认识的生字	5
	是否能够疏通文义，找到故事情节发展的主线，理解故事传达的主题	20
	是否能够把握主要人物的功能与特征	20
	是否能够发现童话创作的主要方法	10
参与开放性活动的表现	是否主动寻找和阅读教师推荐的阅读篇目，并愿意与同学交流	10
	是否主动归纳整理教材中列出的蒙古族文化知识，并积极借助其他媒介进行收集整理	5
	是否参与相关的校内活动和校外参观，尤其是展示表演的活动，是否有突出表现	5
	是否参与了小组合作学习，在活动中是否表现出思维的创造性和见解的独立性	5

（3）教师评价量表

表7-4　教师评价量表

考核项目	考核点	分值
教学目标	教学目标是否清晰明确	5
	是否符合三维目标的要求	5
	是否突出了民间童话的文体意识	5
	是否突出了蒙古族文化传承意识	5
教学内容	教学内容的安排是否具有体系性和梯度	10
	教学内容是否具有整合性，兼顾文学和文化	10
	教学内容的难易程度是否符合学情	5
	教学内容的设计是否具有弹性，留出学生自主学习的空间	5
课堂组织	教学方法选择是否合理	10
	时间安排是否恰当	5
	是否营造了轻松快乐的学习氛围	5
	师生互动是否充分	10

考核项目	考核点	分值
课外活动	课外活动的项目是否丰富	2
	课外活动项目开发是否是课堂教学延伸、补充或提升	3
	课外活动组织得是否有序	3
	是否进行了课外活动评价	2
教学反思	教学反思是否及时	3
	教学反思是否规范	3
	教学反思是否促进了教学的改进和自我的发展	4

二、个案呈现：《猎人与公主》

第一模块：导学单

1. 我能概括故事的主要情节

这是一个线性发展故事，主要由四个情节单元构成，请模仿范例中给出的情节概括样式，在空白部分填上你认为最恰当的词组。

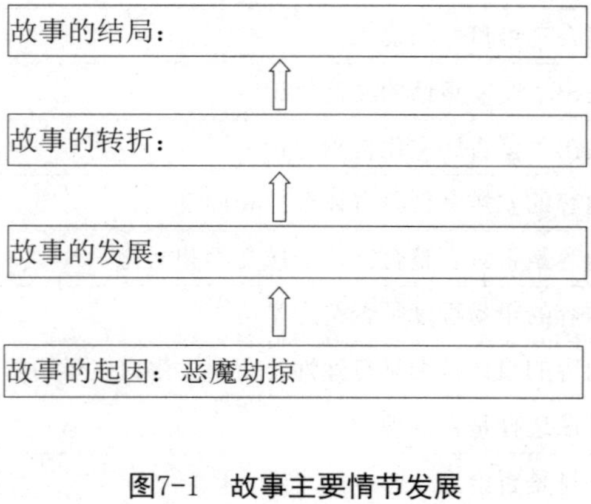

故事的结局：

⇑

故事的转折：

⇑

故事的发展：

⇑

故事的起因：恶魔劫掠

图7-1　故事主要情节发展

2. 我能发现人物角色功能

俄国形式主义学者普罗普在《故事形态学》一书中提出，民间童话的人物一般具有七种功能：主人公、对手、被寻找的对象、派遣者、赠与者（与宝物相关）、助手（空间移动或者协助参与战斗）、假主人公（假英雄）。试一试，你是否能将故事中的人物按照功能对应到这七类中，请将他们的名字写到空白处。如果没有匹配的人物就填上"无"。

主人公：

对手：

被寻找的对象：

派遣者：

赠与者：

助手：

假主人公：

3. 我能找出制造神奇想象的方法

童话展现的世界与我们的现实世界有很大的距离，基本上是一个"不可能"的世界，为了营造这种非写实的文学幻境，它自有一些独特的办法，下面是一些常用的方法，请仔细研究作品，看看《猎人与公主》使用了哪几种方法，在它后面的括号里画"√"。

（1）精灵、仙女、恶魔等神奇的人物（　　　）

（2）宝物（　　　）

（3）变形（　　　）

（4）死而复生（　　　）

（5）时空穿越（　　　）

（6）神奇的诞生（　　　）

（7）神奇的技能（　　　）

（8）神奇的难题（　　　）

4. 我能说出故事表达的主题

请在空白处用 20 个以内的字概括故事的主题。

第二模块：故事文本

猎人与公主

遥远的古代，在北方草原上有一个国王。王后刚刚五十就死去了，她没留下儿子，只有一个十七岁的女儿，叫哈森娜布琪。

国王新娶的王后是个满脸春风、满肚子冰雪的女人。她看公主长得像花一样美丽，像玉一样纯净，她就缠着国王，要他把女儿嫁给她的侄儿北方镇守官阿木吉乐。国王不大愿意，可架不住王后缠，正在拿不定主意的时候，女儿听到要把她嫁给那个狐狸嘴、蛤蟆眼的阿木吉乐的消息，就跪在阿爸面前一个劲儿哭，国王看孩子这样，也只好依了她。

事情虽然过去了，可是新王后怎能善罢甘休，公主免不了一天天当面看着继母的脸子，听着她的恶言恶语。冷饭冷菜能吃，冷言冷语难受啊！一来二去公主得了一场重病。请来草原上最好的额木其[1]，病没有见好；最珍贵的药材她吃了，也没有见好。公主的病一天比一天沉重。国王急得三天没吃一顿饭，七天多了一成白头发。就在这个时候，从远方来了一个葛根[2]，给公主看病。他看完病就坐在那一句话没说，一碗接一碗地喝茶，足足喝了三壶茶，把碗一撂，说："还有救！"他留下三包药：包里只有一个炒米粒那么多的小药面，谁也没把它看在眼里。可女儿吃了一包就能起床；吃了两包，就能外出走走；吃了三包，病治好了，身体也复原了。国王乐得心里像开了花。他传令祭敖包，舍肉粥，跳七天七宿卜吉克[3]。这一来，轰动了整个草原，方圆几百里的牧民、骑手，他们有的骑马，有的坐着勒勒车，都赶来参加敖包会。

卜吉克跳到第七天，因为是最后一天了，比往日更是热闹。以往像百灵一样飞来飞去像小鹿一样跑来跑去的哈森娜布琪公主，一病几个月没有起床，憋得实在太难受了，请求国王答应她出去玩一玩。

国王很心疼哈森娜布琪公主，就答应了她的请求，还嘱咐女儿："孩子，受伤的百灵不抗风，玩一会儿早早回来！"

公主赶紧梳洗打扮，带着一些女奴就去了。

哈森娜布琪公主来参加卜吉克盛会，牧民们的歌唱得更响了，舞跳得更欢了。

喜悦的尽头伴随来的常常是灾难。就在人们欢歌曼舞的时候，突然从西北天边像箭一样飞来一片黑云。人们哪里知道，驾着这片黑云飞来的竟是一个长着九个脑袋一双翅膀的蟒古斯[4]，名叫九头鸟魔王。

九头鸟魔王飞到草原上空，隔着三十三层云彩，一眼就看见了漂亮的哈森娜布琪，不觉喊了一声："呜呀，好漂亮的美人儿！"九头鸟魔王一抖翅膀，只见漫天卷起了一阵黑风，遮天盖地，连一点太阳光也没了。风过了，漂亮的哈森娜布琪却无影无踪了。

---

[1]额木其：医生。
[2]葛根：活佛。
[3]卜吉克：舞蹈。
[4]蟒古斯：魔鬼。

国王一听女儿不见了，马上叫人四下寻找，可找了一天一夜连个影也没找到。新王后听了这消息，乐得偷着喝了三杯酒，可表面上却装作满脸愁苦，不住嘴地埋怨国王不该任着孩子性子，不该让她去参加敖包会。国王心都碎了，就差人四处贴出皇榜，说谁要找到我女儿，要金给金，要银给银。年老的，国王认作兄弟；年轻的，国王招他为驸马。可是皇榜贴了三天，一个人也没有来揭。国王急了，把文武百官叫来，问谁领兵去找。文官看武官，武官看文官，谁也不敢接令。王爷一看新王后的侄儿北方镇守官员阿木吉乐躲得最远，站在百官后面，脑袋耷拉到肚子上，一声不吭。国王不由生气，心想：胆小的奴才，你怕去，我偏叫你去！于是把阿木吉乐叫过来说："阿木吉乐，黑风从西北来，往东北去了，这正是你镇守的地方。现在就派你领兵三千去找公主。找到有赏，找不到就重重挨罚！"阿木吉乐一看躲不过去了，只好硬着头皮接令。

阿木吉乐领着人马沿着风的方向出发了。走了两天，啥也没见到。第三天清早刚要走，忽然贴身的兵进来禀报说前面有个猎人要见镇守官，说他知道黑风的去向。阿木吉乐一听连忙叫人把他领来。不一会儿，只见进来一个剽悍的小伙子。一问，这个小伙子是猎人阿古拉。他五天前上山打猎，遇见一股黑风，随手一箭，风过去以后拣到一只双钩鼻子象牙鞋，地上留一行血印，直奔东北去了。阿古拉说完，递上了象牙鞋，镇守官阿木吉乐一看正是公主的鞋，不由大喜，忙叫阿古拉领路，沿着血印追了下去。

他们追了七天七夜，追到一个立陡石崖的大山。山下有一个黑洞洞的大地穴，血印到地穴边上就没了。镇守官叫人备长长的绳子，拴好大筐，然后问手下将官谁敢下去。可是连问三声没人答言。阿古拉看没人敢下，就说："镇守官，让我下去吧！"

阿木吉乐一听，乐得狐狸嘴都合不上了，忙说："巴特尔，你下去太好了！你需要什么？"

阿古拉说："我什么也不需要。只是如果我遇上了凶险，就请照看一下我的老额莫！"

阿木吉乐一口答应下来，随后给阿古拉一把腰刀，三只鸽子。告诉他，到了地穴底下放一只，见到公主放一只，回来再放一只。约定好了，让阿古拉坐到筐里就往下放。绳子足足放了两顿饭的工夫才放到地穴底。阿古拉起身向上放了第一只鸽子，鸽子飞到穴口大翎都飞没了。阿古拉摸着向前走了一阵儿，这时他隐隐约约看到远处有点亮光，就摸索着奔了过去。走呀走，越走越宽，越走越亮。走来走去，看到座黑黢黢的宫殿。再细看，在宫殿外，小池子旁边有一个漂亮的女子在洗衣服，很像镇守官说的公主。他四下看了一下，别无旁人，就悄悄走了过去，轻轻地问道："请问，你是哈森娜布琪公主？"

女子一怔，疑惑地问："你是谁？"

阿古拉说："我是猎人阿古拉，是国王派来救你的。"说着从怀里取出双钩鼻子象牙鞋给公主看。

公主一看是自己的鞋，一把接过来，高高兴兴地问："就你自己来的？"

阿古拉说："随镇守官阿木吉乐来的。"

公主一听阿木吉乐来了，就眉头一皱，忙问："你是阿木吉乐的什么人？"

阿古拉就把怎样遇到黑风射了一箭，射落这只鞋，正要向国王禀报，碰巧遇见阿木吉乐镇守官，就领他到这里的经过说了一遍。

公主看这剽悍、英俊的猎手是个正直、勇敢的人，就告诉他："抢我的是魔王九头鸟，那天你一箭正射在他膀子上，他疼得一'激灵'，把我的鞋碰掉一只。你这一箭也算救了我，他回来后就倒在床上到现在还没有起来。"

阿古拉忙问："他在哪里？"

公主瞧一下阿古拉说："阿古拉，魔王九头鸟厉害得很哪！他一膀子就能削去半拉山头，你不要为我拼命！快走吧！回去叫我阿爸不要想我！"

阿古拉看公主流下了眼泪，发急地说："我怎么能回去？我来就是为的救你呀！"

公主瞧着阿古拉说："那我们趁魔王还没醒就这么走吧！"阿古拉说："公主，咱不杀死他，他醒了能饶过你吗？告诉我，他在哪？"

公主看阿古拉一定要去，就一狠心，说："好吧，随我走！"

这样，阿古拉先放了第二只鸽子，然后，哈森娜布琪公主领着阿古拉来到魔王的寝宫。公主刚一进屋，魔王就问："啊，怎么有生人味？"

公主忙说："我刚到这几天，能没生人味吗？"

魔王"啊"了一声，又呼呼睡了起来。公主一招手，阿古拉一步蹿进来，一刀就把魔王正当中的脑袋砍了下来。魔王"啊"了一声，只见血往外一冒，一下又长出九个脑袋。魔王一声怪叫："好啊，哈森娜布琪，砍吧，砍吧！"

阿古拉抡刀，咔、咔、咔，连砍八刀，脑袋一落，转眼九头变成八十一个头，都瞪着眼睛怪笑，喊："好啊！好啊！哈森娜布琪，砍吧，砍吧！"

公主一看这情形，有点吓到了，忙拽阿古拉，叫他快走。阿古拉怎么能走，他一看阿木吉乐给他的这把刀刃全没了，连忙抛到一边，随手扯过自己的斧子。他也不知道，这把斧子是个宝斧子。阿古拉刚把斧子举起来，只见斧子嗖地飞了出去，在魔王头上一落，"唰"的一下，一个脑袋落在地上。这回可不是一冒血又长出九个脑袋，只见脑袋一落，血像喷泉似的喷了出来。魔王疼得打滚，宫殿的墙轰隆一下就倒了。阿古拉伸手托梁，护住公主。公主连忙跑出宫殿。再看斧子，就像削瓜切菜一样上下翻飞，眨眼之间把魔王砍得粉碎。

杀了魔王，阿古拉赶紧和公主一起跑到穴口，放了第三只鸽子，公主就让阿古拉先上去。

阿古拉怎能答应，忙说："公主，魔王死了，怕还有小蟒古斯，你先走，我随后再上。"

公主说了好几遍，看阿古拉不肯先走，就说："你不先上，那咱们一起上！"

阿古拉哪里知道公主的用意，不管公主怎么说，就是不肯先走。

公主看拗不过他，瞧了瞧阿古拉，伸手褪下一只玉镯，说："阿古拉，你上去以后，万一我不在，你就马上拿这只玉镯到京城找我父王。"

阿古拉收下玉镯，公主才坐在筐里出了地穴。她出了地穴，阿木吉乐一看漂亮的公主仍然是美玉无瑕，乐得眼睛都眯成一条线了，马上传令回京城。

公主一听连忙说："等等，阿古拉还没有上来，怎么能走！"

阿木吉乐说："这里风大，我们先走，留队人在这儿接阿古拉还不行吗？"

公主说："不行，马上接阿古拉上来一起走！"说着坐在地穴旁边叫人放绳子。

阿木吉乐一看公主坐那不动眼珠地瞅着放绳子，心里就明白了。他虽然心里上火，脸上却满是笑容，说："好，好，好！"常言说：带雨的云彩总是黑的，险恶的人总是一肚子坏心肠的。阿木吉乐一会儿工夫就想好了主意。

公主看看绳子放到了地穴底，又上升了，更是不离地方地瞅着。可是公主多少天来在九头鸟魔王的宫殿又担惊，又害怕，太累了，坐在那瞅着瞅着，眼皮一闭竟睡着了。这时，阿古拉眼看就要到地穴口了。阿木吉乐一看公主睡着了，"唰"地抽出剑来，往绳索上一砍，"咔"地一下把绳子砍为两段，筐带着风声"呜"地往井底落去。

阿木吉乐大喊一声："公主，绳子折了！"

阿木吉乐的亲信也明白阿木吉乐的意思，也大喊："绳子折了，绳子折了！"

公主睡梦中猛听绳子折了，呼地站了起来，可往地穴里一看，全完了。公主挣扎着要下地穴，阿木吉乐怎能让公主下去，连哄带骗，说住了公主，连忙传令回京城。

公主到了京城，国王见了自然很欢喜。可阿木吉乐却串通新王后，请求国王按皇榜写的把阿木吉乐招为驸马。虽然公主说出了阿古拉杀魔王相救的经过，但是新王后却一口咬定领兵去的是阿木吉乐，硬了一阵，又软下来劝公主说："阿古拉摔在万丈深的地穴里，人不在了，提他还有啥用！"国王因为不知道阿木吉乐害阿古拉的细情，一想皇榜上的话是自己说的，做国王说话得算数，被逼无奈只好答应。公主一看事情定了，只好含泪说现在身体不好，成亲也得百天之后。

事情虽然就这样定了，不过公主的心仍在阿古拉身上，她总想着这个勇敢的人一定会回来。她每天都在盼他回来。可是九十九天过去了，公主的眼泪不知流了多少，阿古拉呀，却连个影子也没有。明天就是第一百天，后天就要出嫁了。哈森娜布琪公主呀，怎么办呢？

剥去皮的树不能再生长，挖去了心的人怎么能再活下去呢！公主请求国王，明天让她到草原上去玩一玩。国王哪里会想到公主要到草原上尽情地跑一天然后以死殉情的心啊！国王答应了。公主第二天清晨梳洗打扮好了，含泪告别了阿爸，又到额莫的墓前痛哭一番，就带着四个贴身女奴走了。

她们跑到过午，公主的心情越来越不好。就在这时，忽然看见前面跑出一只雪花白的野兔，在公主面前停一下就向东跑去。公主取一支箭嗖地射到白兔的身上，那白兔回身把箭叼在嘴里，径直向前跑去。公主看白兔带箭跑了，就打马去追。公主的马是有名的快马，可怎么追也相差一箭多地。公主起了性子，一直追下去。追来追去，追到一个大院，白兔进院，一头钻进一个草垛里。

公主进院，院里迎出一个人。公主看他有点面熟，他殷勤地给公主请安。公主问他是谁，他说这是阿木吉乐的牛窝棚，他叫道布冷，是这里的总管。公主这才想起他就是地穴口拽绳子的兵。公主告诉他，带箭的兔子钻进了草垛，叫他马上找人拆垛。他劝说公主不拆垛，要兔子他叫人再打一只。公主本来见到他就不痛快，一听这话更恼火，生气地问他："难道我就为叫你赔一只兔子跑了这么远吗？"道布冷看公主生了气，就一面找人拆垛，一面派人向阿木吉乐报信。公主看他拆垛慢腾腾的，就亲自上前催促。拆了一节没看见兔子，就索性接着拆下去。拆着拆着没见到白兔，却见到一个男人的尸体。公主听说上前一看，原来是阿古拉。她挽起阿古拉袖子看，玉镯还在手腕上戴着。

阿古拉怎么到这里来了呢？

原来阿古拉忽地从万丈高的地穴口摔到井底，一下就昏了过去。也不知过了多少时间，才苏醒过来。他想要起来，刚起一下，没起来。用手一摸，下身全摔坏了。就这么一活动，一阵疼痛，又昏了过去。过了一段时间，昏迷中，他觉得耳朵疼，慢慢睁眼一看，原来是一只白鼠蹲在肩头上咬他耳朵。他生气地伸手把老鼠捉住，甩手抛到石头上摔死。可过了一会儿，老鼠竟苏醒过来，吱吱地叫着一点一点向前爬，爬到一棵小草前，咬掉一片草叶咽了下去。也真怪，不一会儿老鼠就好了，刺溜一下跑掉了。阿古拉一想，怪呀，这是什么草呢？他咬着牙向前爬，爬呀爬，他爬到了草前，掐下一片叶，嚼了嚼就咽了下去。一时间，他身上就像有许多虫子爬似的，不一会儿觉得腿能活动了。动一动，不疼了。站一站，站起来了。活动活动，和原来一样了。这时，他才觉出了饿。于是又跑回魔王宫殿里去找吃的。吃了点东西刚要走，就听有人轻轻叫他："阿古拉！阿古拉！"他站下细细听，是有人叫。他四下看，啥也没看到。这时又听有人叫："阿古拉！"他一听，声音是从桌子上一个小盒里发出来的，就问："你在哪儿？""我在盒子里。"阿古拉问："你叫我干啥？""请你救救我。"阿古拉问："我咋救你？""你把盒子打开就行。"阿古拉把盒子打开，只见里面一条小蛇一下滑到地上，转眼变成一个漂亮的小伙子。阿古拉问："你是谁呀？"他说："我是大海国王的儿子，名叫小查干。三年前让九头魔王捉来，谢谢你救了我。哥哥，咱俩就拜干兄弟吧！"阿古拉说："好！"俩人就拜了干兄弟。结拜以后，阿古拉问："兄弟，咱俩咋出去呀？"小查干说："哥哥，我变成小龙，你骑在我身上，咱俩一齐上去。"说着两个人来到井底。查干变成小龙，阿古拉骑在小龙身上。小龙把尾巴往上一翘，把阿古拉缠住。咻、咻、咻，不一会儿，出了地穴。查干又变成人，并邀阿古拉到大海国去玩几天。阿古拉再三说，出来很多天了，得回去看看老额莫。小查干说："既然哥哥着急回家，你等一会儿，我给你取一匹马来。"说着，小查干一闪身就不见了。过不大一会儿，就见他骑着一匹铁色大马跑来。他把马交给阿古拉，再三嘱咐有事喊三声"小查干"，就这样哥俩分别了。

阿古拉骑马走了一天，来到牛窝棚，偏巧遇上阿木吉乐。阿木吉乐相中了这匹铁骊马，叫道布冷夜间偷偷把阿古拉打死。打死后正赶上垛草，就埋在草垛里。

哈森娜布琪公主看到阿古拉的尸体，就问道布冷哪来的死尸。道布冷一口咬定不知道，说可能是拉草拉来的。就在这时，女奴来禀报说外面有个穿白袍子的人，说能起死回生，公主连忙叫请进。这人进来瞧了瞧阿古拉，取出一包药给他吃了。不一会儿，阿古拉真的活了过来。他一看哈森娜布琪和小查干都在，忙问："你们怎么在这里？"小查干说："你的铁骊马回去报了信，我特地来救你。"

阿古拉这才知道自己被道布冷害了，起身把道布冷像鸡一样拎出来。道布冷一下跪倒，说："公主，不干我的事。"他把阿木吉乐从地穴砍绳到害阿古拉全说了一遍，事情明白了。送走了小查干，公主和阿古拉带着道布冷回城，禀报给国王，国王马上叫人抓来阿木吉乐。阿木吉乐想推也推不了啦。新王后也自觉羞愧，不敢出面。国王下令砍了阿木吉乐，然后招阿古拉为驸马，接替阿木吉乐的北方镇守官。在这好人出头、坏人暴露的喜庆日子，草原上再次跳起了卜吉克。

搜集地点：前郭其查千花公社

搜集时间 1979 年秋

讲述者：白福德（社员）

搜集整理：王迅、特木尔巴根

第三模块：资料袋

敖包节

祭敖包就是祭祀山川草木，祈求山神、路神保佑丰收、平安。祭敖包会每年举行一次，时间各地有所不同，但一般在农历五六月择吉日进行。它是蒙古族牧民一年一度的草原盛会。祭祀时，敖包插上树枝，树枝上有五颜六色的布条或纸旗，旗上写经文。祭敖包的礼仪大致为四种：一是血祭，据传蒙古族在游牧时代，各家所有的牲畜系天地所赐，因此，为了报答诸神的恩赐宰杀牲畜，在敖包前供奉；二是酒祭，据传天地诸神不仅喜欢食肉，也喜欢饮酒喝奶子，故在祭祀时把酒和奶子洒在敖包供台前；三是火祭，据传蒙古族认为火可以驱逐一切烦恼与邪恶，祭祀时牧民走进火堆（燃烧牛羊粪），念着自家的姓氏，投祭品于火中；四是玉祭，古代蒙古族有用玉为供品的礼仪，因玉价值昂贵，现用宝珠或银币炒米替代。祭祀的礼仪完毕后，还要举行传统的赛马、射箭、摔跤、歌舞等活动。

活佛

活佛是藏传佛教对修行有成就、能够根据自己的意愿而转世的人的尊称。活佛，是藏文（sprul-sku）的音译，意为"化身"，这是根据大乘佛教法身、报身、化身三身之说而命名的。藏传佛教认为，法身不显，报身时隐时显，而化身则随机显现。所以，一个有成就的正觉者，在他活着的时候，在各地"利济众生"；当他圆寂后，可以有若干个"化身"。蒙古族信奉藏传佛教，所以民间童话中常常会出现活佛的形象。

蟒古斯

"蟒古斯"（ Mongus，亦汉译为"芒古斯""蟒古思""毛古斯"等 ）是蒙古族英雄史诗、民间故事中常常出现的角色，意指妖怪，魔鬼等，其外形奇特，常常有九至十五，乃至三十多个头，具有邪恶的力量，抢夺人民的牛羊、英雄的美妻、牧民的女儿等，是英雄的对手，英雄常常为消灭它而出征，并最终打败它。

第四模块：阅读链接推荐

1. 蒙古族《猎人与公主》的异文一：《傻小子当上了王爷女婿》，见哈达奇·刚编：《内蒙古民间故事全书·阿拉善右旗卷》，马英、铁木尔布和译，内蒙古人民出版社 2011 年版。

2. 蒙古族《猎人与公主》的异文二：《香牛皮靴子》，见中国民间文学集成全国编辑委员会、《中国民间故事集成·青海卷》编辑委员会：《中国民间故事集成·青海卷》，中国 ISBN 中心 2007 年版。

第五模块：思维拓展训练

1. 拓展复述训练

民间童话故事在口头流传过程中呈现"活态"的样貌，所谓"活态"，就是故事讲述人在保持原故事基本样貌的基础上，可能会根据自己的文化传统、自己的创编能力对故事进行改造。现在请你将这个故事讲给别人，可以适度进行故事改编，让故事变得更有趣生动。

2. 思维导图训练

有人说，一个故事就像一棵大树，故事发生的动因好比树根，故事发展的主干好比树干，有趣生动的情节的展开好比茂密的枝丫，按照这样的思路我们可以绘制出一棵 "故事树"。请认真梳理故事的情节，补足下面"故事树"中空白的情节。

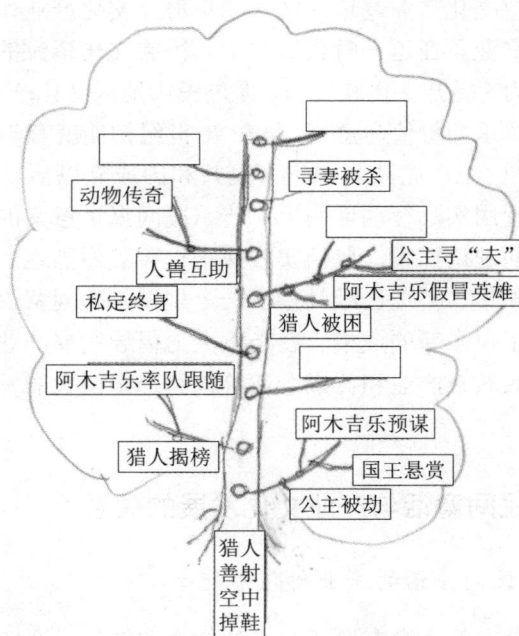

图7-2 《猎人与公主》故事树

第八章　蒙古族民间童话与产业文化发展

进入 21 世纪后，世界各国纷纷把文化发展作为国家发展战略中的重点，把文化产业的发展与综合国力的提高及可持续发展紧密联系起来。文化与政治、经济日益一体化，文化力与经济力、科技力、军事力等共同构成考量综合国力的指标。文化与经济高度融合所催生的"文化经济"，正在为加速经济增长、推动经济转型注入巨大的活力。

中国共产党第十七届六中全会通过了《中共中央关于深化文化体制改革推动社会主义文化大发展大繁荣若干重大问题的决定》，将加快发展文化产业作为当前和今后的文化建设需要重点抓好的工作。从"十二五"开始，文化部就开始着力完善改革法规体系，倡导因地制宜，重点发展一批民族特色浓郁、产业链完善、规模效应明显的特色文化产业基地、园区和集群。文化产业作为"朝阳产业"成为国家重点扶持的产业。在这一时代浪潮中，民族文化资源的传承、开发与创新成为增强民族凝聚力、提升文化软实力、促进民族地区文化产业发展的重要基石。

关于民间童话传承的价值与意义，早在 20 世纪初期就有学者论及，如周作人、郑振铎等，整个 20 世纪，尤其是中华人民共和国成立以后，几次大规模的对民间故事的收集、整理用实际行动证明了对传承民间童话意义的认同和体系构建的推进，不仅是相关的理论探索，包括实践探索也轰轰烈烈地上演着自身的精彩。蒙古族民间童话的收集、整理已经具备了一定规模，随同蒙古族民间文学传承与利用的研究也产生了很多新的成果。在当下大力倡导发展产业文化的进程中，与民间童话密切相关的教育产业和传媒产业等也将迎来巨大的发展机遇，但同时也暴露出一些问题。

一、蒙古族民间童话与产业文化发展的关系

（一）蒙古族民间童话的产业价值潜能

"潜能"是指潜在的还没有发挥出来的能力和能量，亦即在其发展的过程中价值开发得还不充分，还有很广阔的发展空间。民间童话作为文学的一个组成部

分，其"价值潜能"即指其价值的可能性，这种可能性是以负载着一定意义的文学符号以及不同符号之间构成的一种张力状态的形式存在的。[1] 这种价值的可能性首先在于它所承载的文学意义，童话的意义主要指向人的精神发展。其次承载这种意义的形式也是极具张力的，它是创作者不满足于模仿现实固有的形态，而按自己新的需要从而虚构形象的创作方式，夸张、象征、拟人、神化、变形、怪诞等艺术表现手法打通了实现价值的多种可能途径。但是，人们对于民间童话的潜能认识还是很有限的，它能够产生审美、教育、产业等多重价值效应，极具开发的可能性。

蒙古族民间童话具有多重价值，包括市场价值，也包括非市场价值。产业文化发展关涉的主要是市场价值。所谓市场价值主要指能够激发消费者消费欲望，进而愿意购买的那部分价值。具体到蒙古族民间童话应为审美价值、教育价值、娱乐价值和产品开发价值。在前文"关于蒙古族民间童话的价值"部分我们已经对审美价值、教育价值、民俗价值做过一些讨论，此处不再赘述，这里单从产业开发的可能性出发谈一些想法。

人们消费文化的出发点之一是怡情的需要。它是一种内心的感觉，也是一种对于美好生活的向往，属于一种"无功利的功利"消费，它可以面向儿童，也可以面向成人，消费带来的直接结果是心灵的满足。这种怡情的价值是文化独具的，是各种物质价值都不可替代的。蒙古族民间童话资源丰富且极具奇幻色彩，它表现着蒙古族人的感情纠葛，承载着蒙古族人对美与丑、善与恶的价值追求，通过故事欣赏，可以提高人们的审美情趣、审美能力和审美追求。另外，民间童话故事所呈现的世界是与现实世界拉开一定距离的"第二世界"，它比写实文学更好地承载了蒙古族人乌托邦式的理想以及寻找现实生活替换结构的梦，"是为了更好地创造和改进人们存在的生活，使之沿着更加真善美的方向发展前进"，[2] 因此它给予人们的审美感受是超出现实体验的更高层面的享受。如果将蒙古族民间童话故事改编为绘本、舞台剧、电影等，则可以将审美体验提升到声像艺术层次。

蒙古族民间童话作为蒙古族非物质文化遗产，作为先人赠送给蒙古族儿童的重要精神礼物，因其文化传承价值和道德价值，一直以来都被作为教育蒙古族儿童的资源，它的传承和开发利用，对于优化蒙古族儿童的童年生态、弘扬蒙古族的传统文化起到非常重要的作用。今天，教育已经进入了产业化时代，在义务教育体系之外产生了一个很大的市场，随着素质教育理念的深入人心以及中国中产阶级的兴起，与应试教育逐渐疏离的人的全面教育的开发成了今后教育发展的新

[1]李青春.文学价值学引论[M].云南人民出版社，1994:91.
[2]张锦贻.蒙古族民间童话论略[J].集宁师专学报，1997(2).

目标。蒙古族民间童话呈现的文化元素是综合的,它作为课程资源开发的可能性是巨大的,既可以作为进行民族文化教育的素材,也可以用来作为民族精神培育的范本,还可以用作儿童的课外文学读本,学习民族语言的材料,当然也可以用作开发各种寓教于乐的教育软件的基础材料。

近年来,很多动漫游戏的开发都不约而同地指向了民间故事资源,尤其是民间童话,其基础的故事情节以及娱乐精神正好可以与现代动漫技术完美结合,相得益彰,蒙古族民间童话中的蟒古斯故事就特别适合做此类开发。首先,蟒古斯形象作为蒙古族神话原型之一,在蒙古族有着普遍的情感基础,作为恶神形象,它多头蟒蛇的外形已经在后世的幻想文学中逐渐固化,深入人心,嗜血、好色的本性也成为蒙古族对恶的本质认识嵌入民族无意识。而与之对应的形象——英雄,也是蒙古族世世代代的精神图腾,这些英雄力大无穷又足智多谋,广结善缘又帮手众多,在故事中常常还会伴随着一段美好的爱情故事。以此为故事原型,不仅能激活蒙古族儿童内心的英雄情结,同时可以渗透蒙古族原始文化的诸多元素,在娱乐中弘扬民族精神。同时民间童话叙事的民间立场与当下大众文化的草根精神也非常吻合,两者的相遇必将生长出无限的可能性。

依托蒙古族民间童话故事进行儿童产品开发是整个产业链中最具想象力也是最有潜力的部分。它涉及玩具、学具、食品、服装等各个领域。"蓝猫""海尔"等从故事开发延伸产品开发的路径是很值得借鉴和学习的。

(二)产业文化发展推动蒙古族民间童话的传承

蒙古族民间童话兼有儿童、民族、民间三重文化内涵,而这三个领域都是产业文化发展中得到重点关注的领域。产业文化的发展思路为传统故事注入了新的活力,同时将其引领到更广阔的发展空间。

1. 产业文化发展为蒙古族民间童话提供了多元的生存路径

"口授心传"是蒙古族民间童话最初的生存路径,随着产业文化迅捷发展的时代的来临,其生存路径必然走向多元化。现代传媒的所有形式都可以被借鉴,如纸质传媒、电波传媒、光影传媒,甚至是网络传媒。其中纸质传媒包括故事书、绘本、报纸、杂志、校本教材等;电波传媒主要指电台的讲故事节目和广播剧;光影传媒包括动画片、儿童电影、儿童电视剧等;网络传媒包括网上阅读、动漫游戏等。如此多元的存在方式使民间童话的传播从低效的、个体的传播转变为全面开花式的多元状态,每一种媒介形式的优势都在这种结合中赋予民间童话以新的生命。

2. 文化产业的发展对蒙古族民间童话的保护具有反哺作用

文化产业的发展对蒙古族民间童话的保护具有反哺作用，主要表现在以下三点：一是提供保护资金。文化资源的保护离不开资金的支持，故事的收集、整理，故事人的保护都需要很大一笔经费。蒙古族民间童话的收集、整理工作早在 20 世纪初期就开始了，但真正有了实质性进展应该说是 50 年代、80—90 年代，以及 21 世纪以来轰轰烈烈的非物质文化抢救工程，这几次工程背后都有着政府资金的大力支持。将这些收集、整理的蒙文故事翻译成汉文，还需要一大笔经费，这项工作各地政府正在逐步推进。二是增强民众的保护意识。文化资源保护的关键是保护意识，只有全民具有了保护意识，才能真正有效、有度地开展保护工作。除了源于情感依赖而产生的自发意愿，"输入型"保护意识和"利益驱动型"保护意识都需要产业文化机制的推动。三是开发本身也是保护方式。最好的保护就是传承，最好的传承除了宣传之外，就是让它以不同的形式经常出现在人们的视野中。如图书、动漫、游戏、产品等，通过文化产业开发让文化知名度和影响力更强、更深、更远，真正让文化在流传和使用中得到保护。

（三）产业文化发展对于蒙古族民间童话传承的负面效应

产业文化发展促进蒙古族民间童话传承的同时，也会带来一些负面效应，甚至影响到民间童话本体功能的发挥。

要想阐析产业文化发展对民间童话本体功能的影响，我们首先要面对一个最根本的问题：民间童话的本体功能是什么？对于这个问题的回答不尽相同：有人认为民间童话是为普通民众提供温暖和慰藉的；有人认为民间童话是为普通民众提供审美欣赏，愉悦民众的；也有人认为民间童话是用来解决人格冲突的；还有人认为民间童话是用来激发人类解放性潜能的。应该说，这些说法都有一定道理，它们从不同侧面反映了民间童话的价值功能。但我们认为其中最具独特意义的功能是激发人类解放性潜能的说法，它是民间童话区别于其他文学形式的的本体功能所在。

民间童话是人类非写实文学的重要一支，所谓非写实是指它创造的世界是一个"非生活本身的形式"[1]的世界，它借助幻想的力量引领人们进入一个超越现实生活的可能的世界，有人称之为乌托邦世界，也有人称之为一定时期占主导地位的社会规范的"替换性的结构"。[2]民间童话即是构建这一世界的愿望表达，

[1]吴其南. 童话的诗学[M]. 中国文联出版社,2001:21.
[2]杰克·齐普斯. 冲破魔法符咒：探索民间故事和童话故事的激进理论[M]. 舒伟主译. 安徽少年儿童出版社,2010:22.

它被看作是人类用自己的想象力及理性去创造一个新世界的动力的一部分，而这样的新世界允许人类特征获得完全独立自主的发展。民间童话以自己独特的方式阐释了"行"与"知"的关系，用主人公的行动证明了"自我动力学"在实现自我价值，乃至掌握人类命运中的意义，换言之，如果人类真正掌握了自己的命运，那么历史就可以有替换性的选择。当然，只要是稍微懂一些文学的人即可知道，童话达到的最终结果并不是一种爆发或者革命，文学和艺术从来就无法做到这一点，也永远不会有此能力，但它却足以激发批判性的自由思考，"能够孕育和培养颠覆的种子，并且为人们在反抗所有形式的压迫、追寻更有意义的生活方式和交流的过程中提供希望"。[1]当民间童话故事做到了这一点，就证明它拥有了激发人类解放性潜能的可能性。

事实证明，民间童话给予民众更多的是这种革命的、进步的动力，而非经常被人们认定的所谓逃避主义。英国政治哲学家霍布斯说，幻想是一位建筑师，人的幻想沿着真正的哲学走多远，它造福于人类的殊勋就有多大。[2]奥斯卡·耐格特和亚历山大·克鲁格也有类似言论："'幻想'是一种特定的生产方式，它是一个劳动过程所需要的"，它"致力于改变人类相互之间的关系以及人类与自然的关系，致力于对尘封于历史中的人类成为往事的臆想的重新启动"。[3]

但是，当我们截取个案来考察产业文化发展对民间童话传承的影响时，却发现童话幻想的工具化是民间童话传承在产业文化发展背景下非常典型的文化现象。《猎人海力布》先是被教育诱使变身为传道的文学童话，然后又被娱乐绑架成为商业产品。《乌兰巴托的故事》被改编为文学童话以后对阶级斗争说的强化，成为典型的阶级斗争的工具。《马头琴的传说》和《琴魂》改编自《苏和的白马》，但都加入了爱情元素迎合市场。

杰西卡·本雅明在《重访权威和家庭：或一个没有父亲的世界》中指出："一种工具化的倾向暗示着一种与表现对象的关系，以及与一个人行为的关系，这种关系只是把它们作为达到某个目的所采用的方式。"如果"社会行为被降低为一种追求可以计算的和形式上的过程的倾向，它反过来又排除了人类行动的社会动机和含义这样的问题。"[4]也就是说，当幻想的作品被置于一种社会—经济语境中，被用于限制、干预接受者的想象时，它自身的崇高因素就可能被祛除了。而

[1]杰克·齐普斯.冲破魔法符咒：探索民间故事和童话故事的激进理论[M].舒伟主译.安徽少年儿童出版社,2010:22.

[2]R.L.布鲁特.论幻想与想象[M].李今译.昆仑出版社,1992:30.

[3]奥斯卡·耐格特和亚历山大·克鲁格,《公共领域与经验：对中产阶级和无产阶级公共领域的结构分析》,1973年。

[4]杰克·齐普斯.冲破魔法符咒：探索民间故事和童话故事的激进理论[M].舒伟主译.安徽少年儿童出版社,2010:12-13.

对幻想文学的形式和意象进行的标准化处理，实际上是对幻想的限制与异化，这将很大程度地影响接受者原本具有的幻想生产能力，"以至于无法遵循它自己的劳动过程的运动法则"，并且"导致对于任何一种解放性实践活动的严重障碍"。[1]

产业文化是商品形式或商业模式的文化，这种文化语境下的文学艺术会像商品一样被生产、组织、交换，这个过程使文学艺术摆脱它们实际创造者的控制而拥有它们自己的生命，但是这种生命形式可能与创造它们的人的需求和经历已经没有任何关系，只有不断迎合消费者它才能转换成钞票进而实现自身的价值。说文化产业完全控制着文化产品的生产和接受乃是一种夸张的说法，但文化产业确实力量强大，为了利益的最大化，它可以将一切艺术形式纳入它的工具化的体系。民间童话作为古老艺术的一种形式，它与文化产业相遇，想要摆脱这种被工具化的运命实属不易，其本体功能在被工具化的过程中被逐渐消解也在意料之中。

（四）几点建议

笔者无意于质疑产业文化发展对民间童话传承的促进，但是其对民间童话传承的负面效应我们也不能忽视，为了更好地促进蒙古族民间童话的传承与发展，笔者提出以下四点建议：

1. 组建团队，重拳出击

儿童文化产业包括儿童文化内容的创作、儿童文化产品的制造、儿童文化内容的复制和传播、儿童文化交流等。这是一个复杂的系统工程。由政府牵头整合一批致力于此工程的专业人士组建团队共同出击是发展蒙古族民间童话产业的必由之路。选拔文化产业领军人物，打造文化产业团队，改变先前一种自发、松散，甚至是无序的发展态势，必须尽快从三个层面来打造一个专业团队，由这个团队来助推蒙古族民间童话文化产业的快速发展。一是政府层面，设置专门机构，规划和指导整体的蒙古族民间童话文化产业发展；二是社会层面，组建更多专业的产业集团或经营公司积极参与，重拳出击；三是个体层面，培育更多优秀的蒙古族民间童话文化产品生产个体经营者，使其逐步集聚到一起，形成一定的产业规模。与此同时，做好专业人才的培育工作。文化产业是一种高智力的活动，它需要高素质的人才，尤其是高素质的领导和管理人才、艺术人才、文化经纪人才。改进人才管理、使用制度，完善分配及奖励、激励机制，逐步推进艺术人才成为自由职业者的步伐，建立规范的人才有偿换让和自由流通机制，通过市场合理配

---

[1]杰克·齐普斯.冲破魔法符咒：探索民间故事和童话故事的激进理论[M].舒伟主译.安徽少年儿童出版社,2010:72-73.

置人才资源。必要时,创造条件引进紧缺人才,以满足发展文化产业对人才的需求。

2. 打造经典,凝练精神

文化产业既是一种产业,但又决然不是一种一般意义上的产业,它自有其内在规律和本质特征,这便是在貌似相同的生产规制、生产流程和生产条件之下所涵蕴的与任何物质生产都截然不同的"质",即对认知效能的追索和对精神走向的设定,并由此产生和形成的意识向度与精神维度,这种意识向度和精神维度在物质形制、物质方式和物质途径之中强烈地凸显着积极的宣舆功能和正确的精神导向。这种内在的精神内涵也是蒙古族民间童话产业赖以生存发展的必要条件和重要支撑。蒙古族民间童话的数量繁多,类型丰富,但真正做到为人耳熟能详的并不多,似乎只有《猎人海力布》《苏和的白马》还有一定影响力。按照类别精挑细选,重拳推出一系列蒙古族民间童话故事势在必行,当然数量不宜多,质量最为重要,而且互为呼应,凝练精神,花大力气做好宣传和推广,力争在全国范围内产生一定的效应。

3. 构建产业链,形成产业集团

产业链是产业经济学中的一个概念,是各个产业部门之间基于一定的技术经济关联,并依据特定的逻辑关系和时空布局关系客观形成的链条式关联形态。蒙古族民间童话产业链可以纸质媒介的故事读本和绘本开发为起点,逐渐辐射动画片、动漫游戏、教育软件,最终抵达产业链的顶端——儿童商品,包括玩具、文具、服装等。

4. 保护为先,开发要适度

第一,为民间童话提供必要的"保护膜"。

民间童话的传承应遵循非物质文化保护的一般规律,为其提供"保护膜"是十分必要的。为了让文物重放异彩而大肆地为其重新涂色,其幼稚和荒谬的行为造成的后果是用再多的时间和金钱也难以挽回的,对于有些事物来说,维护稳定比发展创造更重要。在传承的过程中尽量使用标准语、保留方言词汇。同时要尽量保持民间童话的单纯性,在故事改编过程中尽量保留对原有母题的追索,不要过分加入没有关系的母题而丢掉了原有重要母题。应该注意保留蒙古族传统的民族精神,不要一味追求故事精神的主流化。

第二,严格控制对民间童话的过度利用。

世上没有包治百病的良药,民间童话的社会功能也有其自身的局限,过度利用只能导致对其"药效"的深度质疑。尤其是过度娱乐化和商业化,必然会导致民间童话本体功能的被消解。所以我们坚决反对出于商业目的去维护文化产业的利益，一味追求盈利目标，将接受者当作被动的消费者的做法。

第三，恢复口头讲述故事的传统。

想要更好地传承民间童话，一定要不断探寻积极传承的途径。所谓积极传承，就是出于积极沟通的目的去整合民间童话资源，使其发挥应有价值的传承。比如在幼儿园和小学范围内恢复口头讲述故事的传统，虽然笔者也清楚地意识到这可能只是一种奢望，因为当代的儿童深受标准化学校教育的偏见以及娱乐化大众传媒模式的影响，已经不愿意听人讲述那些可能偏离了印在书里或出现在电影里的"正确"故事范本的故事。甚至他们的教育者也可能因为担心触犯复杂的儿童发展心理学，当他们真的去讲述这些故事的时候，无不采取那些经过现代处理的民间故事版本。但是笔者还是建议尝试恢复口头讲述故事的传统，因为孩子们需要一种正面的干预，它能抵消和净化那种威胁性的科技环境，修正图像传媒带来的负面影响。

二、幻想的工具化：《海力布》传承中的悖论现象

说到文化传承，"古为今用"是最常有的态度，"利用"成为一种信条，让传统在时代精神的辉映下重放异彩，让传统为发展当下推波助澜。故事《海力布》就是这样一个卓有成效地实现了每个时间节点上的主流文化理想的典型案例。

《海力布》（也称《猎人海力布》《英雄海力布》）是蒙古族民间童话传承与发展进程中最为成功的范例之一。在 20 世纪搜集整理的民间故事或者民间童话书籍中，它的上榜率名列前茅，20 世纪 80 年代，又被选入了小学语文教科书，1985 年被上海美术制片厂搬上了银幕，此后在图画故事书和动漫故事中频频亮相，可谓广为人知。从口口相传到书面文字，再到广播、影视，乃至网络传媒，每一次传媒形式的更迭，《海力布》都在媒介推广中充当了十分重要的角色。不可否认，每一次媒介形式的转化，都让《海力布》以全新的陌生化形式重新激起了人们对于古老故事的怀想，促进了更广泛的社会群体的接纳和认同，并且在花样翻新的形式背景下实现了语意的不断增值。但是有一点必须引起我们的注意，媒介作为传达思想、传承文化的工具，每一次新的介入都会带来一种不平衡，有时得大于失，有时失大于得。

（一）从幻想故事到道德说教故事

纵览蒙古族故事版本的《海力布》，我们会发现，故事都在沿着"热心助人、舍己救人"这一主题方向演进。《蒙古族民间故事选》（上海文艺出版社 1979 年版）

的记述中开篇就提道："他很愿意帮助人，打来禽兽，从不独自享用，总是分给大家。"这个提法在后来的小学语文教科书和图画故事书中都被原封不动地沿用下来。从救蛇到救人，海力布勇于奉献的精神品质逐步升级，卒章显志：人们之所以世世代代纪念他，就是因为他牺牲自己保全大家。如果运用百度搜索"海力布"，可以找到多个关于《海力布》的教学课件或教学设计，老师们不约而同地将教学重点设定为：分析海力布是怎样的一个人。在故事收集整理者和教育者的共同努力下，海力布成为"有道德"、"爱人民"、乐于助人、勇于奉献的好少年典范，与当代草原英雄小姐妹龙梅和玉荣共同成为少年儿童的学习榜样。就这样，一个真正意义上的幻想故事被成功转型为一个道德说教故事。"幻想"成为道德说教的工具，主流价值观被顺理成章地注入民间童话，民间童话的德育功能被最大限度地利用和放大。

应该承认，民间童话是具有教育功能的，尤其是在蒙古族的私塾、学校教育还没有诞生的时代，它曾经是蒙古族家庭内部教育子女的重要"课程资源"，但是，它与狭义的故事教育功能有着天壤之别。民间童话涉及原始图腾、族群历史、宗教情感、劳动技艺等与少年融入成人社会密切相关的族群信息和生存能力，这与道德说教故事《海力布》所强调的思想品质显然不是一个层面的东西。为了证明这一观点，有必要从故事内部结构重新审视这个故事。那木吉拉教授提出《海力布》的结构"是以动物报恩和洪水母题排列而成"，[1] 从动物报恩母题入手，故事主要是宣扬因果报应观念，劝善戒恶，具有传播佛教教义的意味；从洪水母题入手，其主题则与人类再生有关，突出神的权威和惩罚人类罪恶的理念，是神话流传过程中融入民间故事发生变异的结果。刘守华教授则认为，"'猎人海力布'型故事由懂动物语言和禁忌两个核心母题构成"，"如果说懂动物语言母题是构建故事基础的话，那么禁忌母题则是故事情节发展、故事内容升华的关键"。[2]能听懂鸟言兽语，是猎人、牧人最原始的精神渴望，他们通过接近动物来使自己感觉更富活力、更加强壮、更有力量，这既包含了在强烈的生存意识支配下的获猎和驾驭动物的梦想，同时也包含着人类渴望了解自然奥秘的美好期待。禁忌母题探讨的则是守禁和违约的话题，这使故事笼罩上了庄重严肃的文化氛围。是顺应天意还是逆天而为？是逃避还是承担？是遵守约定还是违背誓言？是自我保全还是接受惩罚？在故事叙述的徘徊和选择中成就了英雄的"伟大的担当"。可以看出，《海力布》是一个典型的复合型故事，从最初的洪水神话故事逐渐向英雄

---

[1]那木吉拉.蒙古族洪水神话比较研究：以《天上人间》和《猎人海力布》为中心[J].中央民族大学学报（哲学社会科学版），2002(3).

[2]刘守华.中国民间故事类型研究[M].华中师范大学出版社，2002:498-499.

神话、民间童话位移，在这个过程中逐渐被融入了更多的故事元素。它保留了神话的庄严性，又增加了民间童话的人民性和世俗性，这使其内涵变得丰富而多元，这在一定程度上反映了口传文学在流动过程中的自由性。如果一定要抓住一个故事的精神内核，笔者认为它彰显的应该是人敢于与神对抗的梦想，而主人公海力布的人格特质，也绝非乐于助人、勇于牺牲所能涵盖，他更像是一个敢于违抗神谕、逆天而行的人神结合体，是普通人梦想世界中能够拯救人类的真正的英雄，而这样的英雄只属于乌托邦世界。《海力布》的产生和传播体现了人类想要走出神话压在心头的梦魇，以及寻找自我拯救和驾控命运的渴望，这是让人真正成为被解放的人的关键一步。

"媒介即认识论"，[1] 每一种媒介在传达信息时都在无形之中影响着文化内涵的表达。进入文字传媒社会以后，出版的文字被赋予远超越口头语言的权威性和真实性，人们逐渐培养并习惯运用理解力来应对一个充满概念和归纳的领域，书面文学被顺理成章地用于教育的实施。《海力布》变身为道德教育故事的原因即在于此，教育主义是其幕后的推手。教育主义强调儿童文学的教育性，主张"儿童文学必须具有教育的方向性""必须担当起教育的重责"，于是儿童文学作品成了教科书，成了教育的工具。教育从广义上讲，包括智育、德育、美育等内容，但是这里所说的"教育"，则专指德育教育。在这种狭义的教育观的影响下，所有的故事讲完以后，都要求读者回答一个问题："这个故事告诉了我们怎样的道理？"这一思维定式使接受群体，包括故事改编者、语文教师和读者，有意识地在思维选择过程中，不约而同地将故事的主题指向了德育教育。不可否认，儿童文学与儿童教育有着天然与紧密的联系，尤其在中国，文学的"载道"传统和苏联儿童文学观的影响更强化了这一倾向。特别是在审美教育和寓教于乐思想逐渐被人们接受以后，故事的幻想被教育合理合法地利用就顺理成章了。更何况，文学接受也是具有时代性的，特定的时代氛围会形成巨大的惯性，影响人们对于民间童话的理解。尽管书面媒介承接了口头媒介可以助推人们行动力的特点，但《海力布》的德育阐释所引发的行动力似乎已经开始偏离民间童话本体功能的正轨了。

（二）从道德说教故事到大众娱乐产品

文化媒介的更迭会改变话语的结构，但它并非对此前媒介的全盘否定，有的时候也会是先前媒介话语的顺延，正像 1985 年上海美术制片厂制作的《海力布》，在道德说教的立场上与先前保持了一致，而且为了突出人物乐于助人的品质，还特意增加了四个情节单元：帮助小鹿解救被野藤缠住的鹿妈妈，帮老奶奶找回母

[1]尼尔·波兹曼.娱乐至死：童年的消逝[M].章艳,吴燕莛译.广西师范大学出版社,2009:16.

牛，帮助蜜蜂保护蜂巢，帮牧民们寻找山泉治愈羊群的瘟疫。可见人物性格塑造更为典型。

但是，影视毕竟是与文字不同的媒介，作为一种综合艺术，它把绘画与戏剧、音乐与雕塑、建筑与舞蹈、风景与人物、视觉形象与有声语言联结成为统一的综合体，它给予观众更多的审美愉悦感，全方位地驾控了观众的视听。观看《海力布》，吸引我们的，我想已不仅仅是海力布的动人故事，应该还有骏马飞驰的草原风光，古朴浪漫的游牧生活，悠远苍凉的蒙古族音乐舞蹈，甚至还有充满装饰感的蒙古族服饰，这些充满民族特色的文化符号无不在暗示我们，《海力布》所承载的蒙古族文化的"所指"，它们本来是故事叙述的附属产品，却在科技制作的影像产品中成为抓牢我们眼球的精彩所在。它们俨然舞动的精灵，摇曳地召唤着观众进入一场民族风情的饕餮盛宴。我们不得不折服于科学技术带来的视听震撼，不得不认同学者们不断提及的影像的力量，它让民俗文化的传承获得了新生，让我们在领略动人故事的同时，收获了更丰富的信息，这是口头讲述和书面阅读所不能企及的。然而我们同时又必须面对另一个事实，图像的逐渐被放大的功效在一定程度上将一个严肃的、悲壮的英雄故事变成了大众娱乐的文化商品，而以上谈到的展示民俗文化的影像就很大程度地参与了这种娱乐性的营造。

在主要人物的造型设计和情节设计方面，娱乐性的倾向也是很突出的。先看海力布，关于海力布的年龄，流传的故事都没有特别的交代，也没有人尝试考证过，动画设计者刘巨德先生将海力布的造型定位在八九岁，体态丰腴，活泼可爱，圆溜溜的光头梳着两个牛角辫，宽大的蒙古袍掩饰不住圆滚滚的肚子，腰间的腰带上还别了一把小匕首。体态神韵俨然中国传统年画中的胖娃娃，童真十足，极富喜感，是中国人最喜爱的娃娃类型。原来故事中的小白蛇在动画中被替换成小松鼠，它机灵调皮，毛茸茸的大尾巴甚是可爱。当它变幻成山神的女儿时，羞涩甜美，风姿绰约，黝黑浓密的大辫子整齐地搭在胸前，婀娜的舞姿传达着青春期女孩在异性面前的忸怩与妖媚的情韵。夸张的手法将人物的体态和动作予以放大，就像是镜头前抢戏的配角，吸引眼球，占尽风光。再看情节设计，作为一个口传故事，《海力布》的情节线条是比较简单的，在改编成动画片的过程中，编者有意地增加了很多细节，如开篇小松鼠追逐自己尾巴的自娱自乐表演；再如小松鼠偷海力布的箭，然后与海力布捉迷藏的情节；又如草原上的人们欢聚一堂，开怀畅饮，载歌载舞，沉浸在欢乐的海洋中，等等。这些情节的加入，使整个故事的氛围轻松愉悦了很多，再配以轻灵欢快的乐曲，确实十分迎合儿童的欣赏期待。

有人说，动画的本质就是娱乐大众，没有了娱乐，就没有了动画的灵魂。《海力布》的制作虽然保留着较强的教育功能，但寓教于乐的倾向已是相当明显。笔者无意质疑教育与娱乐的联姻，也不想讨论娱乐之于教育的意义，单就《海力布》从"读"到"看"的转变而言，图像作为一种全新的媒介，已经不可遏制地参与并主宰了《海力布》的精神走向——娱乐儿童，而此后的《海力布》加速滑向了娱乐的海洋，动漫制作和游戏开发的参与进一步消解了《海力布》原本所承载的精神意义。民间童话的幻想已经沦为娱乐的工具。

当然，图像也是一种"语言"，代表着确定的、具体的、物体的世界，它的出现不需要语境，它本身就代表着事实。当它借助机械和技术的力量，以每秒24格的速度播放的时候，叙事的最高境界就是强化瞬间的感觉，因为人们看的以及想要看的是动感的画面——成千上万的图片，稍纵即逝却又斑斓夺目。为了迎合人们对视觉快感的需求，图像传媒只能舍弃思考，顺应娱乐。这是一种全新的认识世界的方法，但这种方法不是阅读、不是计算、不是推理、不是批判，而是诉诸视听感觉，只有感觉。对于它的接受者来说，只需要预留足够的大脑空间承接这种感觉即可，而且这种感觉不能在大脑空间中驻留太久，因为有更加令人愉悦的新的图像很快会来进驻。不仅如此，图像带来的快感让我们将思考力和批判力心甘情愿地拱手交出，甚至不会意识到这种行为的荒诞和危险。这大概就是布尔斯廷"图像革命"所传达的深刻含义，这些"图像不仅仅满足于对语言起到一个补充的作用，而且试图要替代语言诠释、理解和验证现实的功能"。[1]

（三）结论

当我们采用历时性的视域来观照《海力布》的传承，会发现它的每一次被重新阐释，背后的巨大推手都是幻想的工具化。原本推动人类走向精神自由的幻想，切实地成为了后世实现主流价值观的工具。先是被教育诱使变身为传道的文学童话，然后又被经济打造成为娱乐性商业产品，每一次被利用的"文明化"过程，都使其最初的、最本体的功能渐行渐远。

当然《海力布》只是一个个案，它在媒介更迭的历程中被工具化的事实不能表明所有的民间童话在传承过程中都会经历像它一样的命运，但在蒙古族民间童话传承的过程中，这种现象确实是具有普遍性的。

但是如果认为文化产业会将民间童话的本体功能全部消泯也是极端错误的，因为关于激发人类批判性乃至颠覆性的思维会顽强地存活在民间童话的"体内"，它同样会激发人类去解放被工具化的命运。在21世纪，它意味着为人类提供反对媒介专制主义和商品拜物主义的启示，并且用想象力来颠覆工具化的异化。真正的童话故事一定是对未来的美好预言，随着时间的流逝，历史一定会成为一个童话。

[1]尼尔·波兹曼.娱乐至死：童年的消逝[M].章艳,吴燕莛译.广西师范大学出版社,2009:68.

参考文献

（一）故事集

[1]中国少数民族学会. 中国少数民族故事选[M]. 中国民间文艺出版社, 1981.

[2]王清, 关巴. 蒙古族民间故事[M]: 新疆人民出版社, 1987.

[3]彤格尔. 鄂尔多斯蒙古族民间故事[M]. 内蒙古人民出版社, 2006.

[4]张锦贻, 哈达奇·刚. 寻觅第三个智慧者[M]. 云南少年儿童出版社, 1991.

[5]中国民间文学集成全国编辑委员会, 《中国民间故事集成·内蒙古卷》编辑委员会. 中国民间故事集成·内蒙古卷[M]. 中国ISBN中心, 2007.

[6]中国民间文学集成全国编辑委员会, 《中国民间故事集成·青海卷》编辑委员会. 中国民间故事集成·青海卷[M]. 中国ISBN中心, 2007.

[7]中国民间文学集成全国编辑委员会, 《中国民间故事集成·新疆卷》编辑委员会. 中国民间故事集成·新疆卷[M]. 中国ISBN中心, 2008.

[8]中国民间文学集成全国编辑委员会, 《中国民间故事集成·辽宁卷》编辑委员会. 中国民间故事集成·辽宁卷[M]. 中国ISBN中心, 1994.

[9]中国民间文学集成全国编辑委员会, 《中国民间故事集成·吉林卷》编辑委员会. 中国民间故事集成·吉林卷[M]. 中国ISBN中心, 1992.

[10]中国民间文学集成全国编辑委员会, 《中国民间故事集成·黑龙江卷》编辑委员会. 中国民间故事集成·黑龙江卷[M]. 中国ISBN中心, 2005.

[11]德·策伦索德诺姆. 蒙古民间故事选[M]. 史习成, 支水文译. 世界知识出版社, 1987.

[12]鲍尔吉·原野. 蒙古族民间故事选[M]. 辽宁民族出版社, 1990.

[13]姚宝宣. 新疆民族神话故事选[M]. 新疆人民出版社, 1989年.

[14]哈达奇·刚. 内蒙古民间故事全书·阿拉善右旗卷[M]. 内蒙古人民出版社, 2011.

[15]《喀左·东蒙民间故事》编委会. 喀左·东蒙民间故事·蒙古族故事家都达古勒 宝音卷[M]. 辽宁民族出版社, 2008.

[16]《喀左·东蒙民间故事》编委会. 喀左·东蒙民间故事·综合卷（一）[M]. 辽宁民族出版社, 2008.

[17]《喀左·东蒙民间故事》编委会. 喀左·东蒙民间故事·综合卷（二）[M]. 辽宁民族出版

社, 2008.

[18]《喀左·东蒙民间故事》编委会.喀左·东蒙民间故事·综合卷（三）[M].辽宁民族出版社,
　　 2008.

[19]刘辉豪,孙敏.云南蒙古族民间文学集成[M].云南人民出版社,1988.

[20]前郭尔罗斯蒙古族自治县文化馆,前郭尔罗斯蒙古族自治县民间文艺研究会.前郭尔罗斯
　　 蒙古族民间故事[M],内部资料,1982.

[21]青海省海西州民间文学集成办公室.海西民间故事[M].内部资料,1990.

[22]内蒙古语言文学研究所.蒙古民间故事[M].内蒙古人民出版社,1959.

[23]德•策仁苏德那木.蒙古民间故事[M].内蒙古教育出版社,1989.

[24]奥•斯琴巴特尔.克什克腾民间文学[M].内蒙古人民出版社,2001.

[25]中国民间文学集成内蒙古分卷编委会.蒙古族民间故事集成[M].内蒙古文化出版社,2000.

[26]特木尔等.孤儿的故事[M].民族出版社,2009.

[27]特木尔等.牧童传奇[M].民族出版社,2009.

[28]阿•莫斯太厄.阿尔扎波尔扎罕[M].民族出版社,1982.

[29]特木尔等.嘎尔迪的故事[M].民族出版社,2009.

[30]旦布尔加甫.新疆卫拉特民间故事(英雄故事)[M].内蒙古教育出版社,2012.

[31]高•照日格图.那•赛吉日呼.新疆卫拉特民间故事(魔幻故事)[M].内蒙古教育出版社,
　　 2012.

[32]色•扎木苏主.翁牛特民间故事[M].内蒙古文化出版社,2003.

[33]白音其木格、策•哈斯毕力格图.蒙古族故事家朝格日布故事集[M].内蒙古人民出版社,
　　 2012.

[34]阿拉坦沙盖.布里亚特民间故事[M].内蒙古文化出版社,1987.

[35]萨丽和萨德格.新疆乌苏蒙古故事[M].民族出版社,1996年.

[36]斯钦孟和.巴彦乌兰汗[M].内蒙古教育出版社,1987.

[37]桑岱.科尔沁民间故事集.内蒙古文化出版社,2002.

[38]阜新民间故事与传说[M].辽宁民族出版社,1990.

[39]旦布尔加甫.阿拉图杰莫尔根-新疆伊犁地区蒙古民间故事.新疆人民出版社,1998.

[40]纳•宝音贺西格.巴林民间故事与传说[M].内蒙古教育出版社,2007.

[41]呼日勒沙.库伦民间故事荟萃[M].内蒙古文化出版社,2013.

[42]铁木尔布和.阿拉善左旗民间故事[M].内蒙古教育出版社,2013.

[43]查干莲花,赵日格图等.鄂尔多斯民间故事[M].内蒙古人民出版社,1991.

[44]才布西格.青海蒙古族故事集[M].民族出版社,1998.

[45]哈尔其嘎.呼伦贝尔的传说[M].内蒙古文化出版社,2003.

[46]胡尔查.蒙古族民间故事集(上下册)[M].内蒙古文化出版社,2000.

[47]纳•宝音贺西格.巴林民间故事与传说[M].内蒙古教育出版社,2007.

[48]赫苏民.卫拉特蒙古民间故事[M].内蒙古人民出版社,1986.

[49]哲里木盟群众艺术馆.蒙古族民间文学选[M].内部资料,1983.

[50]布图格其、那•苏德那木.乌拉特民间故事[M].内蒙古人民出版社,2007.

[51]巴音诺尔盟蒙古语文工作办公室.乌拉特民间故事[Z].内部资料,1980.

[52]乌盟文学艺术界联合会.乌兰察布民间文学[M].内部资料,1987.

(二)学术论著

[1]刘守华.中国民间童话概说[M].四川民族出版社,1985.

[2]谭达先.中国民间童话研究[M].商务印书馆香港分馆,1981.

[3]赵景深.童话概要[M].北新书局,1927.

[4]赵景深.童话评论[M].新文化书社,1924.

[5]赵景深.童话论集[M].开明书店,1931.

[6]赵景深.童话学ABC[M].上海书店,1990.

[7]吴其南.童话的诗学[M].中国文联出版社,2001.

[8]吴其南.中国童话史[M].河北少年儿童出版社,1992.

[9]韦苇.世界童话史[M].福建教育出版社,2002.

[10]麦克斯•吕蒂.童话的魅力[M].张田英译.社会科学文献出版社,1995.

[11]舒伟.走进童话奇境:中西童话文学新论[M].外语教育与研究出版社,2011.

[12]舒伟.中西童话研究[M].吉林大学出版社,2006.

[13]金燕玉.中国童话史[M].江苏少年儿童出版社,1992.

[14]杰克•齐普斯.冲破魔法符咒:探索民间故事和童话故事的激进理论[M].舒伟主译.安徽少年儿童出版社,2010.

[15]彭懿.走进魔法森林:格林童话研究[M].外语教学与研究出版社,2012.

[16]铁安.蒙古民间魔法故事类型研究[M].内蒙古人民出版社,2006.

[17]维雷娜•卡斯特.童话的心理分析[M].林敏译.三联书店,2010.

[18]杰克•齐普斯.作为神话的童话/作为童话的神话[M].赵霞译.少年儿童出版社,2008.

[19]阿•尼查叶夫.论儿童读物中的俄罗斯民间童话[M].中国青年出版社,1953.

[20]勃罗姆列伊.民族与民族学[M].李振锡,刘宇端译.内蒙古人民出版社,1985.

[21]苏鲁格.蒙古族民族通史(1—4卷)[M].辽宁民族出版社,2006.

[22]色音.蒙古游牧社会的变迁[M].内蒙古人民出版社,1998.

[23]齐木道吉,梁一儒,赵永铣.蒙古族文学简史[M].内蒙古人民出版社,1981.

[24]宝力格. 蒙古族近现代思想史论[M].辽宁民族出版社,2005.

[25]巴雅尔转译. 蒙古秘史[M]. 内蒙古人民出版社,1980.

[26]杨晶. 刚性之美:蒙古族审美观念研究[M].黑龙江人民出版社,2013.

[27]哈斯巴拉等. 蒙古族儿童文学概论[M].宝音巴达拉呼,蒋丽君译.辽宁民族出版社,2002.

[27]荣苏赫,陶克套. 蒙古族哲学思想史[M].辽宁民族出版社,2005.

[28]荣苏赫,赵永铣等. 蒙古族文学史(1—4卷)[M].内蒙古人民出版社,2000.

[29]普罗普. 故事形态学[M].贾放译.中华书局,2006.

[30]普罗普. 神奇故事的历史根源[M].贾放译.中华书局,2006.

[31]阿兰·邓迪斯. 民俗解析[M].户晓辉译.广西师大出版社,2005.

[32]赵景深. 民间故事研究[M].复旦书店,1929.

[33]赵景深. 民间故事丛话[M].中山大学语言历史研究所,1930.

[34]陈勤建. 文艺民俗学[M].上海文化出版社,2009.

[35]刘守华. 比较故事学[M].上海文艺出版社,1995.

[36]刘守华. 故事学纲要[M].华中师范大学出版社,2006.

[37]刘守华. 中国民间故事类型研究[M].华中师范大学出版社,2002.

[38]刘守华. 中国民间故事史[M].湖北教育出版社,1999.

[39]方克强. 文学人类学批评[M].上海社会科学出版社,1992.

[40]季羡林. 比较文学与民间文学[M].北京大学出版社,1991.

[41]关敬吾. 故事学新论[M].张雪冬,张莉莉译.辽宁大学出版社,1992.

[42]祁连休. 中国古代民间故事秀型研究[M].河北教育出版社,2007.

[43]丁乃通. 中国民间故事类型索引[M].郑成威等译.华中师大出版社,2008.

[44]斯蒂·汤普森. 世界民间故事分类学[M].郑海等译.上海文艺出版社,1991.

[45]李扬. 中国民间故事形态研究[M].汕头大学出版社,1996.

[45]万建中. 20世纪中国民间故事研究史[M].北京师范大学出版社,2011.

[46]万建中. 中国民间散文叙事文学的主题学研究[M].北京大学出版社,2009.

[47]马林诺夫斯基. 巫术科学宗教与神话[M].中国民间文学出版社,1986.

[48]秋浦主. 萨满教研究[M].上海人民出版社,1985.

[49]钟敬文. 民俗学论集[M].上海文艺出版社,1998.

[50]钟敬文. 民间文学论集[M].上海文艺出版社,1985.

[51]阿兰·邓迪斯. 世界民俗学[M].陈建宪,彭海斌译.上海文艺出版社,1990.

[52]弗雷泽. 金枝(上下册)[M].徐育新等译.新世界出版社,2006.

（三）硕博论文

[1]崔斯琴.蒙古族动物故事研究[D].内蒙古大学,2010.

[2]阿荣.蒙古族孤儿故事研究[D].内蒙古大学,2013.

[3]哈斯.蒙古族民间故事叙事学研究[D].西北民族大学,2011.

[4]乌日汉.蒙古族民间机智人物故事研究[D].内蒙古大学,2012.

[5]宝音特格西.蒙古族兄弟型故事研究[D].中央民族大学,2010.

[6]哈申高娃.内蒙古蒙古族巧女故事类型及其文化渊源[D].内蒙古大学,2007.

[7]韩慧光.新疆卫拉特机智人物故事结构形态研究[D].新疆师范大学,2009.

[8]玉花.阿拉善蒙古族民间故事类型研究[D].西北民族大学,2009.

[9]包日玛.锡林郭勒蒙古民间故事类型研究[D].西北民族大学,2011.

[10]萨日朗.《贤愚因缘经》与蒙古族民间故事[D].上海外国语大学,2014.

[11]白秀峰.蒙古族、达斡尔族人与异类婚配型故事比较研究[D].内蒙古大学,2009.

[12]苏道.蒙古族民间故事汉译研究[D].西北民族大学,2015.

[13]韩慧光.蒙古族宝物故事研究[D].中央民族大学,2016.

[14]郭恩琪.喀左民间故事传播研究[D].沈阳师范大学　2018.

附录 蒙古族民间故事目录

A

[1] 按师傅的说法找到了伴侣. 哈达奇·刚. 内蒙古民间故事全书·阿拉善右旗卷. 呼和浩特：内蒙古人民出版社，2011.394-396.

[2] 阿拉格相. 哈达奇·刚. 内蒙古民间故事全书·阿拉善右旗卷. 呼和浩特：内蒙古人民出版社，2011.399-400.

[3] 阿弥陀佛. 哈达奇·刚. 内蒙古民间故事全书·阿拉善右旗卷. 呼和浩特：内蒙古人民出版社，2011.404-405.

[4] 阿拉善的守护神. 哈达奇·刚. 内蒙古民间故事全书·阿拉善右旗卷. 呼和浩特：内蒙古人民出版社，2011.410-413.

[5] 阿登太莫日根的故事. 哈达奇·刚. 内蒙古民间故事全书·阿拉善右旗卷. 呼和浩特：内蒙古人民出版社，2011.542-545.

[6] 阿能莫日根汗. 哈达奇·刚. 内蒙古民间故事全书·阿拉善右旗卷. 呼和浩特：内蒙古人民出版社，2011..

[7] 阿扎拉. 刘辉豪，孙敏主. 云南蒙古族民间文学集成. 昆明：云南人民出版社，1988.74-97.

[8] 阿拉坦吉米丝的故事. 中国民间文学集成全国编辑委员会、《中国民间故事集成·内蒙古卷》编辑委员会. 中国民间故事集成·内蒙古卷. 北京：中国ISBN中心，2007.673-677.

[9] 阿伦迪嘎莫日根. 中国民间文学集成全国编辑委员会、《中国民间故事集成·内蒙古卷》编辑委员会. 中国民间故事集成·内蒙古卷. 北京：中国ISBN中心，2007.567-571.

[10] 阿拉嘎斯迪与阿玛嘎斯迪. 中国民间文学集成全国编辑委员会、《中国民间故事集成·内蒙古卷》编辑委员会. 中国民间故事集成·内蒙古卷. 北京：中国ISBN中心，2007.608-620.

[11] 阿素德和阿穆尔素德. 中国民间文学集成全国编辑委员会、《中国民间故事集成·内蒙古卷》编辑委员会. 中国民间故事集成·内蒙古卷. 北京：中国ISBN中心，2007.626-628.

[12] 爱唱歌的牧日根. 《喀左·东蒙民间故事》编委会. 喀左·东蒙民间故事·蒙

古族故事家额尔敦朝克图卷（下卷）.沈阳：辽宁民族出版社，2008.3-6.

[13]阿拉腾嘎鲁海可汗.白音其木格、策·哈斯毕力格图.蒙古族故事家朝格日布故事集.呼和浩特：内蒙古人民出版社，2012.56-61.

[14]安岱莫尔根和额日勒岱博格达.白音其木格、策·哈斯毕力格图.蒙古族故事家朝格日布故事集.呼和浩特：内蒙古人民出版社，2012.62-70.

[15]阿尔吉布尔吉可汗的故事.白音其木格、策·哈斯毕力格图.蒙古族故事家朝格日布故事集.呼和浩特：内蒙古人民出版社，2012.130-139.

[16]阿拉根和金发姑娘.前郭尔罗斯民间文艺资料之五蒙古族民间故事.内部资料，1982.74-80.

[17]奥登巴拉尼姑的故事.白音其木格、策·哈斯毕力格图.蒙古族故事家朝格日布故事集.呼和浩特：内蒙古人民出版社，2012.105-108.

[18]阿勒坦·沙盖夫子怎样战胜多头恶魔.郝苏民、薛守邦.布里亚特蒙古民间故事集.北京：中国民间文艺出版社，1984.7-26.

[19]阿因达和巴因达.王清、关巴.蒙古族民间故事.乌鲁木齐：新疆人民出版社，1987.57-68.

[20]阿拉根与金发姑娘.中国民间文学集成全国编辑委员会、《中国民间故事集成·吉林卷》编辑委员会.中国民间故事集成·吉林卷.北京：中国ISBN中心，1992.436-438.

[21]阿彦岱和巴彦岱.中国民间文学集成全国编辑委员会、《中国民间故事集成·新疆卷》编辑委员会.中国民间故事集成·新疆卷.北京：中国ISBN中心，2008.1076-1080.

B

[22]不是脚是脖子.哈达奇·刚.内蒙古民间故事全书·阿拉善右旗卷.呼和浩特：内蒙古人民出版社，2011.398-399.

[23]变成生番的老太婆.哈达奇·刚.内蒙古民间故事全书·阿拉善右旗卷.马英，铁木尔布和.呼和浩特：内蒙古人民出版社，2011.619-620.

[24]白莲花.《喀左·东蒙民间故事》编委会.喀左·东蒙民间故事·蒙古族故事家都达古勒　宝音卷.沈阳：辽宁民族出版社，2008.115-119.

[25]宝珠.《喀左·东蒙民间故事》编委会.喀左·东蒙民间故事·综合卷（一）.沈阳：辽宁民族出版社，2008.226-230.

[26]宝井.《喀左·东蒙民间故事》编委会.喀左·东蒙民间故事·综合卷（一）.沈阳：辽宁民族出版社，2008.231-233.

[27]宝磨和宝鞭.刘辉豪、孙敏.云南蒙古族民间文学集成.昆明：云南人民出版社，1988.42-43.

[28]报恩.青海省海西州民间文学集成办公室.海西民间故事. 内部资料，1990.208-213.

[29]北斗七星.中国民间文学集成全国编辑委员会、《中国民间故事集成·内蒙古卷》编辑委员会.中国民间故事集成·内蒙古卷.北京：中国ISBN中心，2007.530-531.

[30]北斗七星.中国民间文学集成全国编辑委员会、《中国民间故事集成·内蒙古卷》编辑委员会.中国民间故事集成·内蒙古卷.北京：中国ISBN中心，2007.531-535.

[31]布岱侍臣.中国民间文学集成全国编辑委员会、《中国民间故事集成·内蒙古卷》编辑委员会.中国民间故事集成·内蒙古卷.北京：中国ISBN中心，2007.714-717.

[32]伯岱和陶尔其格.中国民间文学集成全国编辑委员会、《中国民间故事集成·内蒙古卷》编辑委员会.中国民间故事集成·内蒙古卷.北京：中国ISBN中心，2007.723-728.

[33]宝葫芦.《喀左·东蒙民间故事》编委会.喀左·东蒙民间故事·蒙古族故事家乌云其其格卷.沈阳：辽宁民族出版社，2008.85-90.

[34]宝泉水.《喀左·东蒙民间故事》编委会.喀左·东蒙民间故事·蒙古族故事家乌云其其格卷.沈阳：辽宁民族出版社，2008.95-97.

[35]避风珠.《喀左·东蒙民间故事》编委会.喀左·东蒙民间故事·蒙古族故事家乌云其其格卷.沈阳：辽宁民族出版社，2008.144-145.

[36]避风的大龟壳.《喀左·东蒙民间故事》编委会.喀左·东蒙民间故事·蒙古族故事家马建友卷.沈阳：辽宁民族出版社，2008.43-45.

[37]宝日勒岱老头儿的儿子宝日呼.白音其木格、策·哈斯毕力格图.蒙古族故事家朝格日布故事集.呼和浩特：内蒙古人民出版社，2012.78-81.

[38]宝格达山的勇士.哈达奇刚.内蒙古民间故事全书·镶黄旗卷.呼和浩特：内蒙古人民出版社，2013. 165.

[39]巴图、巴雅尔的故事.李春林.科尔沁蒙古族民间故事.北京：华文出版社，2009.198-199.

[40]巴特尔、布赫的故事.李春林.科尔沁蒙古族民间故事.北京：华文出版社，2009.200-201.

[41]宝磨和神鞭.张锦贻、哈达奇·刚.寻觅第三个智慧者.昆明：云南少年儿童

出版社，1991.130-131.

[42]北斗七星的由来.张锦贻、哈达奇·刚.寻觅第三个智慧者.昆明：云南少年儿童出版社，1991.132-139.

[43]宝钥匙.张锦贻、哈达奇·刚.寻觅第三个智慧者.昆明：云南少年儿童出版社，1991.32-36.

[44]八腿花马和乌兰巴特尔.王清、关巴.蒙古族民间故事.乌鲁木齐：新疆人民出版社，1987.167-175.

[45]博罗胡尔根.王清、关巴.蒙古族民间故事.乌鲁木齐：新疆人民出版社，1987.87-93.

[46]巴尔·乌兰.王清、关巴.蒙古族民间故事.乌鲁木齐：新疆人民出版社，1987.94-105.

[47]字额德格和图日查格.彤格勒.鄂尔多斯蒙古族民间故事.呼和浩特：内蒙古人民出版社，2006.206-211.

[48]白天鹅.彤格勒.鄂尔多斯蒙古族民间故事.呼和浩特：内蒙古人民出版社，2006.212-215.

[49]白音学技.彤格勒.鄂尔多斯蒙古族民间故事.呼和浩特：内蒙古人民出版社，2006.89-94.

[50]巴儿狗和花猫.中国民间文学集成全国编辑委员会、《中国民间故事集成·内蒙古卷》编辑委员会.中国民间故事集成·内蒙古卷.北京：中国ISBN中心，2007.683-687.

[51]贝斯曼姑娘.前郭尔罗斯民间文艺资料之五蒙古族民间故事.内部资料，1982.81-85.

[52]博格达圣主字依吉尔可汗.白音其木格、策·哈斯毕力格图.蒙古族故事家朝格日布故事集.呼和浩特：内蒙古人民出版社，2012.51-55.

[53]宝盅子.彤格勒.鄂尔多斯蒙古族民间故事.呼和浩特：内蒙古人民出版社，2006.29-32.

[54]报恩.中国民间文学集成全国编辑委员会、《中国民间故事集成·青海卷》编辑委员会.中国民间故事集成·青海卷.北京：中国ISBN中心，2007.600-603.

[55]拜佛.中国民间文学集成全国编辑委员会、《中国民间故事集成·新疆卷》编辑委员会.中国民间故事集成·新疆卷.北京：中国ISBN中心，2008.738-740.

[56]北斗七星的由来.中国民间文学集成全国编辑委员会、《中国民间故事集成·新疆卷》编辑委员会.中国民间故事集成·新疆卷.北京：中国ISBN中心，2008.1131-1134.

[57]宝磨和神鞭.中国民间文学集成全国编辑委员会、《中国民间故事集成·云南卷》编辑委员会.中国民间故事集成·云南卷.北京：中国ISBN中心，2003.1280-1281.

[58]宝袋.中国民间文学集成全国编辑委员会、《中国民间故事集成·新疆卷》编辑委员会.中国民间故事集成·新疆卷.北京：中国ISBN中心，2008.1026-1030.

C

[59]聪明的拇指王.哈达奇·刚.内蒙古民间故事全书·阿拉善右旗卷.呼和浩特：内蒙古人民出版社，2011.425-431.

[60]聪明的策肯莫日根和朝鲁门高娃.哈达奇·刚.内蒙古民间故事全书·阿拉善右旗卷.呼和浩特：内蒙古人民出版社，2011.431-435.

[61]吃人的婆子.哈达奇·刚.内蒙古民间故事全书·阿拉善右旗卷.呼和浩特：内蒙古人民出版社，2011.623-624.

[62]聪明的查干陶都干汗.哈达奇·刚.内蒙古民间故事全书·阿拉善右旗卷.呼和浩特：内蒙古人民出版社，2011.498-501.

[63]柴哥和柳姑娘.《喀左·东蒙民间故事》编委会.喀左·东蒙民间故事·综合卷（二）.沈阳：辽宁民族出版社，2008.201-206.

[64]从沧州找来的媳妇.《喀左·东蒙民间故事》编委会.喀左·东蒙民间故事·蒙古族故事家马建友卷.沈阳：辽宁民族出版社，2008.65-73.

[65]查干花的故事.张锦贻、哈达奇·刚.寻觅第三个智慧者.昆明：云南少年儿童出版社，1991.146-148.

[66]草原英雄——巴特尔.彤格勒.鄂尔多斯蒙古族民间故事.呼和浩特：内蒙古人民出版社，2006.22-25.

[67]聪明的红狐狸.那顺德力格尔.长耳大汗.北京：作家出版社，2007.33-41.

[68]长寿的佟金夫.德·策伦索德诺姆.蒙古民间故事选.北京：世界知识出版社，1987.142-148.

[69]成吉思汗的两匹骏马.张锦贻、哈达奇·刚.寻觅第三个智慧者.昆明：云南少年儿童出版社，1991.62-72.

[70]城市的真肯巴图.中国民间文学集成全国编辑委员会、《中国民间故事集成·新疆卷》编辑委员会.中国民间故事集成·新疆卷.北京：中国ISBN中心，2008.1120-1124.

D

[71]德格吉热呼的故事.哈达奇·刚.内蒙古民间故事全书·阿拉善右旗卷.呼和浩特：内蒙古人民出版社，2011.387-389.

[72]大战蚂蚁汗.哈达奇·刚.内蒙古民间故事全书·阿拉善右旗卷.呼和浩特：内蒙古人民出版社，2011.418-425.

[73]打柴人的狐狸媳妇.《喀左·东蒙民间故事》编委会.喀左·东蒙民间故事·蒙古族故事家都达古勒　宝音卷.沈阳：辽宁民族出版社，2008.126-128.

[74]得一扣錾一扣.刘辉豪、孙敏主编.云南蒙古族民间文学集成.昆明：云南人民出版社，1988.44-45.

[75]当可汗的三弟.青海省海西州民间文学集成办公室.海西民间故事.　内部资料，1990.243-249.

[76]大花牛，哗哗流.中国民间文学集成全国编辑委员会、《中国民间故事集成·内蒙古卷》编辑委员会.中国民间故事集成·内蒙古卷.北京：中国ISBN中心，2007.699-700.

[77]弟弟的黑牛.《喀左·东蒙民间故事》编委会.喀左·东蒙民间故事·蒙古族故事家乌云其其格卷.沈阳：辽宁民族出版社，2008.46-50.

[78]大利和小利.《喀左·东蒙民间故事》编委会.喀左·东蒙民间故事·蒙古族故事家乌云其其格卷.沈阳：辽宁民族出版社，2008.123-126.

[79]打柴的王小和画中的美人.《喀左·东蒙民间故事》编委会.喀左·东蒙民间故事·蒙古族故事家乌云其其格卷.沈阳：辽宁民族出版社，2008.68-71.

[80]打柴人娶了葫芦姑娘.《喀左·东蒙民间故事》编委会.喀左·东蒙民间故事·综合卷（二）.沈阳：辽宁民族出版社，2008.212-213.

[81]道尼老人的理由.青海省海西州民间文学集成办公室.海西民间故事.　内部资料，1990.391-393.

[82]懂鸟语的弓也长.《喀左·东蒙民间故事》编委会.喀左·东蒙民间故事·蒙古族故事家乌云其其格卷.沈阳：辽宁民族出版社，2008.136-138.

[83]大石镜.《喀左·东蒙民间故事》编委会.喀左·东蒙民间故事·蒙古族故事家额尔敦朝克图卷（下卷）.沈阳：辽宁民族出版社，2008.59-61.

[84]大姐姐抢蛇郎.《喀左·东蒙民间故事》编委会.喀左·东蒙民间故事·蒙古族故事家金荣卷（上卷）.沈阳：辽宁民族出版社，2008.99-102.

[85]大马猴.《喀左·东蒙民间故事》编委会.喀左·东蒙民间故事·蒙古族故事家马建友卷.沈阳：辽宁民族出版社，2008.276-279.

[86]断臂姑娘.鲍尔吉·原野.蒙古族民间故事选.沈阳：辽宁出版社，1990.105-113.

[87]灯台与灯花姑娘.前郭尔罗斯民间文艺资料之五蒙古族民间故事.内部资料，1982.92.

[88]登山探宝.张锦贻、哈达奇·刚.寻觅第三个智慧者.昆明：云南少年儿童出版社，1991.37-47.

[89]多嘴婆的故事.李春林.科尔沁蒙古族民间故事.北京：华文出版社，2009.168-171.

[90]断臂的姑娘.那顺德力格尔.长耳大汗.北京：作家出版社，2007.97-105.

[91]大鹰山的传说.前郭尔罗斯民间文艺资料之五蒙古族民间故事.内部资料，1982.123-125.

[92]大黑狗和大黑鸟.德·策伦索德诺姆.蒙古民间故事选.北京：世界知识出版社，1987.84-87.

[93]椴木疙瘩成精怪.《喀左·东蒙民间故事》编委会.喀左·东蒙民间故事·蒙古族故事家乌云其其格卷.沈阳：辽宁民族出版社，2008.98-100.

[94]达兰泰老汉.中国民间文学集成全国编辑委员会、《中国民间故事集成·青海卷》编辑委员会.中国民间故事集成·青海卷.北京：中国ISBN中心，2007.461-463.

[95]斗败阎王的小伙.中国民间文学集成全国编辑委员会、《中国民间故事集成·新疆卷》编辑委员会.中国民间故事集成·新疆卷.北京：中国ISBN中心，2008.1387-1389.

[96]道尼老人.中国民间文学集成全国编辑委员会、《中国民间故事集成·青海卷》编辑委员会.中国民间故事集成·青海卷.北京：中国ISBN中心，2007.676-677.

[97]德力格尔玛.中国民间文学集成全国编辑委员会、《中国民间故事集成·辽宁卷》编辑委员会.中国民间故事集成·辽宁卷.北京：中国ISBN中心，1994.624-626.

[98]豆芽儿.中国民间文学集成全国编辑委员会、《中国民间故事集成·辽宁卷》编辑委员会.中国民间故事集成·辽宁卷.北京：中国ISBN中心，1994.469-470.

E

[99]额吉女儿的故事.青海省海西州民间文学集成办公室.海西民间故事.内部资

料，1990.263-266.

[100]恩和图热汗.中国民间文学集成全国编辑委员会、《中国民间故事集成·内蒙古卷》编辑委员会.中国民间故事集成·内蒙古卷.北京：中国ISBN中心，2007.553-556.

[101]额勒伯日勒图的故事.哈达奇·刚.内蒙古民间故事全书·阿拉善右旗卷.呼和浩特：内蒙古人民出版社，2011.390-391.

[102]额日勒岱莫日根汗.中国民间文学集成全国编辑委员会、《中国民间故事集成·内蒙古卷》编辑委员会.中国民间故事集成·内蒙古卷.北京：中国ISBN中心，2007.720-722.

[103]额尔敦扎布和神蛙.《喀左·东蒙民间故事》编委会.喀左·东蒙民间故事·蒙古族故事家额尔敦朝克图卷（下卷）.沈阳：辽宁民族出版社，2008.33-37.

[104]二百两银子.彤格勒.鄂尔多斯蒙古族民间故事.呼和浩特：内蒙古人民出版社，2006.196-198.

[105]耳朵一样大的孩子.德·策伦索德诺姆.蒙古民间故事选.北京：世界知识出版社，1987.162-166.

[106]儿子的梦.王清、关巴.蒙古族民间故事.乌鲁木齐：新疆人民出版社，1987.35-38.

[107]恶有恶报.中国民间文学集成全国编辑委员会、《中国民间故事集成·新疆卷》编辑委员会.中国民间故事集成·新疆卷.北京：中国ISBN中心，2008.1153-1157.

F

[108]父母与两姐妹.青海省海西州民间文学集成办公室.海西民间故事.内部资料，1990.261-262.

[109]分家.中国民间文学集成全国编辑委员会、《中国民间故事集成·内蒙古卷》编辑委员会.中国民间故事集成·内蒙古卷.北京：中国ISBN中心，2007.630-631.

[110]复仇.中国民间文学集成全国编辑委员会、《中国民间故事集成·内蒙古卷》编辑委员会.中国民间故事集成·内蒙古卷.北京：中国ISBN中心，2007.667-670.

[111]放牛娃和仙女.中国民间文学集成全国编辑委员会、《中国民间故事集成·新疆卷》编辑委员会.中国民间故事集成·新疆卷.北京：中国ISBN中心，

2008.647-655.

[112]富仔的动物朋友.中国民间文学集成全国编辑委员会、《中国民间故事集成·新疆卷》编辑委员会.中国民间故事集成·新疆卷.北京：中国ISBN中心，2008.901-907.

[113]放牛娃的故事.中国民间文学集成全国编辑委员会、《中国民间故事集成·新疆卷》编辑委员会.中国民间故事集成·新疆卷.北京：中国ISBN中心，2008.1037-1041.

G

[114]龟参.《喀左·东蒙民间故事》编委会.喀左·东蒙民间故事·蒙古族故事家都达古勒　宝音卷.沈阳：辽宁民族出版社，2008.137-143.

[115]孤儿学艺.中国民间文学集成全国编辑委员会、《中国民间故事集成·内蒙古卷》编辑委员会.中国民间故事集成·内蒙古卷.北京：中国ISBN中心，2007.640-642.

[116]古努干乌兰巴特尔.哈达奇·刚.内蒙古民间故事全书·阿拉善右旗卷.呼和浩特：内蒙古人民出版社，2011.451-454.

[117]古努干哈日巴特尔.哈达奇·刚.内蒙古民间故事全书·阿拉善右旗卷.呼和浩特：内蒙古人民出版社，2011.473-482.

[118]孤僻的哈布汗索雅.哈达奇刚.内蒙古民间故事全书·阿拉善右旗卷.呼和浩特：内蒙古人民出版社，2011.494-495.

[119]羔皮姑娘.青海省海西州民间文学集成办公室.海西民间故事.内部资料，1990.253-257.

[120]噶尔扎和玛尔扎.哈达奇·刚.内蒙古民间故事全书·阿拉善右旗卷.呼和浩特：内蒙古人民出版社，2011.1-4.

[121]官才黄河的悲苦.《喀左·东蒙民间故事》编委会.喀左·东蒙民间故事·综合卷（二）.沈阳：辽宁民族出版社，2008.220-226.

[122]哥儿俩.《喀左·东蒙民间故事》编委会.喀左·东蒙民间故事·综合卷（二）.沈阳：辽宁民族出版社，2008.239-240.

[123]哥哥和弟弟.《喀左·东蒙民间故事》编委会.喀左·东蒙民间故事·综合卷（二）.沈阳：辽宁民族出版社，2008.241-244.

[124]孤儿智斗蟒古斯.青海省海西州民间文学集成办公室.海西民间故事.内部资料，1990.403-405.

[125]古拉兰萨可汗.白音其木格、策·哈斯毕力格图.蒙古族故事家朝格日布故

事集.呼和浩特：内蒙古人民出版社，2012.82-93.

[126]古儒巴克喜.白音其木格、策•哈斯毕力格图.蒙古族故事家朝格日布故事集.呼和浩特：内蒙古人民出版社，2012.144-150.

[127]孤儿——乌宁其.彤格勒.鄂尔多斯蒙古族民间故事.呼和浩特：内蒙古人民出版社，2006.69-73.

[128]哥俩当驸马.鲍尔吉•原野.蒙古族民间故事选.沈阳：辽宁出版社，1990.171-175.

[129]孤儿布希.德•策伦索德诺姆.蒙古民间故事选.北京：世界知识出版社，1987.94-99.

[130]嘎勒乌兰国王.德•策伦索德诺姆.蒙古民间故事选.北京：世界知识出版社，1987.117-121.

[131]孤儿、黄狗和龙女.郝苏民、薛守邦.布里亚特蒙古民间故事集.北京：中国民间文艺出版社，1984.50-66.

[132]孤苦伶仃的博尔罗加依.王清、关巴.蒙古族民间故事.乌鲁木齐：新疆人民出版社，1987.17-30.

[133]国王、驸马和凤凰.德•策伦索德诺姆.蒙古民间故事选.北京：世界知识出版社，1987.99-103.

[134]国王的儿子贡布与平民的儿子贡格尔.德•策伦索德诺姆.蒙古民间故事选.北京：世界知识出版社，1987.148-155.

[135]国王阿勒斯朗岱.张锦贻、哈达奇•刚.寻觅第三个智慧者.昆明：云南少年儿童出版社，1991.48-49.

[136]国王、驸马和凤凰.张锦贻、哈达奇•刚.寻觅第三个智慧者.昆明：云南少年儿童出版社，1991.125-129.

[137]嘎拉与七鬼争宝.彤格勒.鄂尔多斯蒙古族民间故事.呼和浩特：内蒙古人民出版社，2006.41-46.

[138]格斯尔可汗铲除十五颗头颅的蟒古思昂得勒玛.张锦贻、哈达奇•刚.寻觅第三个智慧者.昆明：云南少年儿童出版社，1991.1-11.

[139]羔皮姑娘.中国民间文学集成全国编辑委员会、《中国民间故事集成•青海卷》编辑委员会.中国民间故事集成•青海卷.北京：中国ISBN中心，2007.495-498.

[140]孤儿智斗蟒古斯.中国民间文学集成全国编辑委员会、《中国民间故事集成•青海卷》编辑委员会.中国民间故事集成•青海卷.北京：中国ISBN中心，2007.731-733.

[141]尕小子和仙女.中国民间文学集成全国编辑委员会、《中国民间故事集成·新疆卷》编辑委员会.中国民间故事集成·新疆卷.北京：中国ISBN中心，2008.669-674.

[142]鬼媳妇报恩.中国民间文学集成全国编辑委员会、《中国民间故事集成·辽宁卷》编辑委员会.中国民间故事集成·辽宁卷.北京：中国ISBN中心，1994.650-652.

H

[143]黑毛驴皇帝.哈达奇·刚.内蒙古民间故事全书·阿拉善右旗卷.呼和浩特：内蒙古人民出版社，2011.556-562.

[144]汗青格勒巴特尔.哈达奇·刚.内蒙古民间故事全书·阿拉善右旗卷.呼和浩特：内蒙古人民出版社，2011.562-578.

[145]黑甲壳虫是怎样形成的.哈达奇·刚.内蒙古民间故事全书·阿拉善右旗卷.呼和浩特：内蒙古人民出版社，2011.396-397.

[146]红眼汉子.哈达奇·刚.内蒙古民间故事全书·阿拉善右旗卷.呼和浩特：内蒙古人民出版社，2011.406-407.

[147]狐狸精.哈达奇·刚.内蒙古民间故事全书·阿拉善右旗卷.呼和浩特：内蒙古人民出版社，2011.417-418.

[148]哈登巴特尔传奇.哈达奇·刚.内蒙古民间故事全书·阿拉善右旗卷.呼和浩特：内蒙古人民出版社，2011.441-451.

[149]褐色宝马.哈达奇·刚.内蒙古民间故事全书·阿拉善右旗卷.呼和浩特：内蒙古人民出版社，2011.611-618.

[150]好汉达穆吉嘎.中国民间文学集成全国编辑委员会、《中国民间故事集成·内蒙古卷》编辑委员会.中国民间故事集成·内蒙古卷.北京：中国ISBN中心，2007.543-550.

[151]哈斯鲁英雄.中国民间文学集成全国编辑委员会、《中国民间故事集成·内蒙古卷》编辑委员会.中国民间故事集成·内蒙古卷.北京：中国ISBN中心，2007.550-553.

[152]黄骠马的故事.中国民间文学集成全国编辑委员会、《中国民间故事集成·内蒙古卷》编辑委员会.中国民间故事集成·内蒙古卷.北京：中国ISBN中心，2007.690-692.

[153]黄狗的故事.中国民间文学集成全国编辑委员会、《中国民间故事集成·内蒙古卷》编辑委员会.中国民间故事集成·内蒙古卷.北京：中国ISBN中心，

2007.703-706.

[154]"蛤蟆"扎鲁.《喀左·东蒙民间故事》编委会.喀左·东蒙民间故事·综合卷（一）.沈阳：辽宁民族出版社，2008.264-269.

[155]画中人.《喀左·东蒙民间故事》编委会.喀左·东蒙民间故事·综合卷（三）.沈阳：辽宁民族出版社，2008.119-121.

[156]花黄牛.青海省海西州民间文学集成办公室.海西民间故事. 内部资料，1990.238-242.

[157]好报.青海省海西州民间文学集成办公室.海西民间故事. 内部资料，1990.250-252.

[158]好心人与坏心人.中国民间文学集成全国编辑委员会、《中国民间故事集成·内蒙古卷》编辑委员会.《中国民间故事集成·内蒙古卷》.北京：中国ISBN中心，2007.625-626.

[159]伙计理财种高粱.《喀左·东蒙民间故事》编委会.喀左·东蒙民间故事·综合卷（三）.沈阳：辽宁民族出版社，2008.125-129.

[160]胡子变罗汉.《喀左·东蒙民间故事》编委会.喀左·东蒙民间故事·综合卷（三）.沈阳：辽宁民族出版社，2008.130-131.

[161]狐狸报恩.《喀左·东蒙民间故事》编委会.喀左·东蒙民间故事·蒙古族故事家马建友卷.沈阳：辽宁民族出版社，2008.255-256.

[162]葫芦头开金.《喀左·东蒙民间故事》编委会.喀左·东蒙民间故事·蒙古族故事家马建友卷.沈阳：辽宁民族出版社，2008.76-78.

[163]狐狸女.《喀左·东蒙民间故事》编委会.喀左·东蒙民间故事·蒙古族故事家乌云其其格卷.沈阳：辽宁民族出版社，2008.51-55.

[164]蛤蟆阿嬷.《喀左·东蒙民间故事》编委会.喀左·东蒙民间故事·蒙古族故事家乌云其其格卷.沈阳：辽宁民族出版社，2008.78-80.

[165]葫芦女和扎鲁.《喀左·东蒙民间故事》编委会.喀左·东蒙民间故事·蒙古族故事家额尔敦朝克图卷（下卷）.沈阳：辽宁民族出版社，2008.7-12.

[166]画里的媳妇.《喀左·东蒙民间故事》编委会.喀左·东蒙民间故事·蒙古族故事家马建友卷.沈阳：辽宁民族出版社，2008.51-55.

[167]狐狸兄弟.《喀左·东蒙民间故事》编委会.喀左·东蒙民间故事·蒙古族故事家马建友卷.沈阳：辽宁民族出版社，2008.261-263.

[168]黑心舅舅.《喀左·东蒙民间故事》编委会.喀左·东蒙民间故事·蒙古族故事家乌云其其格卷.沈阳：辽宁民族出版社，2008.117-122.

[169]哈斯鲁英雄.鲍尔吉·原野.蒙古族民间故事选.沈阳：辽宁出版社，

1990. 119-125.

[170]好汉达穆吉嘎. 鲍尔吉·原野. 蒙古族民间故事选. 沈阳：辽宁出版社，
1990. 126-141.

[171]哈撒尔镇妖魔. 鲍尔吉·原野. 蒙古族民间故事选. 沈阳：辽宁出版社，
1990. 157-160.

[172]坏心得坏报. 王清、关巴. 蒙古族民间故事. 乌鲁木齐：新疆人民出版社，
1987. 9-16.

[173]胡子五拃长的尕老汉. 王清、关巴. 蒙古族民间故事. 乌鲁木齐：新疆人民出
版社，1987. 45-54.

[174]呼立尔的故事. 德·策伦索德诺姆. 蒙古民间故事选. 北京：世界知识出版
社，1987. 156-162.

[175]好做梦的小伙子. 德·策伦索德诺姆. 蒙古民间故事选. 北京：世界知识出
版社，1987. 166-174.

[176]黄骠马的故事. 前郭尔罗斯民间文艺资料之五蒙古族民间故事. 内部资料，
1982. 32-37.

[177]会唱歌的银杯. 前郭尔罗斯民间文艺资料之五蒙古族民间故事. 内部资料，
1982. 90-91.

[178]狐儿. 彤格勒. 鄂尔多斯蒙古族民间故事. 呼和浩特：内蒙古人民出版社，
2006. 26-28.

[179]杭希努尔小姑娘、狐狸和天鹅. 张锦贻、哈达奇·刚. 寻觅第三个智慧者. 昆
明：云南少年儿童出版社，1991. 102-105.

[180]哈森高娃与楚伦巴特尔. 张锦贻、哈达奇·刚. 寻觅第三个智慧者. 昆明：云
南少年儿童出版社，1991. 110-116.

[181]虎王衣. 张锦贻、哈达奇·刚. 寻觅第三个智慧者. 昆明：云南少年儿童出版
社，1991. 25-31.

[182]好心的巴图. 中国民间文学集成全国编辑委员会、《中国民间故事集成·
辽宁卷》编辑委员会. 中国民间故事集成·辽宁卷. 北京：中国ISBN中心，
1994. 572-575.

[183]花马、花牛与夏盖娃. 中国民间文学集成全国编辑委员会、《中国民间故
事集成·青海卷》编辑委员会. 中国民间故事集成·青海卷. 北京：中国ISBN中
心，2007. 660-663.

[184]胡三姐找婆家. 中国民间文学集成全国编辑委员会、《中国民间故事集
成·辽宁卷》编辑委员会. 中国民间故事集成·辽宁卷. 北京：中国ISBN中心，

1994.675-679.

[185]汗王的蛤蟆儿媳.中国民间文学集成全国编辑委员会、《中国民间故事集成·新疆卷》编辑委员会.中国民间故事集成·新疆卷. 北京：中国ISBN中心，2008.783-785.

[186]黑心弟媳.中国民间文学集成全国编辑委员会、《中国民间故事集成·新疆卷》编辑委员会.中国民间故事集成·新疆卷. 北京：中国ISBN中心，2008.1062-1063.

[187]好汉库库勒代和他的朋友.中国民间文学集成全国编辑委员会、《中国民间故事集成·新疆卷》编辑委员会.中国民间故事集成·新疆卷. 北京：中国ISBN中心， 2008.1125-1131.

[188]188.后娘的故事.中国民间文学集成全国编辑委员会、《中国民间故事集成·新疆卷》编辑委员会.中国民间故事集成·新疆卷. 北京：中国ISBN中心，2008.1161-1164.

[189]换取梦的青年.中国民间文学集成全国编辑委员会、《中国民间故事集成·新疆卷》编辑委员会.中国民间故事集成·新疆卷. 北京：中国ISBN中心，2008.1308-1312.

[190]霍托智斗阎王.中国民间文学集成全国编辑委员会、《中国民间故事集成·新疆卷》编辑委员会.中国民间故事集成·新疆卷. 北京：中国ISBN中心，2008.1385-1387.

[191]狐仙.中国民间文学集成全国编辑委员会、《中国民间故事集成·新疆卷》编辑委员会.中国民间故事集成·新疆卷. 北京：中国ISBN中心，2008.1398-1401.

[192]黄骠马的故事.中国民间文学集成全国编辑委员会、《中国民间故事集成·吉林卷》编辑委员会.中国民间故事集成·吉林卷. 北京：中国ISBN中心，1992.450-452.

[193]会唱歌的银杯.中国民间文学集成全国编辑委员会、《中国民间故事集成·吉林卷》编辑委员会.中国民间故事集成·吉林卷. 北京：中国ISBN中心，1992.572-573.

[194]哈森高娃与楚伦巴特尔.中国民间文学集成全国编辑委员会、《中国民间故事集成·黑龙江卷》编辑委员会.中国民间故事集成·黑龙江卷. 北京：中国ISBN中心，2005.805-808.

J

[195]九兄弟.青海省海西州民间文学集成办公室.海西民间故事.内部资料，1990.155-159.

[196]简兰太老翁.青海省海西州民间文学集成办公室.海西民间故事.内部资料，1990.169-173.

[197]江涛和绿柳.《喀左·东蒙民间故事》编委会.喀左·东蒙民间故事·综合卷（二）.沈阳：辽宁民族出版社，2008.206-211.

[198]金娃和疥蛙.《喀左·东蒙民间故事》编委会.喀左·东蒙民间故事·综合卷（二）.沈阳：辽宁民族出版社，2008.246-247.

[199]金瓷丫丫葫芦.《喀左·东蒙民间故事》编委会.喀左·东蒙民间故事·综合卷（三）.沈阳：辽宁民族出版社，2008.114-116.

[200]吉米和珠米.中国民间文学集成全国编辑委员会、《中国民间故事集成·内蒙古卷》编辑委员会.中国民间故事集成·内蒙古卷.北京：中国ISBN中心，2007.628-629.

[201]金鱼呼恨.《喀左·东蒙民间故事》编委会.喀左·东蒙民间故事·综合卷（一）.沈阳：辽宁民族出版社，2008.251-255.

[202]金鹰.中国民间文学集成全国编辑委员会、《中国民间故事集成·内蒙古卷》编辑委员会.中国民间故事集成·内蒙古卷.北京：中国ISBN中心，2007.687-690.

[203]金球呼恨和三条腿蛤蟆郎.《喀左·东蒙民间故事》编委会.喀左·东蒙民间故事·蒙古族故事家金荣卷（上卷）.沈阳：辽宁民族出版社，2008.72-74.

[204]金花和银花.《喀左·东蒙民间故事》编委会.喀左·东蒙民间故事·蒙古族故事家额尔敦朝克图卷（下卷）.沈阳：辽宁民族出版社，2008.47-50.

[205]镜子上的蝈蝈.《喀左·东蒙民间故事》编委会.喀左·东蒙民间故事·蒙古族故事家马建友卷.沈阳：辽宁民族出版社，2008.46-48.

[206]积德男孩.白音其木格、策·哈斯毕力格图.蒙古族故事家朝格日布故事集.呼和浩特：内蒙古人民出版社，2012.94-104.

[207]家奴的故事.前郭尔罗斯民间文艺资料之五蒙古族民间故事.内部资料，1982.24-31.

[208]金蛋.彤格勒.鄂尔多斯蒙古族民间故事.呼和浩特：内蒙古人民出版社，2006.181-185.

[209]佝老头博洛尔.德·策伦索德诺姆.蒙古民间故事选.北京：世界知识出版

社，1987.76-78.

[210]金踝骨和银踝骨.德·策伦索德诺姆.蒙古民间故事选.　北京：世界知识出版社，1987.78-84.

[211]九兄弟.中国民间文学集成全国编辑委员会、《中国民间故事集成·青海卷》编辑委员会.中国民间故事集成·青海卷.　北京：中国ISBN中心，2007.467-469.

[212]家奴的故事.中国民间文学集成全国编辑委员会、《中国民间故事集成·吉林卷》编辑委员会.中国民间故事集成·吉林卷.　北京：中国ISBN中心，1992.461-464.

[213]九个哥哥和一个妹妹.中国民间文学集成全国编辑委员会、《中国民间故事集成·新疆卷》编辑委员会.中国民间故事集成·新疆卷.　北京：中国ISBN中心，2008.1213-1214.

[214]金球姑娘和三条腿蛤蟆郎.中国民间文学集成全国编辑委员会、《中国民间故事集成·辽宁卷》编辑委员会.中国民间故事集成·辽宁卷.　北京：中国ISBN中心，1994.467-469.

K

[215]克热代莫日根的故事.哈达奇·刚.内蒙古民间故事全书·阿拉善右旗卷.呼和浩特：内蒙古人民出版社，2011.482-485.

[216]库格勒岱莫日根好汉.哈达奇·刚.内蒙古民间故事全书·阿拉善右旗卷.呼和浩特：内蒙古人民出版社，2011.525-541.

[217]克诺敏额克.哈达奇·刚.内蒙古民间故事全书·阿拉善右旗卷.呼和浩特：内蒙古人民出版社，2011.　545-556.

[218]砍柴人（一）.青海省海西州民间文学集成办公室.海西民间故事.　内部资料，1990.267-273.

[219]砍柴人（二）.青海省海西州民间文学集成办公室.海西民间故事.　内部资料，1990.274-277.

[220]克敌制胜.哈达奇·刚.内蒙古民间故事全书·镶黄旗卷.呼和浩特：内蒙古人民出版社，2013.　167-169.

[221]　可汗的三个妃子.哈达奇·刚.内蒙古民间故事全书·镶黄旗卷.呼和浩特：内蒙古人民出版社，2013.　192-194.

[222]开山瓠子.《喀左·东蒙民间故事》编委会.喀左·东蒙民间故事·蒙古族故事家马建友卷.沈阳：辽宁民族出版社，2008.79-81.

[223]坎坎坷坷.中国民间文学集成全国编辑委员会、《中国民间故事集成·内蒙古卷》编辑委员会.中国民间故事集成·内蒙古卷.北京：中国ISBN中心，2007.648-653.

[224]开山树.《喀左·东蒙民间故事》编委会.喀左·东蒙民间故事·蒙古族故事家乌云其其格卷.沈阳：辽宁民族出版社，2008.90-94.

[225]砍柴人.中国民间文学集成全国编辑委员会、《中国民间故事集成·青海卷》编辑委员会.中国民间故事集成·青海卷.北京：中国ISBN中心，2007.546-549.

[226]可汗的熊外孙.中国民间文学集成全国编辑委员会、《中国民间故事集成·新疆卷》编辑委员会.中国民间故事集成·新疆卷.北京：中国ISBN中心，2008.836-844.

[227]柯勒太亥的两个儿子.中国民间文学集成全国编辑委员会、《中国民间故事集成·青海卷》编辑委员会.中国民间故事集成·青海卷.北京：中国ISBN中心，2007.738-741.

L

[228]莲花佛镇妖记.哈达奇·刚.内蒙古民间故事全书·阿拉善右旗卷.呼和浩特：内蒙古人民出版社，2011.401-403.

[229]喇嘛的本性.哈达奇·刚.内蒙古民间故事全书·阿拉善右旗卷.呼和浩特：内蒙古人民出版社，2011.405-406.

[230]绿度母诞生.哈达奇·刚.内蒙古民间故事全书·阿拉善右旗卷.呼和浩特：内蒙古人民出版社，2011.391-392.

[231]绿色甲壳虫的来历.哈达奇·刚.内蒙古民间故事全书·阿拉善右旗卷.呼和浩特：内蒙古人民出版社，2011.394.

[232]龙王儿子报恩情.《喀左·东蒙民间故事》编委会.喀左·东蒙民间故事·蒙古族故事家都达古勒　宝音卷.沈阳：辽宁民族出版社，2008.149-150.

[233]老两口智胜魔怪.哈达奇·刚.内蒙古民间故事全书·阿拉善右旗卷.呼和浩特：内蒙古人民出版社，2011.587-594.

[234]龙女.《喀左·东蒙民间故事》编委会.喀左·东蒙民间故事·蒙古族故事家乌云其其格卷.沈阳：辽宁民族出版社，2008.41-45.

[235]狼呼恨.《喀左·东蒙民间故事》编委会.喀左·东蒙民间故事·蒙古族故事家乌云其其格卷.沈阳：辽宁民族出版社，2008.56-59.

[236]两斗枣.《喀左·东蒙民间故事》编委会.喀左·东蒙民间故事·蒙古族故

事家乌云其其格卷.沈阳:辽宁民族出版社,2008.101-105.

[237]老柴家坐了大宋江山头一帝.《喀左·东蒙民间故事》编委会.喀左·东蒙民间故事·综合卷(三).沈阳:辽宁民族出版社,2008.153-155.

[238]老头儿和黑猩猩.青海省海西州民间文学集成办公室编.海西民间故事.内部资料,1990.394-397.

[239]两兄弟.中国民间文学集成全国编辑委员会、《中国民间故事集成·内蒙古卷》编辑委员会.中国民间故事集成·内蒙古卷.北京:中国ISBN中心,2007.622-623.

[240]漏漏漏.中国民间文学集成全国编辑委员会、《中国民间故事集成·内蒙古卷》编辑委员会.中国民间故事集成·内蒙古卷.北京:中国ISBN中心,2007.659-661210..

[241]狼姥姥.《喀左·东蒙民间故事》编委会.喀左·东蒙民间故事·蒙古族故事家乌云其其格卷.沈阳:辽宁民族出版社,2008.139-143.

[242]老喇嘛和小喇嘛.《喀左·东蒙民间故事》编委会.喀左·东蒙民间故事·蒙古族故事家乌云其其格卷.沈阳:辽宁民族出版社,2008.146-148.

[243]鹿姑娘.中国民间文学集成全国编辑委员会、《中国民间故事集成·新疆卷》编辑委员会.中国民间故事集成·新疆卷.北京:中国ISBN中心,2008.789-791.

[244]猎人与小狐仙.《喀左·东蒙民间故事》编委会.喀左·东蒙民间故事·综合卷(三).沈阳:辽宁民族出版社,2008.106-113.

[245]猎人与公主.前郭尔罗斯民间文艺资料之五蒙古族民间故事.内部资料,1982.58-69.

[246]两个宝蛋.前郭尔罗斯民间文艺资料之五蒙古族民间故事.内部资料,1982.96-98.

[247]龙泉.前郭尔罗斯民间文艺资料之五蒙古族民间故事.内部资料,1982.108-113.

[248]老北海的传说.前郭尔罗斯民间文艺资料之五蒙古族民间故事.内部资料,1982.118-122.

[249]龙文泰.彤格勒.鄂尔多斯蒙古族民间故事.呼和浩特:内蒙古人民出版社,2006.6-11.

[250]吝啬的老汉.哈达奇·刚.内蒙古民间故事全书·阿拉善右旗卷.呼和浩特:内蒙古人民出版社,2011.365-367.

[251]猎人和狮子.中国民间文学集成全国编辑委员会、《中国民间故事集成·

内蒙古卷》编辑委员会.中国民间故事集成·内蒙古卷.北京：中国ISBN中心，2007.677-679.

[252]狼报恩.《喀左·东蒙民间故事》编委会.喀左·东蒙民间故事·蒙古族故事家马建友卷.沈阳：辽宁民族出版社，2008.264-266.

[253]猎人.彤格勒.鄂尔多斯蒙古族民间故事.呼和浩特：内蒙古人民出版社，2006.216-218.

[254]龙王的女婿.鲍尔吉·原野.蒙古族民间故事选.沈阳：辽宁出版社，1990.142-147.

[255]洛思格尔岱老头的九个儿子.德·策伦索德诺姆.蒙古民间故事选.北京：世界知识出版社，1987.103-106.

[256]两个王子.德·策伦索德诺姆.蒙古民间故事选.北京：世界知识出版社，1987.121-134.

[257]绿叶.鲍尔吉·原野.蒙古族民间故事选.沈阳：辽宁出版社，1990.182-187.

[258]猎人乌力吉和海龙王的女儿.张锦贻、哈达奇·刚.寻觅第三个智慧者.昆明：云南少年儿童出版社，1991.83-86.

[259]老头和老虎.张锦贻、哈达奇·刚.寻觅第三个智慧者.昆明：云南少年儿童出版社，1991.117-120.

[260]猎人海力布.张锦贻、哈达奇·刚.寻觅第三个智慧者.昆明：云南少年儿童出版社，1991.142-145.

[261]六个朋友.郝苏民、薛守邦.布里亚特蒙古民间故事集.北京：中国民间文艺出版社，1984.46-49.

[262]262.老头儿和黑猩猩.中国民间文学集成全国编辑委员会、《中国民间故事集成·青海卷》编辑委员会.中国民间故事集成·青海卷.北京：中国ISBN中心，2007.544-546.

[263]灵芝姑娘.中国民间文学集成全国编辑委员会、《中国民间故事集成·新疆卷》编辑委员会.中国民间故事集成·新疆卷.北京：中国ISBN中心，2008.785-789.

[264]狼女婿.中国民间文学集成全国编辑委员会、《中国民间故事集成·新疆卷》编辑委员会.中国民间故事集成·新疆卷.北京：中国ISBN中心，2008.767-771.

[265]孪生兄弟.中国民间文学集成全国编辑委员会、《中国民间故事集成·新疆卷》编辑委员会.中国民间故事集成·新疆卷.北京：中国ISBN中心，

2008.940-944.

[266]孪生兄弟的故事.中国民间文学集成全国编辑委员会、《中国民间故事集成·新疆卷》编辑委员会.中国民间故事集成·新疆卷. 北京：中国ISBN中心，2008.944-949.

[267]瘤子的故事.中国民间文学集成全国编辑委员会、《中国民间故事集成·新疆卷》编辑委员会.中国民间故事集成·新疆卷. 北京：中国ISBN中心，2008.1089-1090.

[268]老大老二和老三.中国民间文学集成全国编辑委员会、《中国民间故事集成·新疆卷》编辑委员会.中国民间故事集成·新疆卷. 北京：中国ISBN中心，2008.1117-1120.

[269]癞蛤蟆吃到了天鹅肉.中国民间文学集成全国编辑委员会、《中国民间故事集成·新疆卷》编辑委员会.中国民间故事集成·新疆卷. 北京：中国ISBN中心，2008.1238-1241.

[270]猎人与公主.中国民间文学集成全国编辑委员会、《中国民间故事集成·吉林卷》编辑委员会.中国民间故事集成·吉林卷. 北京：中国ISBN中心，1992.531-534.

M

[271]觅踪大王——莫日庆.彤格勒.鄂尔多斯蒙古族民间故事.呼和浩特：内蒙古人民出版社，2006.33-36.

[272]梦想.青海省海西州民间文学集成办公室.海西民间故事. 内部资料，1990.160-168.

[273]木天王的来历.刘辉豪，孙敏主编.云南蒙古族民间文学集成.昆明：云南人民出版社，1988.15-17.

[274]魔术帽.青海省海西州民间文学集成办公室.海西民间故事. 内部资料，1990.220-222.

[275]莫林钦老翁的故事.中国民间文学集成全国编辑委员会、《中国民间故事集成·内蒙古卷》编辑委员会.中国民间故事集成·内蒙古卷.北京：中国ISBN中心，2007.717-719.

[276]孟和、苏和与金马驹.《喀左·东蒙民间故事》编委会.喀左·东蒙民间故事·蒙古族故事家额尔敦朝克图卷（下卷）.沈阳：辽宁民族出版社，2008.23-32.

[277]莫勒克儿子.哈达奇·刚.内蒙古民间故事全书·阿拉善右旗卷.呼和浩特：

内蒙古人民出版社，2011.377-381.

[278]魔口救牧羊女.哈达奇·刚.内蒙古民间故事全书·阿拉善右旗卷.呼和浩特：内蒙古人民出版社，2011.586-587.

[279]米格吉和力格吉.中国民间文学集成全国编辑委员会、《中国民间故事集成·内蒙古卷》编辑委员会.中国民间故事集成·内蒙古卷.北京：中国ISBN中心，2007.642-644.

[280]媒雀.《喀左·东蒙民间故事》编委会.喀左·东蒙民间故事·蒙古族故事家乌云其其格卷.沈阳：辽宁民族出版社，2008.75-77.

[281]美须公柯勒太亥.青海省海西州民间文学集成办公室.海西民间故事.　内部资料，1990.398-402.

[282]莫尔根和太岁.《喀左·东蒙民间故事》编委会.喀左·东蒙民间故事·蒙古族故事家额尔敦朝克图卷（下卷）.沈阳：辽宁民族出版社，2008.38-42.

[283]毛森额莫格吃掉的五呼恨.《喀左·东蒙民间故事》编委会.喀左·东蒙民间故事·蒙古族故事家金荣卷（上卷）.沈阳：辽宁民族出版社，2008.103-108.

[284]蟒精.《喀左·东蒙民间故事》编委会.喀左·东蒙民间故事·蒙古族故事家马建友卷.沈阳：辽宁民族出版社，2008.269-272.

[285]每天早晨说梦的父子.白音其木格、策·哈斯毕力格图.蒙古族故事家朝格日布故事集.呼和浩特：内蒙古人民出版社，2012.109-115.

[286]目连喇嘛.白音其木格、策·哈斯毕力格图.蒙古族故事家朝格日布故事集.呼和浩特：内蒙古人民出版社，2012.178-179.

[287]嬷嬷女魔的故事.哈达奇·刚.内蒙古民间故事全书·镶黄旗卷.呼和浩特：内蒙古人民出版社，2013.　176-177.

[288]牧童与金丝鸟.前郭尔罗斯民间文艺资料之五蒙古族民间故事.内部资料，1982.86-89.

[289]玛尼珠.鲍尔吉·原野.蒙古族民间故事选.　北京：辽宁出版社，1990.114-118.

[290]蒙根乌尔格吉合巴音的故事.王清、关巴.蒙古族民间故事.乌鲁木齐：新疆人民出版社，1987.69-86.

[291]买梦的小伙子.王清、关巴.蒙古族民间故事.乌鲁木齐：新疆人民出版社，1987.106-113.

[292]牧羊姑娘与沙漠赤兽.彤格勒.鄂尔多斯蒙古族民间故事.呼和浩特：内蒙古人民出版社，2006.132-135.

[293]孟根托洛盖的故事.王清、关巴.蒙古族民间故事.乌鲁木齐：新疆人民出版

社，1987.217-224.

[294]马头琴.张锦贻、哈达奇·刚.寻觅第三个智慧者.昆明：云南少年儿童出版社，1991.161-164.

[295]麦尔根和他的勇敢的妹妹阿芭哈.郝苏民、薛守邦.布里亚特蒙古民间故事集.北京：中国民间文艺出版社，1984.27-43.

[296]玛尼珠.那顺德力格尔.长耳大汗.北京：作家出版社，2007.93-96.

[297]觅踪大王——莫日根.彤格勒.鄂尔多斯蒙古族民间故事.呼和浩特：内蒙古人民出版社，2006.33-38.

[298]面团勇士的故事.中国民间文学集成全国编辑委员会、《中国民间故事集成·新疆卷》编辑委员会.中国民间故事集成·新疆卷.北京：中国ISBN中心，2008.852-855.

[299]莽三拜佛记.中国民间文学集成全国编辑委员会、《中国民间故事集成·新疆卷》编辑委员会.中国民间故事集成·新疆卷.北京：中国ISBN中心，2008.1234-1236.

[300]拇指勇士.中国民间文学集成全国编辑委员会、《中国民间故事集成·新疆卷》编辑委员会.中国民间故事集成·新疆卷.北京：中国ISBN中心，2008.875-879.

[301]蟒古斯的故事.中国民间文学集成全国编辑委员会、《中国民间故事集成·新疆卷》编辑委员会.中国民间故事集成·新疆卷.北京：中国ISBN中心，2008.1349-1351.

N

[302]诺敏巴特尔.哈达奇·刚.内蒙古民间故事全书·阿拉善右旗卷.呼和浩特：内蒙古人民出版社，2011.515-525.

[303]那布沁青格勒镇魔记.哈达奇·刚.内蒙古民间故事全书·阿拉善右旗卷.呼和浩特：内蒙古人民出版社，2011.582-584.

[304]牛娃.《喀左·东蒙民间故事》编委会.喀左·东蒙民间故事·综合卷（一）.沈阳：辽宁民族出版社，2008.234-243.

[305]年轻的阿西贵汗.中国民间文学集成全国编辑委员会、《中国民间故事集成·内蒙古卷》编辑委员会.《中国民间故事集成·内蒙古卷》.北京：中国ISBN中心，2007.710-714.

[306]奈玛台老汉.中国民间文学集成全国编辑委员会、《中国民间故事集成·内蒙古卷》编辑委员会.中国民间故事集成·内蒙古卷.北京：中国ISBN中心，

2007. 597-602.

[307]虐待老母，活人变驴. 中国民间文学集成全国编辑委员会、《中国民间故事集成·内蒙古卷》编辑委员会. 中国民间故事集成·内蒙古卷. 北京：中国ISBN中心，2007. 653-654.

[308]牛娃. 那顺德力格尔. 长耳大汗. 北京：作家出版社，2007. 23-32.

[309]尼曼芝和霍宁芝. 中国民间文学集成全国编辑委员会、《中国民间故事集成·新疆卷》编辑委员会. 中国民间故事集成·新疆卷. 北京：中国ISBN中心，2008. 1165-1171.

[310]牛身儿子的故事. 中国民间文学集成全国编辑委员会、《中国民间故事集成·新疆卷》编辑委员会. 中国民间故事集成·新疆卷. 北京：中国ISBN中心，2008. 867-868.

P

[311]贫穷老夫妇拜活佛. 白音其木格、策·哈斯毕力格图. 蒙古族故事家朝格日布故事集. 呼和浩特：内蒙古人民出版社，2012. 160-167.

[312]胖子扎马耶和恶魔蟒嘎特害. 郝苏民、薛守邦. 布里亚特蒙古民间故事集. 北京：中国民间文艺出版社，1984. 3-6.

[313]胖子扎马耶和恶魔蟒嘎特害. 张锦贻、哈达奇·刚. 寻觅第三个智慧者. 昆明：云南少年儿童出版社，1991. 106-109.

[314]破石磙. 中国民间文学集成全国编辑委员会、《中国民间故事集成·新疆卷》编辑委员会. 中国民间故事集成·新疆卷. 北京：中国ISBN中心，2008. 1020-1022.

Q

[315]穷娃娶公主. 哈达奇·刚. 内蒙古民间故事全书·阿拉善右旗卷. 呼和浩特：内蒙古人民出版社，2011. 355-361.

[316]穷小子娶公主成汗. 哈达奇·刚. 内蒙古民间故事全书·阿拉善右旗卷. 呼和浩特：内蒙古人民出版社，2011. 381-387.

[317]骑青马的福晋捉妖精. 《喀左·东蒙民间故事》编委会. 喀左·东蒙民间故事·蒙古族故事家都达古勒 宝音卷. 沈阳：辽宁民族出版社，2008. 147-148.

[318]骑上大鸟去取宝. 《喀左·东蒙民间故事》编委会. 喀左·东蒙民间故事·蒙古族故事家都达古勒 宝音卷. 沈阳：辽宁民族出版社，2008. 135-136.

[319]青年樵夫和松树呼恨. 《喀左·东蒙民间故事》编委会. 喀左·东蒙民间故

事·蒙古族故事家都达古勒 宝音卷.沈阳：辽宁民族出版社，2008.109-114.

[320]奇异的玛瑙烟嘴儿.中国民间文学集成全国编辑委员会、《中国民间故事集成·内蒙古卷》编辑委员会.《中国民间故事集成·内蒙古卷》.北京：中国ISBN中心，2007.693-696.

[321]奇妙的鼻烟壶.中国民间文学集成全国编辑委员会、《中国民间故事集成·内蒙古卷》编辑委员会.《中国民间故事集成·内蒙古卷》.北京：中国ISBN中心，2007.696-699.

[322]青蛙孩子.青海省海西州民间文学集成办公室.海西民间故事. 内部资料，1990.197-200.

[323]青格勒与白桦少女.中国民间文学集成全国编辑委员会、《中国民间故事集成·内蒙古卷》编辑委员会.中国民间故事集成·内蒙古卷.北京：中国ISBN中心，2007.620-621.

[324]青衣少年.中国民间文学集成全国编辑委员会、《中国民间故事集成·内蒙古卷》编辑委员会.中国民间故事集成·内蒙古卷.北京：中国ISBN中心，2007.656-659.

[325]青蛙儿子.中国民间文学集成全国编辑委员会、《中国民间故事集成·内蒙古卷》编辑委员会.中国民间故事集成·内蒙古卷.北京：中国ISBN中心，2007.701-703.

[326]青蛙儿子.《喀左·东蒙民间故事》编委会.喀左·东蒙民间故事·蒙古族故事家额尔敦朝克图卷（下卷）.沈阳：辽宁民族出版社，2008.21-22.

[327]骑龙的老太婆.王清、关巴.蒙古族民间故事.乌鲁木齐：新疆人民出版社，1987.123-125.

[328]乔尼·乔仑和吾图洪.王清、关巴.蒙古族民间故事.乌鲁木齐：新疆人民出版社，1987.126-188.

[329]七兄弟斗蟒古斯.中国民间文学集成全国编辑委员会、《中国民间故事集成·内蒙古卷》编辑委员会.中国民间故事集成·内蒙古卷.北京：中国ISBN中心，2007.708-710.

[330]求子的老两口.白音其木格、策·哈斯毕力格图.蒙古族故事家朝格日布故事集.呼和浩特：内蒙古人民出版社，2012.116-125.

[331]七块瘤胃装黄油.哈达奇·刚.内蒙古民间故事全书·镶黄旗卷.呼和浩特：内蒙古人民出版社，2013. 164.

[332]青格勒和百花少女.鲍尔吉·原野.蒙古族民间故事选.沈阳：辽宁出版社，1990.148-151 .

[333]骑龙的老太婆.张锦贻、哈达奇·刚.寻觅第三个智慧者.昆明：云南少年儿童出版社，1991.73-75.

[334]七个冒失鬼和一个机灵鬼.张锦贻、哈达奇·刚.寻觅第三个智慧者.昆明：云南少年儿童出版社，1991.96-101.

[335]骑粉红马的小伙子.德·策伦索德诺姆.蒙古民间故事选.北京：世界知识出版社，1987.88-94.

[336]齐格其国王.德·策伦索德诺姆.蒙古民间故事选.北京：世界知识出版社，1987.174-183.

[337]七十七种语言.郝苏民、薛守邦.布里亚特蒙古民间故事集.北京：中国民间文艺出版社，1984.67-73.

[338]娶狼女为妻的小伙子.中国民间文学集成全国编辑委员会、《中国民间故事集成·新疆卷》编辑委员会.中国民间故事集成·新疆卷.北京：中国ISBN中心，2008.760-763.

[339]青蛙儿子.中国民间文学集成全国编辑委员会、《中国民间故事集成·新疆卷》编辑委员会.中国民间故事集成·新疆卷.北京：中国ISBN中心，2008.872-875.

[340]穷小子娶了上帝的女儿.中国民间文学集成全国编辑委员会、《中国民间故事集成·新疆卷》编辑委员会.中国民间故事集成·新疆卷.北京：中国ISBN中心，2008.932-934.

[341]瘸腿驸马.中国民间文学集成全国编辑委员会、《中国民间故事集成·新疆卷》编辑委员会.中国民间故事集成·新疆卷.北京：中国ISBN中心，2008.1041-1044.

[342]穷小子实现美梦.中国民间文学集成全国编辑委员会、《中国民间故事集成·新疆卷》编辑委员会.中国民间故事集成·新疆卷.北京：中国ISBN中心，2008.1306-1308.

[343]七只山羊的主人.中国民间文学集成全国编辑委员会、《中国民间故事集成·新疆卷》编辑委员会.中国民间故事集成·新疆卷.北京：中国ISBN中心，2008.973-974.

R

[344]人参娃娃.《喀左·东蒙民间故事》编委会.喀左·东蒙民间故事·综合卷（三）.沈阳：辽宁民族出版社，2008.122-124.

[345]人心不足蛇吞象.《喀左·东蒙民间故事》编委会.喀左·东蒙民间故事·

综合卷（三）.沈阳：辽宁民族出版社，2008.146-147.

[346]人心不足蛇吞象（二）.《喀左·东蒙民间故事》编委会.喀左·东蒙民间故事·综合卷（三）.沈阳：辽宁民族出版社，2008.148-152.

[347]人不知佛恩.哈达奇·刚.内蒙古民间故事全书·阿拉善右旗卷.呼和浩特：内蒙古人民出版社，2011.403.

[348]人参呼恨.《喀左·东蒙民间故事》编委会.喀左·东蒙民间故事·综合卷（一）.沈阳：辽宁民族出版社，2008.256-259.

[349]人不是为自己而生存.中国民间文学集成全国编辑委员会、《中国民间故事集成·新疆卷》编辑委员会.中国民间故事集成·新疆卷．北京：中国ISBN中心，2008.1058-1062.

[350]人心不足蛇吞象.中国民间文学集成全国编辑委员会、《中国民间故事集成·吉林卷》编辑委员会.中国民间故事集成·吉林卷．北京：中国ISBN中心，1992.521-522.

S

[351]三岁的英雄古努干.哈达奇刚编.内蒙古民间故事全书·阿拉善右旗卷.呼和浩特：内蒙古人民出版社，2011.455-473.

[352]三岁的芒来莫日根汗.哈达奇刚编.内蒙古民间故事全书·阿拉善右旗卷.呼和浩特：内蒙古人民出版社，2011.485-493.

[353]善恶报应.哈达奇·刚.内蒙古民间故事全书·阿拉善右旗卷.呼和浩特：内蒙古人民出版社，2011.362-364.

[354]少年英雄战妖怪.哈达奇·刚.内蒙古民间故事全书·阿拉善右旗卷.呼和浩特：内蒙古人民出版社，2011.601-605.

[355]神臂射手.哈达奇·刚.内蒙古民间故事全书·阿拉善右旗卷.呼和浩特：内蒙古人民出版社，2011.605-611.

[356]少年英雄迎娶阿拉腾嘎鲁汗的公主.哈达奇·刚.内蒙古民间故事全书·阿拉善右旗卷.呼和浩特：内蒙古人民出版社，2011.501-504.

[357]三妹妹和蛇狼.《喀左·东蒙民间故事》编委会.喀左·东蒙民间故事·蒙古族故事家都达古勒　宝音卷.沈阳：辽宁民族出版社，2008.121125.

[358]山神赏铜钱.《喀左·东蒙民间故事》编委会.喀左·东蒙民间故事·蒙古族故事家都达古勒　宝音卷.沈阳：辽宁民族出版社，2008.144-146.

[359]神奇的小纺车.《喀左·东蒙民间故事》编委会.喀左·东蒙民间故事·综合卷（一）.沈阳：辽宁民族出版社，2008.270-272.

[360]神奇的红葫芦.《喀左·东蒙民间故事》编委会.喀左·东蒙民间故事·综合卷（一）.沈阳：辽宁民族出版社，2008.273-277.

[361]山哥和海妹.《喀左·东蒙民间故事》编委会.喀左·东蒙民间故事·综合卷（三）.沈阳：辽宁民族出版社，2008.101-105.

[362]神仙桥.刘辉豪、孙敏主编.云南蒙古族民间文学集成.昆明：云南人民出版社，1988.32-33.

[363]神鸽子头的故事.青海省海西州民间文学集成办公室.海西民间故事. 内部资料，1990.278-284.

[364]神鸟与魔术娃.青海省海西州民间文学集成办公室.海西民间故事. 内部资料，1990.285-303.

[365]三个相貌一样.中国民间文学集成全国编辑委员会、《中国民间故事集成·内蒙古卷》编辑委员会.中国民间故事集成·内蒙古卷.北京：中国ISBN中心，2007.664-666.

[366]三个王后.中国民间文学集成全国编辑委员会、《中国民间故事集成·内蒙古卷》编辑委员会.中国民间故事集成·内蒙古卷.北京：中国ISBN中心，2007.670-673.

[367]四大天王脚下的蟒古斯.《喀左·东蒙民间故事》编委会.喀左·东蒙民间故事·蒙古族故事家额尔敦朝克图卷（下卷）.沈阳：辽宁民族出版社，2008.67-68.

[368]森林里的呼恨.《喀左·东蒙民间故事》编委会.喀左·东蒙民间故事·蒙古族故事家金荣卷（上卷）.沈阳：辽宁民族出版社，2008.67-71.

[369]书里的媳妇.《喀左·东蒙民间故事》编委会.喀左·东蒙民间故事·蒙古族故事家马建友卷.沈阳：辽宁民族出版社，2008.49-50.

[370]石义和无义.《喀左·东蒙民间故事》编委会.喀左·东蒙民间故事·蒙古族故事家马建友卷.沈阳：辽宁民族出版社，2008.93-104.

[371]蛇精.《喀左·东蒙民间故事》编委会.喀左·东蒙民间故事·蒙古族故事家马建友卷.沈阳：辽宁民族出版社，2008.267-268.

[372]神箭手.鲍尔吉·原野.蒙古族民间故事选.沈阳：辽宁出版社，1990.93-104.

[373]森林猎人.中国民间文学集成全国编辑委员会、《中国民间故事集成·内蒙古卷》编辑委员会编.中国民间故事集成·内蒙古卷.北京：中国ISBN中心，2007.535-538.

[374]山的儿子.中国民间文学集成全国编辑委员会、《中国民间故事集成·内

蒙古卷》编辑委员会.中国民间故事集成·内蒙古卷.北京：中国ISBN中心，2007.557-561.

[375]神鞭.《喀左·东蒙民间故事》编委会.喀左·东蒙民间故事·蒙古族故事家乌云其其格卷.沈阳：辽宁民族出版社，2008.133-135.

[376]桑布和龙女.《喀左·东蒙民间故事》编委会.喀左·东蒙民间故事·蒙古族故事家额尔敦朝克图卷（下卷）.沈阳：辽宁民族出版社，2008.13-20.

[377]三个宝物.白音其木格、策·哈斯毕力格图.蒙古族故事家朝格日布故事集.呼和浩特：内蒙古人民出版社，2012.126-129.

[378]神奇的挤奶姑娘.那顺德力格尔.长耳大汗.北京：作家出版社，2007.73-76.

[379]山的儿子.那顺德力格尔.长耳大汗.北京：作家出版社，2007.77-85.

[380]杀死毛森恶姨的故事.李春林.科尔沁蒙古族民间故事.北京：华文出版社，2009.176-177.

[381]斯琴、斯日古楞的故事.李春林.科尔沁蒙古族民间故事.北京：华文出版社，2009.205-206.

[382]神箭手.那顺德力格尔.长耳大汗.北京：作家出版社，2007.3-13.

[383]树神魂灵的故事.白音其木格、策·哈斯毕力格图.蒙古族故事家朝格日布故事集.呼和浩特：内蒙古人民出版社，2012.168-173.

[384]神箭手.哈达奇·刚.内蒙古民间故事全书·镶黄旗卷.呼和浩特：内蒙古人民出版社，2013.187-192.

[385]萨楚仁姑娘.彤格勒.鄂尔多斯蒙古族民间故事.呼和浩特：内蒙古人民出版社，2006.1-5.

[386]沙扎嘎莫日更哈那.彤格勒.鄂尔多斯蒙古族民间故事.呼和浩特：内蒙古人民出版社，2006.17-21.

[387]神奇的飞马.王清、关巴.蒙古族民间故事.乌鲁木齐：新疆人民出版社，1987.180-196.

[388]山儿求仙女.鲍尔吉·原野.蒙古族民间故事选.沈阳：辽宁出版社，1990.161-170.

[389]神儿魔女.张锦贻、哈达奇·刚.寻觅第三个智慧者.昆明：云南少年儿童出版社，1991.87-90.

[390]神鹰和神虎.张锦贻、哈达奇·刚.寻觅第三个智慧者.昆明：云南少年儿童出版社，1991.174-176.

[391]神鹿.那顺德力格尔.长耳大汗.北京：作家出版社，2007.86-92.

[392]山羊尾巴儿子. 中国民间文学集成全国编辑委员会、《中国民间故事集成·青海卷》编辑委员会. 中国民间故事集成·青海卷. 北京：中国ISBN中心，2007.514-516.

[393]少女和天神. 中国民间文学集成全国编辑委员会、《中国民间故事集成·青海卷》编辑委员会. 中国民间故事集成·青海卷. 北京：中国ISBN中心，2007.535-537.

[394]善良的老太婆. 中国民间文学集成全国编辑委员会、《中国民间故事集成·青海卷》编辑委员会. 中国民间故事集成·青海卷. 北京：中国ISBN中心，2007.549-551.

[395]蛇身儿子的故事. 中国民间文学集成全国编辑委员会、《中国民间故事集成·新疆卷》编辑委员会. 中国民间故事集成·新疆卷. 北京：中国ISBN中心，2008.862-867.

[396]神鸽子的头. 中国民间文学集成全国编辑委员会、《中国民间故事集成·青海卷》编辑委员会. 中国民间故事集成·青海卷. 北京：中国ISBN中心，2007.562-565.

[397]善有善报. 中国民间文学集成全国编辑委员会、《中国民间故事集成·新疆卷》编辑委员会. 中国民间故事集成·新疆卷. 北京：中国ISBN中心，2008.1097-1101.

[398]神通广大的奥兰其其格. 中国民间文学集成全国编辑委员会、《中国民间故事集成·黑龙江卷》编辑委员会. 中国民间故事集成·黑龙江卷. 北京：中国ISBN中心，2005.797-799.

[399]蛇语. 中国民间文学集成全国编辑委员会、《中国民间故事集成·吉林卷》编辑委员会. 中国民间故事集成·吉林卷. 北京：中国ISBN中心，1992.581-582.

[400]三兄弟. 中国民间文学集成全国编辑委员会、《中国民间故事集成·新疆卷》编辑委员会. 中国民间故事集成·新疆卷. 北京：中国ISBN中心，2008.1111-1117.

T

[401]拖佛的福有了后代. 哈达奇·刚. 内蒙古民间故事全书·阿拉善右旗卷. 呼和浩特：内蒙古人民出版社，2011.389-390.

[402]托绿度母的福有了后. 哈达奇·刚. 内蒙古民间故事全书·阿拉善右旗卷. 呼和浩特：内蒙古人民出版社，2011.392-393.

[403]逃出生番姐姐的魔爪.哈达奇·刚.内蒙古民间故事全书·阿拉善右旗卷.呼和浩特：内蒙古人民出版社，2011.621-622.

[404]特图根老汉巧妙逃脱.哈达奇·刚.内蒙古民间故事全书·阿拉善右旗卷.呼和浩特：内蒙古人民出版社，2011.627-629.

[405]太阳下山.《喀左·东蒙民间故事》编委会.喀左·东蒙民间故事·综合卷（一）.沈阳：辽宁民族出版社，2008.220-225.

[406]秃疮呼恨.《喀左·东蒙民间故事》编委会.喀左·东蒙民间故事·蒙古族故事家乌云其其格卷.沈阳：辽宁民族出版社，2008.60-64.

[407]秃疮呼恨做娘娘.《喀左·东蒙民间故事》编委会.喀左·东蒙民间故事·蒙古族故事家乌云其其格卷.沈阳：辽宁民族出版社，2008.65-67.

[408]图小利大利不成.《喀左·东蒙民间故事》编委会.喀左·东蒙民间故事·蒙古族故事家马建友卷.沈阳：辽宁民族出版社，2008.113-116.

[409]兔子精.《喀左·东蒙民间故事》编委会.喀左·东蒙民间故事·蒙古族故事家马建友卷.沈阳：辽宁民族出版社，2008.273-275.

[410]土丘上的七个孩子（一、二）.白音其木格、策·哈斯毕力格图.蒙古族故事家朝格日布故事集.呼和浩特：内蒙古人民出版社，2012.174-177.

[411]天鹅与珍珠.鲍尔吉·原野.蒙古族民间故事选.沈阳：辽宁出版社，1990.177-181.

[412]太阳和月亮.青海省海西州民间文学集成办公室.海西民间故事.内部资料，1990.309-311.

[413]吐金吐银.中国民间文学集成全国编辑委员会、《中国民间故事集成·内蒙古卷》编辑委员会.中国民间故事集成·内蒙古卷.北京：中国ISBN中心，2007.632-635.

[414]太阳山.《喀左·东蒙民间故事》编委会.喀左·东蒙民间故事·蒙古族故事家乌云其其格卷.沈阳：辽宁民族出版社，2008.81-84.

[415]贪心的旺丹.《喀左·东蒙民间故事》编委会.喀左·东蒙民间故事·蒙古族故事家额尔敦朝克图卷（下卷）.沈阳：辽宁民族出版社，2008.50-55.

[416]陶都莫日更帝王.彤格勒.鄂尔多斯蒙古族民间故事.呼和浩特：内蒙古人民出版社，2006.79-85.

[417]天上人间.张锦贻、哈达奇·刚.寻觅第三个智慧者.昆明：云南少年儿童出版社，1991.50-55.

[418]腾格林托多克国王.德·策伦索德诺姆.蒙古民间故事选.北京：世界知识出版社，1987.106-117.

[419]太阳山．《喀左·东蒙民间故事》编委会.喀左·东蒙民间故事·蒙古族故事家乌云其其格卷.沈阳：辽宁民族出版社，2008.81-84.

[420]秃鹰和兄弟俩.中国民间文学集成全国编辑委员会、《中国民间故事集成·新疆卷》编辑委员会.中国民间故事集成·新疆卷．北京：中国ISBN中心，2008.1080-1082.

[421]托诺依.中国民间文学集成全国编辑委员会、《中国民间故事集成·黑龙江卷》编辑委员会.中国民间故事集成·黑龙江卷．北京：中国ISBN中心，2005.866-867.

W

[422]五岁的好汉.哈达奇·刚.内蒙古民间故事全书·阿拉善右旗卷.呼和浩特：内蒙古人民出版社，2011.367-371.

[423]乌日勒玛尼喇嘛.哈达奇·刚.内蒙古民间故事全书·阿拉善右旗卷.呼和浩特：内蒙古人民出版社，2011.400-401.

[424]王小铲兵．《喀左·东蒙民间故事》编委会.喀左·东蒙民间故事·综合卷（一）.沈阳：辽宁民族出版社，2008.286-291.

[425]王雷的煞干石．《喀左·东蒙民间故事》编委会.喀左·东蒙民间故事·综合卷（二）.沈阳：辽宁民族出版社，2008.214-219.

[426]王恩于石义．《喀左·东蒙民间故事》编委会.喀左·东蒙民间故事·综合卷（二）.沈阳：辽宁民族出版社，2008.235-238.

[427]五朵花和小叭儿狗．《喀左·东蒙民间故事》编委会.喀左·东蒙民间故事·综合卷（一）.沈阳：辽宁民族出版社，2008.244-250.

[428]乌兰其其格和散丹．《喀左·东蒙民间故事》编委会.喀左·东蒙民间故事·综合卷（一）.沈阳：辽宁民族出版社，2008.283-285.

[429]乌兰嘎鲁.中国民间文学集成全国编辑委员会、《中国民间故事集成·内蒙古卷》编辑委员会.中国民间故事集成·内蒙古卷.北京：中国ISBN中心，2007.563-567.

[430]无辜周仓，飞来横祸.中国民间文学集成全国编辑委员会、《中国民间故事集成·内蒙古卷》编辑委员会.中国民间故事集成·内蒙古卷.北京：中国ISBN中心，2007.706-708.

[431]王恩和石义．《喀左·东蒙民间故事》编委会.喀左·东蒙民间故事·蒙古族故事家乌云其其格卷.沈阳：辽宁民族出版社，2008.111-116.

[432]蛙仔的故事（变体）.哈达奇·刚.内蒙古民间故事全书·镶黄旗卷.呼和浩

特：内蒙古人民出版社，2013. 185-186.

[433]蛙仔的故事.哈达奇·刚.内蒙古民间故事全书·镶黄旗卷.呼和浩特：内蒙古人民出版社，2013. 181-185.

[434]望夫路.《喀左·东蒙民间故事》编委会.喀左·东蒙民间故事·蒙古族故事家额尔敦朝克图卷（下卷）.沈阳：辽宁民族出版社，2008.56-58.

[435]王塞人朱皇帝.白音其木格、策·哈斯毕力格图.蒙古族故事家朝格日布故事集.呼和浩特：内蒙古人民出版社，2012.151-159.

[436]乌林库恩.张锦贻、哈达奇·刚.寻觅第三个智慧者.昆明：云南少年儿童出版社，1991.18-24.

[437]温都尔庙的呼毕勒罕.李春林.科尔沁蒙古族民间故事. 北京：华文出版社， 2009.182-184.

[438]无畏英雄戈热斯钦.那顺德力格尔.长耳大汗. 北京：作家出版社，2007.42-57.

[439]乌鸦.中国民间文学集成全国编辑委员会、《中国民间故事集成·新疆卷》编辑委员会.中国民间故事集成·新疆卷. 北京：中国ISBN中心， 2008.971-972.

X

[440]兄弟二人战天魔.哈达奇·刚.内蒙古民间故事全书·阿拉善右旗卷.呼和浩特：内蒙古人民出版社，2011.347-352.

[441]寻找香巴拉.哈达奇·刚.内蒙古民间故事全书·阿拉善右旗卷.呼和浩特：内蒙古人民出版社，2011.352-355.

[442]兄弟三个.哈达奇·刚.内蒙古民间故事全书·阿拉善右旗卷.呼和浩特：内蒙古人民出版社，2011.371-377.

[443]锡林嘎拉珠巴特尔（一）.哈达奇·刚.内蒙古民间故事全书·阿拉善右旗卷.呼和浩特：内蒙古人民出版社，2011.504-510.

[444]锡林嘎拉珠巴特尔（二）.哈达奇·刚.内蒙古民间故事全书·阿拉善右旗卷.呼和浩特：内蒙古人民出版社，2011.510-514.

[445]兄弟俩穷小子过上了幸福生活.哈达奇·刚.内蒙古民间故事全书·阿拉善右旗卷.呼和浩特：内蒙古人民出版社，2011.408-410.

[446]笑吐珍珠的人.中国民间文学集成全国编辑委员会、《中国民间故事集成·内蒙古卷》编辑委员会.中国民间故事集成·内蒙古卷.北京：中国ISBN中心，2007.661-664.

[447]小儿子的故事.青海省海西州民间文学集成办公室.海西民间故事.　内部资料，1990.180-189.

[448]夏盖娃与花马、花牛.青海省海西州民间文学集成办公室.海西民间故事.内部资料，1990.223-228.

[449]小锣和小鼓.《喀左·东蒙民间故事》编委会.喀左·东蒙民间故事·综合卷（一）.沈阳：辽宁民族出版社，2008.278-282.

[450]孝顺的媳妇.《喀左·东蒙民间故事》编委会.喀左·东蒙民间故事·综合卷（三）.沈阳：辽宁民族出版社，2008.136-137.

[451]兴如布巴彦和他的三个儿子.中国民间文学集成全国编辑委员会、《中国民间故事集成·内蒙古卷》编辑委员会.中国民间故事集成·内蒙古卷.北京：中国ISBN中心，2007.635-638.

[452]侠盗道呼日唐古特.哈达奇·刚.内蒙古民间故事全书·阿拉善右旗卷.呼和浩特：内蒙古人民出版社，2011.496-498.

[453]香牛皮靴子.青海省海西州民间文学集成办公室.海西民间故事.　内部资料，1990.304-308.

[454]小金鱼呼恨.《喀左·东蒙民间故事》编委会.喀左·东蒙民间故事·蒙古族故事家金荣卷（上卷）.沈阳：辽宁民族出版社，2008.88-91.

[455]许生接当.《喀左·东蒙民间故事》编委会.喀左·东蒙民间故事·蒙古族故事家乌云其其格卷.沈阳：辽宁民族出版社，2008.106-110.

[456]降魔故事.哈达奇·刚.内蒙古民间故事全书·镶黄旗卷.呼和浩特：内蒙古人民出版社，2013.　162-163.

[457]兴安岭的故事.张锦贻、哈达奇·刚.寻觅第三个智慧者.昆明：云南少年儿童出版社，1991.149-152.

[458]仙人瀑.张锦贻、哈达奇·刚.寻觅第三个智慧者.昆明：云南少年儿童出版社，1991.157-160.

[459]消灭毛森恶姨的故事.李春林.科尔沁蒙古族民间故事.　北京：华文出版社，　2009.178-179.

[460]小莫日根的故事.李春林.科尔沁蒙古族民间故事.　北京：华文出版社，2009.195-197.

[461]雄鹰与山丹.那顺德力格尔.长耳大汗.北京：作家出版社，2007.58-63.

[462]兄弟战蟒斯.前郭尔罗斯民间文艺资料之五蒙古族民间故事.内部资料，1982.102-107.

[463]雄鹰与山丹.张锦贻、哈达奇·刚.寻觅第三个智慧者.昆明：云南少年儿童

出版社，1991.56-61.

[464]兄弟分家.中国民间文学集成全国编辑委员会、《中国民间故事集成·青海卷》编辑委员会.中国民间故事集成·青海卷. 北京：中国ISBN中心，2007.444-446.

[465]小儿子的故事.中国民间文学集成全国编辑委员会、《中国民间故事集成·青海卷》编辑委员会.中国民间故事集成·青海卷. 北京：中国ISBN中心，2007.469-473.

[466]孝子老三.中国民间文学集成全国编辑委员会、《中国民间故事集成·新疆卷》编辑委员会.中国民间故事集成·新疆卷. 北京：中国ISBN中心，2008.1000-1003.

[467]新可汗继位.中国民间文学集成全国编辑委员会、《中国民间故事集成·新疆卷》编辑委员会.中国民间故事集成·新疆卷. 北京：中国ISBN中心，2008.1404-1406.

[468]香牛皮靴子.中国民间文学集成全国编辑委员会、《中国民间故事集成·青海卷》编辑委员会.中国民间故事集成·青海卷. 北京：中国ISBN中心，2007.559-561.

[469]兄弟战蟒古斯.中国民间文学集成全国编辑委员会、《中国民间故事集成·吉林卷》编辑委员会.中国民间故事集成·吉林卷.北京：中国ISBN中心，1992.412-414.

[470]西山的常流鼻涕的包尔夫和东北的图德布老爷.哈达奇·刚.内蒙古民间故事全书·阿拉善右旗卷.呼和浩特：内蒙古人民出版社，2011.435-441.

Y

[471]雨神玛尼喇嘛.哈达奇刚编.内蒙古民间故事全书·阿拉善右旗卷.呼和浩特：内蒙古人民出版社，2011.397-398.

[472]养花牛犊的老婆子.哈达奇·刚.内蒙古民间故事全书·阿拉善右旗卷.呼和浩特：内蒙古人民出版社，2011.413-417.

[473]影匠和狐狸媳妇.《喀左·东蒙民间故事》编委会.喀左·东蒙民间故事·蒙古族故事家都达古勒 宝音卷.沈阳：辽宁民族出版社，2008.129-131.

[474]有缘千里来相会.《喀左·东蒙民间故事》编委会.喀左·东蒙民间故事·综合卷（二）.沈阳：辽宁民族出版社，2008.227-230.

[475]有理和无理.《喀左·东蒙民间故事》编委会.喀左·东蒙民间故事·综合卷（三）.沈阳：辽宁民族出版社，2008.140-145.

[476]勇士巴雅尔.中国民间文学集成全国编辑委员会、《中国民间故事集成·内蒙古卷》编辑委员会.中国民间故事集成·内蒙古卷.北京：中国ISBN中心，2007.539-543.

[477]玉辩娃.青海省海西州民间文学集成办公室.海西民间故事.　内部资料，1990.214-219.

[478]疑心.青海省海西州民间文学集成办公室.海西民间故事.　内部资料，1990.258-260.

[479]一个青年的奇遇.中国民间文学集成全国编辑委员会、《中国民间故事集成·内蒙古卷》编辑委员会.北京《中国民间故事集成·内蒙古卷》.北京：中国ISBN中心，2007.561-563.

[480]一斗高粱.中国民间文学集成全国编辑委员会、《中国民间故事集成·内蒙古卷》编辑委员会.中国民间故事集成·内蒙古卷.北京：中国ISBN中心，2007.623-625.

[481]云青马.中国民间文学集成全国编辑委员会、《中国民间故事集成·内蒙古卷》编辑委员会.中国民间故事集成·内蒙古卷.北京：中国ISBN中心，2007.645-648.

[482]英雄兄妹.鲍尔吉·原野.蒙古族民间故事选.沈阳：辽宁出版社，1990.152-156.

[483]雅都庆乎和他的朋友们.彤格勒.鄂尔多斯蒙古族民间故事.呼和浩特：内蒙古人民出版社，2006.154-157.

[484]蚁缘逢生.彤格勒.鄂尔多斯蒙古族民间故事.呼和浩特：内蒙古人民出版社，2006.172-176.

[485]缘分之合.彤格勒.鄂尔多斯蒙古族民间故事.呼和浩特：内蒙古人民出版社，2006.190-193.

[486]燕子叼来的孟姜女.《喀左·东蒙民间故事》编委会.喀左·东蒙民间故事·蒙古族故事家金荣卷（上卷）.沈阳：辽宁民族出版社，2008.92-98.

[487]银子变蛤蟆.《喀左·东蒙民间故事》编委会.喀左·东蒙民间故事·蒙古族故事家马建友卷.沈阳：辽宁民族出版社，2008.117-118.

[488]伊利彦殿活佛的故事.白音其木格、策·哈斯毕力格图.蒙古族故事家朝格日布故事集.呼和浩特：内蒙古人民出版社，2012.140-143.

[489]一个穷光蛋的故事.白音其木格、策·哈斯毕力格图.蒙古族故事家朝格日布故事集.呼和浩特：内蒙古人民出版社，2012.180-181.

[490]演奏家达木丁.哈达奇·刚.内蒙古民间故事全书·镶黄旗卷.呼和浩特：内

蒙古人民出版社，2013. 170-176.

[491]一幅绣花帐. 前郭尔罗斯民间文艺资料之五蒙古族民间故事. 内部资料，1982. 70-73.

[492]有九十九个儿子的汗王. 王清、关巴. 蒙古族民间故事. 乌鲁木齐：新疆人民出版社，1987. 139-161.

[493]友谊. 德·策伦索德诺姆. 蒙古民间故事选. 北京：世界知识出版社，1987. 134-142.

[494]玉娥战魔鬼. 《喀左·东蒙民间故事》编委会. 喀左·东蒙民间故事·综合卷（三）. 沈阳：辽宁民族出版社，2008. 132-135.

[495]摇篮曲. 张锦贻、哈达奇·刚. 寻觅第三个智慧者. 昆明：云南少年儿童出版社，1991. 76-82.

[496]一朵红玫瑰. 那顺德力格尔. 长耳大汗. 北京：作家出版社，2007. 64-72.

[497]英雄当德巴特尔. 张锦贻、哈达奇·刚. 寻觅第三个智慧者. 昆明：云南少年儿童出版社，1991. 12-17.

[498]月亮姑娘. 郝苏民、薛守邦. 布里亚特蒙古民间故事集. 北京：中国民间文艺出版社，1984. 44-45.

[499]玉辫娃当可汗. 中国民间文学集成全国编辑委员会、《中国民间故事集成·青海卷》编辑委员会. 中国民间故事集成·青海卷. 北京：中国ISBN中心，2007. 628-631.

[500]渔翁的儿子. 中国民间文学集成全国编辑委员会、《中国民间故事集成·新疆卷》编辑委员会. 中国民间故事集成·新疆卷. 北京：中国ISBN中心，2008. 913-918.

[501]燕子. 中国民间文学集成全国编辑委员会、《中国民间故事集成·新疆卷》编辑委员会. 中国民间故事集成·新疆卷. 北京：中国ISBN中心，2008. 1034.

[502]伊尔孞姑娘. 中国民间文学集成全国编辑委员会、《中国民间故事集成·新疆卷》编辑委员会. 中国民间故事集成·新疆卷. 北京：中国ISBN中心，2008. 1171-1175.

[503]一幅绣花帐. 中国民间文学集成全国编辑委员会、《中国民间故事集成·吉林卷》编辑委员会. 中国民间故事集成·吉林卷. 北京：中国ISBN中心，1992. 441-442.

[504]妖怪和苏毕台. 中国民间文学集成全国编辑委员会、《中国民间故事集成·新疆卷》编辑委员会. 中国民间故事集成·新疆卷. 北京：中国ISBN中心，2008. 1442-1443.

Z

[505]找幸福.中国民间文学集成全国编辑委员会、《中国民间故事集成·吉林卷》编辑委员会.中国民间故事集成·吉林卷.北京：中国ISBN中心，1992.550-551.

[506]智斗生番.哈达奇·刚.内蒙古民间故事全书·阿拉善右旗卷.呼和浩特：内蒙古人民出版社，2011.600.

[507]扎西和狐狸呼恨.《喀左·东蒙民间故事》编委会.喀左·东蒙民间故事·综合卷（一）.沈阳：辽宁民族出版社，2008.260-263.

[508]猪头媳妇.《喀左·东蒙民间故事》编委会.喀左·东蒙民间故事·综合卷（三）.沈阳：辽宁民族出版社，2008.138-139.

[509]追宝.中国民间文学集成全国编辑委员会、《中国民间故事集成·内蒙古卷》编辑委员会.中国民间故事集成·内蒙古卷.北京：中国ISBN中心，2007.602-607.

[510]最好的报答.中国民间文学集成全国编辑委员会、《中国民间故事集成·内蒙古卷》编辑委员会.中国民间故事集成·内蒙古卷.北京：中国ISBN中心，2007.638-640.

[511]哲日格勒岱和莫日格勒岱.白音其木格、策·哈斯毕力格图.蒙古族故事家朝格日布故事集.呼和浩特：内蒙古人民出版社，2012.71-77.

[512]猪娃子的故事.白音其木格、策·哈斯毕力格图.蒙古族故事家朝格日布故事集.呼和浩特：内蒙古人民出版社，2012.182-187.

[513]征服蟒古斯.前郭尔罗斯民间文艺资料之五蒙古族民间故事.内部资料，1982.38-50.

[514]镇魔记.哈达奇·刚.内蒙古民间故事全书·阿拉善右旗卷.呼和浩特：内蒙古人民出版社，2011.578-582.

[515]真假女儿.中国民间文学集成全国编辑委员会、《中国民间故事集成·内蒙古卷》编辑委员会.中国民间故事集成·内蒙古卷.北京：中国ISBN中心，2007.655-656.

[516]赞丁汗.王清、关巴.蒙古族民间故事.乌鲁木齐：新疆人民出版社，1987.206-216.

[517]只有一根头发的小英雄.德·策伦索德诺姆.蒙古民间故事选.北京：世界知识出版社，1987.183-191.

[518]镇压毛森恶姨的故事.李春林.科尔沁蒙古族民间故事.北京：华文出版

社，2009.180-181.

[519]足智多谋的黑老汉.那顺德力格尔.长耳大汗.北京：作家出版社，2007.14-22.

[520]智斗蟒古斯.中国民间文学集成全国编辑委员会、《中国民间故事集成·新疆卷》编辑委员会.中国民间故事集成·新疆卷. 北京：中国ISBN中心，2008.1429-1433.

[521]智叟.中国民间文学集成全国编辑委员会、《中国民间故事集成·新疆卷》编辑委员会.中国民间故事集成·新疆卷. 北京：中国ISBN中心， 2008.1436-1439.

后记　民间童话是一张迷人的网

当初选择蒙古族民间童话作为研究对象纯粹是为了申报国家社科基金项目，因为研究民间童话的人较少，研究少数民族民间童话的人就更少了。自己感觉作为学术空白点，这是个好选题，同时又呼应了少数民族非物质文化收集、整理和研究的国家精神。

真正开始研究却发现自己陷入了一片泥淖，因为这个研究对象纠缠在由儿童文学、民间文学、民族学、民俗学、儿童学几个学科形成的一张网中，如果没有这几个学科的基本功底，想要做好这个研究太难了。而我的学术背景其实是中国现当代文学研究，虽然一直关注着儿童文学的发展，也曾就当代内蒙古儿童文学的发展趋势与创作特征做过一些研究，但是经历了短暂的课题获批的欣喜之后，接下来的几年几乎都是在煎熬与窒息中度过的。这张网实在是太大了，几乎是无边无际的。一方面是蒙古族民间童话故事的收集整理，收集各种版本，不同地域的故事就很不容易，同时又不断有新的成果加入，收集工作一直在路上；另一方面要恶补民间文学、民族学、民俗学、儿童学的基础知识与基本研究方法，每进入一个学科都战战兢兢，每一处都是神圣而辽阔的未知疆域。在这张网里，我变成了一个"小小人"。

在这段难熬的日子里，唯一舒适的就是读故事的时光，一个个蒙古族民间童话故事闪着光摇曳地走来，蟒古斯故事、异类婚故事、小人儿故事、兄弟的故事、逃遁故事、宝物故事……每一类故事又有着千姿百态的异文，我惊诧于民间童话中蕴藏的改变一切的神奇力量，惊诧于蒙古族初民奇异的想象力和文学建构能力，惊诧于说故事人将古老故事与自我精神、时代、地域文化融和的能力。因为这些故事，我开始爱上这个民族，那个在历史上曾经辉煌，现在依然坚毅的民族，它的历史与它的仪俗、它的信仰与它的痛苦，它的飘摇与它的强大，它的忠信与它的开放，它们透过声音和文字迎面而来，网住了一个"天真"的读者，网住了一个幸福的人。因着这些故事，对于民间文学、民族学、民俗学、儿童学学科的学习也开始变得顺利了起来，我像是一个探秘者，在这些学科中寻找着民间童话的蛛丝马迹，每有所得都颇为欣喜。更重要的是，随着对这些学科认识的加深，作为大学教师的我，发现自己正在不断获得新的血液，这些新血液激活了我的课堂，我开始重新爱上课堂教学，渴望学生因为爱上我的讲授而爱上一门课程。感谢这张网，它托着我重新开始追逐梦想。

这本书虽然要出版了，但其实与预想的写作规划还有很大距离，故事类型和人物形象研究还未能体系化，多维研究的方向也仅限于教育领域、民俗领域和产业文化领域，希望在未来的研究中能予以补足。

非常感谢在研究过程中给予我帮助的师长和同行们，他们是内蒙古社会科学院的张锦贻教授、北京师范大学的王泉根教授、中国海洋大学的朱自强教授、温州大学的吴其南教授、内蒙古民协主席那顺教授、包头师范学院蒙古族儿童文学研究基地的郝红英教授、冀文秀教授、张伶教授、周智慧教授、王敏副教授、吴晓艳副教授，没有他们的支持，就没有这本书的面世。

李　芳

2019 年 1 月